U0041461

THE GREAT HONGKONG

DETECTIVE

香江神探福邇，字摩斯

莫理斯 著

目次

推薦序

就算不談推理，也是一部驚人的歷史小說

陳浩基（作家）

向各位介紹作品前，我想先談一下跟作者莫理斯兄認識的經過。

二〇一九年七月我獲邀擔任香港書展幾場講座的講者，首場完成後有小型的簽書活動，我就坐在台前，接過一位位讀者遞過來的書，仔細地簽名。簽名前我會先問對方要不要寫上款，有時更會請對方在紙條上寫一下，畢竟我現在只習慣用鍵盤打倉頡碼，怕不小心寫錯別字貽笑大方。當我像工人在工廠生產線上流水作業時，一位先生遞來我的某部作品，我便公式化地問道：「要寫上款嗎？」

「啊，好，我叫莫理斯。」

這句話令我霎時抬頭，錯愕地大嚷：「你是《神探福邇，字摩斯》的莫理斯?!」

「你有看過？」莫理斯也同樣地掛上驚訝的表情回應。

對，當然看過。《香江神探福邇，字摩斯》的港版（港版書名少「香江」二字）當時已出版了一年多，身爲推理迷很難不注意，而且作品水準相當驚人，我買來稍讀後已跟台灣的推理圈友人推薦，甚至跟來港的日本朋友介紹這本推理小說如何精巧有趣。我沒料到的是竟然有機會跟作者相遇，而且對方更反過來找我簽名。

《香江神探福邇，字摩斯》如何優秀，我想難以三言兩語說明，在不劇透的前提下，我只能說這是一部「兼顧全方位」的傑作。重撰、改寫《福爾摩斯探案》在歐美和日本都有不少例子，遠至艾勒里．昆恩，近至安東尼．霍洛維茨都有寫過，日本也有島田莊司和松岡圭祐等名作家參與，而將福爾摩斯挪移到十九世紀末英國以外的時空，則有英國BBC製作的影集《新世紀福爾摩斯》（*Sherlock*）和美國的《福爾摩斯與華生》（*Elementary*）等等，它們將人物和案件放到現代倫敦或紐約，以時下角度重新演繹改編經典故事。無論是仿作或是現代改編都具有一定難度，前者要考慮如何模仿原作者柯南．道爾爵士的風格、貫徹原有角色的個性，後者則要比較時代差異，針對環境變遷帶出新觀點和新趣味。

而莫理斯在《香江神探福邇，字摩斯》做的，卻是融合兩者的高難度動作。

莫理斯藝高人膽大，沒有將福爾摩斯的故事現代化，但將它「平行轉移」到地球的另一面，以亞洲城市、亞裔人物來取代歐洲舞台和角色。作者一方面要做大量歷史取材，確保故事背景符合十九世紀末的香港風土人情，另一方面要將文化差異加進故事裡，置換原典的元素以突顯本作的獨特風味。

本作故事發生在一八八一年——跟原作一樣——如何將一百多年前的香港風貌栩栩如生地描繪出來已相當困難，莫理斯不但充分展現出他對當時環境的理解，還在字裡行間加插不少漢學知識，令角色更見生動，仿如歷史人物眞實呈現。《福爾摩斯探案》備受推崇的其中一個原因在於它的生活感和寫實性，當時在《岸濱月刊》（*The Strand Magazine*）連載，讀者就覺得福爾摩斯跟他們一樣生活在同一座城市，每天讀《每日電訊報》、走在倫敦西敏市貝克街的路上、和蘇格蘭場的警官討論罪案。而莫理斯在《香江神探福邇，字摩斯》也能寫出相同的韻味，創作出一個眞實度滿分的昔日香江，讓主角們遊走於那個被遺忘了的舊城市的街角巷弄之間——可別忘了，柯南．道爾寫的是他每日看到的東西，莫理斯卻寫出了他沒經歷過、他曾祖父輩身處的世界！就算不談推理，本作也是一部驚人的歷史小說。

剛才我以「全方位」來形容本作，就是想說除了歷史元素外，本作的推理性也是非常出眾。改編最困難之處，在於要考慮兩種讀者：一種讀者有讀過原典，另一種沒有，而這個差異足以令一部作品的評價差天共地。一些戲仿作品毀譽參半，就是因爲有些情節只有熟悉原作的讀者／觀眾才懂好玩之處，而沒看過原作的只感到莫名其妙。要令兩種讀者都滿意，只有做出「外行看熱鬧、內行看門道」才能成功，即是沒看過原典的人能從故事獲得足夠的娛樂性，看過的卻能進一步讀出作者改編的用心。本作在這方面堪稱超一流，沒讀過《福爾摩斯探案》的讀者固然能夠放心閱讀，作者沒有刁難新入門的推理讀者，而對「福迷」而言便是驚喜處處，大量細節跟原作連結，越熟的越看得過癮。莫理斯甚至在一些情節中故意顛覆原作，您永遠不知道故事的流向會跟原典一樣，還是作了一百八十度的轉變，這帶來與別不同的閱讀體驗。

雖然莫理斯未必有意圖借古喻今，但清末香港在風起雲湧的世界局勢間，或許和現代有幾分相似，我們透過虛構故事，也可以延伸思考社會問題，以及如何自處。《香江神探福邇，字摩斯》的故事發生時間，是在一八九八年英國與清政府簽訂《展拓香港界址專條》之前，亦即是當時的「香港」只有「香港島」和「九龍半島」兩片領地，「新界」這名稱根本不存在，只有「九龍界限線（現界限街）以北、廣東深圳河以南」作為地域代號。英國逼迫大清簽下這份無償的不平等土地租約，最大目的並非要從清政府取利，而是為了應付其他歐洲強豪對英屬香港的軍事威脅（條約有英軍接納清軍協防進駐的細則，雖然日後事態發展令原意失去）。那是一個比今天有過之而無不及的動盪時代，我相信讀者對歷史認識越深，就越能應對未來社會的急遽變化，這是一本寓教於樂的傑出作品。

我和莫理斯兄相識後，每次碰面都會談及推理的種種，也很高興有機會跟他合作，與香港一眾推理作家合撰《偵探冰室》這系列的短篇集。他是我認識的作家朋友中最擅長寫古典詭計的推理作者，也因此我十分期待本作跟台灣讀者見面，更期待在不久的將來能讀到《香江神探福邇，字摩斯》的續篇。福邇和華大夫的精彩冒險，才剛開始而已！

推薦序

穿越遍地腐爛與死亡，孤獨偵探血仍未冷

盧郁佳（作家）

福爾摩斯思考時拉小提琴，福邇拉胡琴，把西方小提琴曲改編成胡琴演奏，說胡琴是行乞賣藝的平民樂器，權貴瞧不起，但他情有獨鍾。似乎象徵把《福爾摩斯探案》重新融鑄成港版：推理小說是大眾娛樂，勢利眼瞧不起。書業崇尚翻譯，本土次之。六〇年代《黃河大合唱》改編爲鋼琴協奏曲《黃河》，將陝北民謠風格用管弦樂編制在北京民族文化宮演出，西裝見客，視爲超英趕美民族復興。半世紀後，他想用胡琴拉小提琴曲，讓福爾摩斯穿上長衫馬褂吸鴉片破案。

《香江神探福邇，字摩斯》將福爾摩斯從十九世紀末倫敦大霧中的貝克街，挪過大半個地球，瞬間橫移到同時代的香港上環荷李活道，化爲留學歐洲日本，博學優雅的貴族滿人青年福邇。助手華笙大夫，則是在左宗棠麾下收復新疆的福州軍官，武功過人。因戰爭重傷，再起不

能，黯然退役。未能衣錦還鄉，無顏見父老。遂在航行回福州老家途中來到香港，棲身在中環石板街的中藥店裡爲人看診。

原來華笙當初武試中舉，好比選手進奧運就要拿金牌，期待立功封賞一路升遷，御賜牌坊表彰科第功勳，光宗耀祖。從陞官圖半途隕落，令人難以承受。必須改變人生觀，才能重新認同自己。

人設一改，天地乍變。角色的情懷遂由謀職租房、拉琴飲茶的雅趣、鑑識推理的熱情，擴展到認同的轉移、時代的變革。

作者莫理斯博學多識，在謎團詭計中精巧嵌鑲香港歷史，事件、人物、機構、地理沿革，爲福邇的探案披上了近代本土的聲色。近代西方看香港，是異國情調的人力車夫、鴉片鬼、江湖中人、旗袍妓女蘇絲黃。本書掙脫這些過時框架，反轉觀看，藉虛構和史實重塑香港。

本土化很難。環境與居民融爲一體，失去邊界，所以居民難以反身回看。像蛇髮女妖梅杜莎，一看便化爲石像，只能藉銅盾倒影斬殺她。小說也須拉開距離，才能指認香港。本書的第一個視角，是外人華笙，北來的傳統中國人看香港。

自一個誠樸剛直的退役軍人華笙眼中望去，入境香港便從「光緒七年辛巳」變「西曆一千八百八十一年」，「陰曆八月」變「陽曆十月」，十二時辰變成二十四小時；宵禁竟不准華人上街；街上無荷無李，卻叫荷李活道……目睹異次元力場連時空都可肆意扭曲的乖張，華笙不禁怒斥亂七八糟。

《香江神探福邇，字摩斯》細緻寫出清、港兩地同文同種帶來的錯置：華笙第一次出國，卻沒意識到已身在外國。不知香港僅僅英治四十年，斯地神貌已非中國。穿梭兩界，剃頭留辮換成西裝頭，北方口音會被誤寫爲南音……慣行路徑處處拉扯著人。

而華笙遇到了一個精通多種語言、各地口音的翻譯者，連北方黑話都瞭若指掌。華笙出國，福邇回國，乍看是反方向逆行。華笙遭遇的文化震驚，福邇已在歐洲日本經歷多年，老練爲新移民華笙解釋英俗。然而福邇留學，是另一種科舉晉身路線。不求功名聞達，反而一水之隔留在香港，似乎福邇也跟華笙一樣逃離故鄉。不同的是，他認同了西學，有能力去背叛華笙無力背叛的理想。

本書的第二個視角，是翻譯者福邇的英治港人觀點。何謂香港？是華笙和福邇的差異，福邇的今昔差異，福邇的新理想。

原作的華生忠誠沉穩，福爾摩斯霸道衝動，解謎的熱情像一陣狂風，日夜颳得他滿街跑。

《香江神探福邇，字摩斯》中，反而是福邇老成持重。華笙脾氣大，發現宵禁歧視華人，氣得差點拂袖回中國。福爾摩斯冷傲睥睨眾人，福邇居然會讀空氣、打圓場。華笙遺憾受傷不能上戰場報國，福邇體貼安慰他行醫也能報國。訪客誇福邇是未卜先知的活神仙，福邇還會引經據典，自謙不如東方朔百猜百中、不如耿玄善占。

原作中福爾摩斯絕不謙虛，華生回憶「他高興得漲紅了臉。我早就看出，他聽到別人讚揚他推理的成就時，會像姑娘聽人讚美她一樣敏感起來」。福爾摩斯說：「你知道魔術師一揭穿戲法，就得不到讚賞了。如果我告訴你太多訣竅，你就會認定福爾摩斯這個人其實很普通。」「我喜歡聰明人，他們都巴不得被抓。被人賞識、吹捧，終於成爲焦點。這是天才的弱點，約翰，他們需要觀眾。」正是夫子自道。

所以福爾摩斯享受嘲笑警察，隱瞞線索證明自己更聰明。《新世紀福爾摩斯》中，福爾摩斯叫警察閉嘴：「你把整條街的智商都拉低了。」

福爾摩斯是愛現的屁孩，福邇則是破案爲善不欲人知，把功勞奉送給警察。讀者在福邇、鶴心、華笙身上，彷彿看見了徐克電影中儒雅的白衣大俠黃飛鴻、十三姨、梁寬，眞誠高潔，始終如一。

原作《血字的研究》中，兇手復仇，向受害者提議俄羅斯輪盤賭「這裡有兩粒藥，一粒有毒，一粒沒毒。你選一粒吃，剩一粒我奉陪」，以示公平。但受害者沒事為甚麼要跟你賭？所以劇情安排兇手持刀逼吃，美中不足。刀換成倒數殺人裝置，就是《火線追緝令》、《奪魂鋸》系列恐怖片。影集《新世紀福爾摩斯》首集稍好，改脅迫為引誘，兇手拿自己的命引誘對方下注，點出福爾摩斯這種瘋子才會躍躍欲試。影集把焦點拉回博弈，而本書〈血字究祕〉更貼近原作遊戲的公正。

統治階層總濫權操縱遊戲規則牟利，所以約翰．羅爾斯《正義論》提議，在分配資源給富翁和乞丐時，假設「無知之幕」：讓作決定的人不知道自己未來會是富翁或乞丐，就能避免決策自私，盡力為弱勢設想。《血字的研究》中，兇手有資訊優勢，知道哪一粒有毒，但主動拋棄優勢，與對方同受「無知之幕」蒙蔽。即便是血海深仇，兇手仍尋求公正。

〈血字究祕〉中，福邇猜出兇手是誰、如何犯案。華笙問何不報警抓人，福邇回答，英國法律講憑據，不像中國憑嫌疑便抓人，嚴禁用刑逼供。於是讀者看到福邇設置他的俄羅斯輪盤賭，賭命換證據，偉烈得其神采。

福邇說南宋鄭克《折獄龜鑑》、宋慈《洗冤集錄》創偵探科學之先河，早了歐洲幾百年，現今歐洲卻遠超中國，所以希望集古今中外鑑證辨偽方法之大成，讓偵探科學更上一層樓。

那爲甚麼中國法醫學、偵蒐技術未能科學發展？因爲縣衙只收稅、徵兵，不求毋枉毋縱，所以偵辦難以精進，拷問倒是日新月異。平民不相信司法公正，兇手當然也不會在復仇時還想要公正。《血字的研究》中兇手的對賭，在中國不會發生。福邇的對賭，照見香港超越時代，迎接人權的隱約曙光。同樣報國，華笙的理想是個人成就，福邇的理想是平等法治，他是溫和的改革開放派。

在令人目眩神迷的解碼、詭計、鑑識之間，本書寫活了香港自豪的理性啓蒙精神。《福爾摩斯探案》，謎底常是一段跨海的復仇，來自遠方大陸的恩怨情孽，要在此地了結。本書的動盪，也常是異國的餘震，在香港島嶼上交匯。而讀者從混濁中看清善惡，驚訝、哀傷之餘，能夠憐憫兇手的冤情，是因爲正義已經得償，否則鄉愿只是殘忍。可見悲憫何其珍貴，它是偵探用技藝精進掙來的。

推薦語

冬陽（推理評論人）

《香江神探福邇，字摩斯》，這本小說不簡單。作者莫理斯熟悉原本那個聰明帶點傲嬌的獵鹿帽大偵探，孕育出東方色彩濃郁的福邇與華笙雙拍檔；明白推理故事如何歷久不衰的趣味精髓，戲仿援引之中富含現代新意；細膩講究時代地域的獨特性，遊走熟悉與新奇兩端能見處處驚喜。

這就像是內力深厚的高手出招，不慍不火展現獨門真功夫，同道中人見了肯定大呼過癮，走過路過的門外漢也必定目不轉睛瞧個仔細——主打的不是甚麼奇詭燒腦，而是流暢地講一個引人入勝的奇情之旅，那股吆喝著「走吧，咱們冒險去」的充沛活力，驅動你一頁頁翻讀下去。那很娛樂、很浪漫，但也嗅聞得出風雨欲來的惶惶不安，微觀的事件調查與巨觀的時局動盪相互對話，隱藏其後的詭譎更具滋味。

沈默（武俠小說作家、評論者）

二十一世紀以來，各種關於《福爾摩斯》的變形挪移之作，前仆後繼，如蓋・瑞奇（Guy Ritchie）執導的《福爾摩斯》、腐女們鍾愛無比的英劇《新世紀福爾摩斯》、劉玉玲演出華生的美劇《福爾摩斯與華生》、融入超自然恐怖的《貝克街游擊隊》，以及描繪大偵探晚年際遇的小說《心靈詭計》與電影改編版、由Ian McKellen擔綱的《福爾摩斯先生》，兩者都精彩絕豔，對了，還有竹內結子演繹的《神探夏洛克小姐》，乃至於《天才少女福爾摩斯》、《福爾摩斯小姐》、《福爾摩斯家族》等系列小說，從歐美到亞洲，各國各種版本，身世、膚色與性別全都可以任意變變變，各顯神通，也各具神采。

而在廣大的福爾摩斯IP宇宙裡，莫理斯以《香江神探福邇，字摩斯》獨占一格，不止是經典翻新之作，更是一長卷的香江人情浮世繪，從人物言談、舉止到器具使用、社會風氣乃至中西文化交會巨變，無不充滿時代與生活的細節，繁勝夢華也如重現彼時香港，完成了足夠真實的織錦——這是莫理斯的推理極境，一種猶如具現化系念能力的深切回望。

莫文蔚（歌手、演員）

小時候，哥哥是我最好的兒時玩伴，每天最期待的時間就是睡前他給我說故事，通常都是即興編出來的，還會用我的布娃娃來充當「演員」。他自小便是一個會走路的活百科全書，天南地北甚麼事情都懂，簡直是一位天才！《香江神探福邇，字摩斯》是他所寫的第一本偵探小說，創意無限，把福爾摩斯和華生醫生搖身一變，成為晚清時期在香港查案的二人組，絕對是我近年看過最難忘的一本書。大家看過之後，便一定會明白我為甚麼一直這麼崇拜他！

序

晚清神探福邇，字摩斯，滿族鑲藍旗人，原籍奉天福中（今瀋陽和平區），生於咸豐四年（一八五四），於光緒年間的探案事蹟，由生平摯友華笙大夫（一八五二—一九二三）寫成膾炙人口故事，最初刊登於香港及華南報章，其後又於全國雜誌複載，但原文大多散佚，直到民國初年才由華笙的代理人兼編輯杜軻南收集，以合訂本形式陸續發行。現存最詳盡的版本，是杜氏在華笙逝世後，把多年來所有出版過的故事修訂潤冊，編匯而成的《神探福邇全集》。

在二十世紀的二三十年代，神探福邇系列曾經風靡過無數讀者，但抗戰之後便一直絕版至今。現代偵探小說迷，就算聽過福邇和華笙的名字，也大多不知道真有其人，而誤以爲他們只不過是杜軻南筆下的虛構人物。

我很榮幸獲出版社邀請，把神探福邇的故事重新整理校勘，介紹給新一代的讀者。本書原名《神探福邇，字摩斯》，最初在二〇一七年在香港少量印行，二〇二〇又在大陸推出簡體版，現在非常感謝台灣遠流以《香江神探福邇，字摩斯》的名稱重新發行。這個全新的福邇系列，除了參考杜軻南的《神探福邇全集》之外，也回溯到年代更早的殘存版本，務求把華笙當年所寫的故事本貌盡量還原。為了方便閱讀，這個新版本使用了現代化的標點、格式和字體，及加上了註釋，但除此之外便沒有改動原文。

本書擬定為全新同名系列的第一集，收錄了六篇發生於一八八一年至一八八五年之間的早期案件，順時序編排，交代福邇與華笙從相識到成為朋友的過程，希望能為讀者帶來耳目一新的驚喜。

莫理斯

二〇二一年夏

血字究祕

同治十三年，余赴京應甲戌科武殿試，僥倖晉身三甲，欽點同武進士出身，授爲正六品藍翎侍衛。其時適逢左公宗棠正平定回亂，收復新疆，吾求功心切，在京任事兩載後終經兵部引薦，於陝甘綠營弄得一個千總之職，即赴任隨軍標遠征南疆，支援湘軍犁庭掃穴，鏟除逆賊阿古柏殘黨餘羽。[1]

追亡逐北，戎馬五秋，輾轉到了光緒七年，已官至正五品守備。年初，俄人與大清訂約歸還伊犁，我軍身膺疆寄，遂調派珍珠河一帶，監保遷界徙民之務。[2]

1 同治元年（一八六二）及三年（一八六四）分別在陝甘及新疆爆發的穆斯林「回亂」，當中領袖人物阿古柏（Yaqub Beg, 1820-1877）成立汗國反抗清廷，直至光緒三年（一八七七）才終於由陝甘總督左宗棠所率領的湘軍平定。

2 一八七一年，沙俄趁新疆回亂，出兵霸占伊犁，清廷幾經交涉，終於在一八八一年二月在聖彼得堡與俄國簽訂《伊犁條約》，以割地賠款的條件收復伊犁大部分地區。文中倫襲故事敘事者的「土寇」，可能是指遷界後一年內有權選擇歸依哪國的哈薩克族人。

一日，正領著小隊巡邏邊境之際，突遭土匪流寇亂槍伏擊，我一馬當先，首當其衝，左肩中彈，頓時人馬仰翻，坐騎當場倒斃，把我右腿壓個正著，聽到「喀啦」一下斷骨之聲，頓時動彈不得。若非近身小卒臨危不亂，在槍林彈雨之下把我從馬屍底下拉出脫險，定必就此命喪沙場。

土寇暗算得手之後，無心戀戰，而我方傷亡慘重，亦無力追擊。我強忍劇痛下令撤退，及時用金創藥止住如注血流；待部下助我包紮好傷口，便再也撐不了下去，暈死過去。從迷糊中醒來之時，已身處營中，這才發現子彈打碎了左肩鎖骨，右腿又脛骨折斷、膝蓋脫臼。

不幸中之大幸，隨軍大夫醫術高明，且通曉宮廷「綽班」正骨祕法，臂膀和腿總算沒有廢掉。然而經此重創之後，縱使康復，有生之年也必難於騎射；兼之此役又有失職之誤，更是無法再留在軍中，所以儘管百般不願，亦不得不引咎解甲還京。

我家原籍福州，世代行醫；吾雖生性好武，又有長兄承繼父業，但自幼嚴受家訓，從未荒廢過祖傳岐黃之術，多年下來也略有小成。從伊犁遣返京司的路上，便自行下藥施針療傷，回京後又休養了數月，傷勢已癒泰半。此時終向兵部討得微薄撫金，想到自己已屆而立之年，封狼居胥之抱負卻毀於一旦，但覺前路茫茫，萬念俱灰。

夏盡秋來，先後去到天津和上海流連了一陣子，驚覺銀兩花得太快，便搭了一艘航往香港的商船，原意是沿途回福建老家，但憶起七年前上京時志得意滿，如今非但未能衣錦還鄉，還落得如此慘淡收場，實在愧對父兄。途上聽人說起，香港在英國人統治下，幾十年來發展得有聲有色，便忽然起了見識一下的念頭，於是在福州泊岸時便寫了家書向父母報安，人卻留在船上，一路再經廈門汕頭汕尾，去到香港[3]。

◀ ◁ ◁ ◁ ◁ ◁

在香島登岸之處叫做域多利城，繁華景象堪與天津上海租界相比。城裡高廈林立、車水馬龍不在話下，大路兩旁更設有自來火街燈，徹夜通明，足與黃浦外灘分庭抗禮。

初到這個英吉列人殖民之地，許多中西夾雜的奇風異俗都一時難以習慣。洋鐘我自看得懂，也早清楚一日十二個時辰等於二十四個鐘頭，但年月日的運算也要改變，卻真教人一頭霧水。光緒七年辛巳變成西曆一千八百八十一年也罷，但連月份亦一下子由黃曆八月變成了陽曆

3 一八四二年，中國於鴉片戰爭戰敗後，簽定《南京條約》，把香港島割讓給英國。一八六〇年英法聯軍之後，又簽定了《北京條約》，再割讓對岸的九龍半島南端。但至於後來稱為「新界」的地方，卻是到了一八九八年才租借給英國，在本書故事發生的年代仍屬中國國土。

十月；更惱人的是，西洋月份極不工整，未必以三十天爲期，又不依太陰盈虧、不辨朔望，另外還要硬套上每七日一個禮拜，實在亂七八糟。

到埗之日正值中秋前夕，思鄉之念油然而生，卻奇怪雖是迎月之夜，街上卻不甚見民眾張燈掛彩。一問之下，才知原來香港自開埠以來，幾十年一直施行宵禁，唐人在晚上八點鐘後必須手持燈籠方可上街，過了十點鐘更是嚴禁外出，要是給夜裡巡邏的差人遇上，違者必究，關一晚牢之後還要罰款。我聽說有這麼橫蠻無理的苛政，差點馬上拂袖回鄉，但轉念一想，既來之則安之，好歹也在這地方待一段時日再說。

香港舉目無親，客棧安頓好後，唯有厚著面皮，趁中秋節去拜訪一家與家父素有生意來往的藥材商。我懂的粵語有限，幸好姓譚名發的少東官話說得過去，年紀又與我相若，談起來倒十分投契。碰巧他們在中環石板街的藥店正少了一個坐堂醫，便讓我每個禮拜二和五到那裡作門診。不巧第一個禮拜忽然颳起暴風雨，店子逼著休業一兩天，所以等到我開始幹活時，已是抵埗之後的半個月。

生計可說解決了，但在客棧長住下去也始終不是辦法，爲此譚發便答應給我打聽一下。他果然言而有信，我坐堂才第二個禮拜，有天下午他便興高采烈地回到店子，笑問：「華兄，你自問算不算是個有趣的人呢？」

我奇道：「你爲何有此一問？」

他說：「昨天你不在，碰巧有一個我相識的人來買藥材，談起才知他最近以很好的價錢在上環買了一幢洋樓。樓下租了出去給人做街鋪，樓上兩層留給自己住，卻嫌地方太大，想找個單身房客來作個伴。租金多少他倒沒所謂，但卻開出個奇怪的條件。他是這麼說的：『索然無趣者免問』。」

我聽了不禁失笑：「對房客有這樣的要求，我想這位房東自己也必定是一位妙趣的人物吧？」

譚發抓了一抓後腦，道：「這位先生的脾氣確實古怪。我跟他不是深交，只知道他姓福，是北方人，家境似乎不俗，好像還留過洋。這個人絕頂聰明，來了香港不過一兩年，廣東話已經講得跟本地人沒有分別；但最犀利的還是他的目光，哪怕跟你素未謀面，只要望你一眼，便能看穿你的身分來歷，就連你心裡想著甚麼也知道。」

我將信將疑道：「不會吧？」

他道：「不信我這便帶你去見識一下。這人滿腦子都是稀奇古怪的學問，昨天他來到店子，便是拿取之前訂購的藥材，有些連掌櫃也想不出他有甚麼用途。」譚發說到這裡，忽然壓低嗓門道：「還有人告訴我，他跟西醫院的洋醫生學劏死屍！所以我跟你聲明在先，這個人有點邪門，若然你跟他合不來也不要怪我。」

我聽見他這樣先打退堂鼓，不禁暗自嘀咕，但又耐不住好奇，便跟他說，姑且去見一見這個怪人也無妨。譚發本就是一副紈褲子弟的脾性，見這天店子沒有甚麼生意，便馬上拉著我出門，帶我去這位福先生的住處。

行上大街，一時招不到人力車，譚發又見天氣不錯，便說不如慢慢散步過去，也好讓他可以沿路給我指點一下風景。我們沿著環抱山腰的縈迴長街往西走，一路由中環行到上環，但見兩邊樓房櫛比鱗次，井井有條。這時我還未熟識香港地方，聽他說這裡叫做「荷李活道」，但又不見種有荷花和李樹，便問他是甚麼意思。

譚發扮了個鬼臉，嘻嘻道：「『荷李活』是番鬼佬叫法，甚麼意思真是鬼才知道！這條路把山攔腰截斷，本地人便俗稱『掘斷山道』。」

走到這條「掘斷山」的長街西端，終於來到一座中仿西式、樓高三層的房屋。樓下對著街的鋪頭是一間叫做「白記」的糕餅店，其時臨近九月初九，嶺南雖然沒有分重陽餅的習俗，但門口已擺出了桂花糕來招攬生意。店旁有一道側門，上面除了用中文寫著「貳佰貳拾壹號乙」之外，還有外文數目字和字母，看格局是直接通往上面的二三樓。譚發走了過去，拉了一拉這道門旁的洋式門鈴。

不一會聽到有人下樓的聲音，門一打開，原來是一個年方破瓜、明眸流盼的姑娘，頭上梳起兩個丫鬟髻，身穿琵琶襟短裝，一開口便是地道的京片子：「請問兩位先生有何貴幹？」

譚發用彆腳官話答道：「我姓譚，是開藥材店的，今天帶了一位朋友來拜候福先生。」

丫鬟帶我們上樓梯到了二樓，叩了叩門朗聲道：「公子，有位譚先生帶了朋友到訪。」接著引我們入內。

進了門是個偌大的廳子，裡面站了一個穿著灰白一裹圓的高個子男人，瘦削的身形更讓他顯得鶴立雞群。他本背著門口，在一張桌前好像正在搗藥，這時便轉過身來迎接我們。看他年紀跟我和譚發相差無幾，生得鳳眉虎目，鼻昂額闊，溫文爾雅的風度掩蓋不著一股卓越不凡之傲氣。他跟譚發打過招呼，便向我拱手作揖，道：「福邇，字摩斯。幸會。」

我連忙回禮道：「福先生幸會。敝姓華，單名笙簫管笛的笙，字籥瀚。」

福邇讚道：「笙磬同音，笛籥浩瀚，好名字。」他轉向引我們進門的丫鬟道：「這是小婢鶴心。還不快向兩位先生請安？」

丫鬟馬上向我們扶膝欠身道：「奴婢鶴心，請譚先生、華先生安。」

我在福州家境殷實，自小不乏傭人，但卻何曾會有自稱「奴婢」的向我行此禮呢？可幸我雖然曾爲武官，肚子裡也非沒有一點文墨，認得她名字出處，便道：「『松骨輕自飛，鶴心高不群』，不錯不錯。」

福邇又道：「兩位來得正好。聽華先生語帶閩音，應是福建人士吧？我最近買得一些上等安溪鐵觀音，古來品茗有云：一人得神，二人得趣，三人得味。鶴心，備茶。」

坐下環顧大廳，面對大街的一邊有兩扇開往騎樓的木門，門上裝了一格格的玻璃，門的左右兩旁還各有一個大窗子，所以陽光充猛，空氣亦十分通爽。廳子一側的牆壁，中間還開了一個洋式火爐，但我心想，嶺南氣候應該鮮會用得著吧。廳裡布置得中西合璧，既有酸枝傢俬，又有西洋書桌木櫃、皮椅和自鳴鐘等東西，牆上既掛著山水字畫，又有油畫、相片和地圖，地上竟還鋪了一整塊不知來自何方的熊皮。可能因為新居入伙，未及整理，地方難免仍有點凌亂，尤其是一堆堆疊得搖搖欲墜的中外典籍，似乎尚有待分門別類。這時才看清楚，剛才福邇待著的桌子，原來放滿了奇形怪狀的玻璃瓶子，還有一台可以調校伸縮窺管的黃銅機器；我早聽說過顯微鏡這種東西，但還是頭一趟看見。桌面攤放了許多草藥，盡是鉤吻、羊角拗、烏頭、馬錢子、甘遂、毛地黃、一品紅、雷公藤等毒性不一之物，顯然譚發之前所言不差，福邇果真是個有點邪門的怪人。

不久鶴心給我們每人端上了一個青花三才碗，看來主人對茶道十分講究。揭開蓋子一聞，果然芳香撲鼻。福邇待我和譚發呷過一口、稱讚一番之後，突然跟我道：「華先生在新疆立過不少汗馬功勞吧，敢問是在伊犁受的戰傷嗎？」

我嘆了口氣道：「不錯，但哪稱得上甚麼功勞？不用曝屍於野已算萬幸。是譚兄告訴你的吧？」

譚發搖頭笑道：「我甚麼也沒有說過，福先生便是這麼料事如神。」

福邇見我半信半疑的樣子，便解釋道：「一看華先生便知你身懷武功，且有軍人的威嚴氣宇，一定是武將出身。既知你原籍福建，但臉上卻見久歷沙塵、日曬風霜之色，必然是遠離家鄉，長駐邊塞所致，最少也有幾年光景。從你行動之間，看得出左肩和右腿都是新傷初癒，應只是一年半載的事情；而回亂雖然擾攘邊疆十餘載，但數年前經已平定，所以可以斷定，只會是今年初收復伊犁時所受的戰傷。」

我不禁拍案叫絕：「福先生眼力好厲害！」

他不以爲然道：「既能目睹、亦可耳聞，有很多東西也可以聽出來的。譬如說，我知道華先生你在新疆時，隸屬的必定是綠營，因爲若是身處左大人的湘軍的話，幾年來耳濡目染，言語難免會帶點湖南腔，然而閣下談吐卻反而帶有京音，想必在北京逗留過一段日子。華先生言語彬彬，顯然飽讀書經，絕非區區一介武夫，請問可曾考取過武科功名呢？以閣下年紀，想必是同治十三年甲戌科殿試吧？」

我道：「確如福先生所言。」

福邇道：「武科殿試三甲及第出身，例必全部欽賜一至三等或藍翎侍衛之職；華先生必定榜上有名，擔任了數年大內侍衛，言語中京音才會這麼明顯。我知道多半是同治甲戌科，因爲若是光緒二年的丙子恩科，或次年的丁丑科，那麼閣下駐守京師之後，便未必來得及再轉派新疆征戰數年了。」

我聽了不由嘆服：「福先生眞是神機妙算。只恨我如今身帶缺陷，已無法再爲社稷出力，衛國安邦了。」說到這裡，我自有點黯然。

福邇溫言道：「時不利兮而已，華先生無須介懷。有道：『不爲良相，願爲良醫。』閣下如今棄戈懸壺，未嘗不是男兒報國的好方法。」

他言簡意深的一句勉勵，可令我不勝感激，待怔了一怔，才意會到竟連我「棄戈懸壺」也被他一語道破，便問：「我在譚兄的藥店當了坐堂醫才半個月，福先生你是怎麼看出來的？」

福邇道：「剛才大家談話之際，我見華先生不時情不自禁撫按肩膊及腿上傷患處的穴位，所用的是正統矯摩指法。還有，之前你看到我正在研究的藥材，眉頭皺了一皺，顯然一眼便認出全部都是毒物。練武之人本來便經常兼習醫術，就如當今廣東兩大高手，佛山詠春梁贊和廣州洪拳黃飛鴻，便都是譽滿武杏雙林的名師；況且我既知你跟譚先生有交情，又看見你右邊衣袖有多次捲起了又再放下來的褶痕，這不是在他的藥店給病人把脈還會是甚麼？」

我拍了一拍譚發膊頭，道：「這還是多得譚兄照顧。」

福邇又道：「那華先生想必有兄長克紹箕裘，才會孑然隻身來到香港再闖一番新事業吧。」

譚發見我微笑點頭，悄悄問我：「甚麼叫克紹箕裘？」

我小聲答道：「即是兒子繼承父業的意思。」

福邇裝作沒聽見，反倒是譚發打個哈哈道：「若然在古代，人們一定會把福先生當作未卜先知的活神仙！」

福邇謙然打趣道：「相傳漢武帝與大臣玩遊戲，把物件用盆子蓋著讓他們來猜，唯獨東方朔一人能夠百猜百中；北魏時，又有個名叫耿玄的人，善於占卜，客人還在叩門，他在屋裡已知道來者姓甚名誰、想請教他甚麼。與古人相比，我不過是小巫見大巫而已。」

如是者大家暢談甚歡，福邇當然不用我們開口也知道來意，喝過茶後，便帶了我和譚發上樓看看客房。再過大約一個禮拜便是洋曆月初，他便提議我到時入住。他隨口開的租金十分相宜，我自是欣然答應。跟福邇道別之後，譚發和我回到街上，笑道：「我沒說錯吧？福先生是一位奇人。」

西曆十一月之始，正好剛過重陽，我便如期搬到荷李活道貳佰貳拾壹號乙，成爲福邇的房客。本來他這麼卓爾不凡的一個人，平素待人又頗有交淡若水的古風，很容易教人覺得冷漠和高不可攀，但我跟他雖然是新相識，倒相處得十分融洽。

初見面時已覺得福邇不像漢人，同住之後問起，才知他果眞是滿族。他說先祖是鑲藍旗罕扎氏，因爲世居奉天福中，便以「福」字爲漢姓。他父親給他起名福邇，是取《漢書》「遐邇一體，中外禔福」之意。他天資過人，十二三歲便選了入同文館[4]，後來更遠赴海外，先後在東西洋留學多年，精通多國語言。然而福邇不喜歡談及身世，是以除此之外，我對他的背景便一無所知。

他如此博學多才，本竊以爲一定是琴棋書畫無一不精，但原來他除了偶作絲竹之外，便沒有甚麼其他雅好。更意料不及的，是他擅奏的竟非琴瑟琵琶，而是難登大雅之堂的胡琴。民諺也有云：「討飯胡琴隔壁聽。」想不到這種權貴睥睨之物，他卻不知爲何對之情有獨鍾。

我雖名筆字籥瀚，但對音律卻是一竅不通。有天晚上福邇忽然興起，拿起胡琴爲我奏了一曲。那是一首我前所未聞的音韻，不像是我國調子，抑揚頓挫時有如行雲流水，淒楚幽怨時扣人心弦，聽得我茫然神往。一曲既終，我心情依然難以平復，過了良久才能回過神來，鼓掌叫好。

福邇謙道：「見笑了。華兄你知道一種名叫『梵亞鈴』的四弦洋笳嗎？這是三四十年前一位很有名的德國作曲家爲這樂器寫的曲子，本來還有其他樂器伴奏的部分，都給我省略了。」[5]

我驚嘆道：「想不到我們中國樂器竟也能彈奏西洋樂曲！」

福邇道：「中西樂理固然有所不同，但我認爲沒有不能殊途同歸的道理。最初也是因爲這個想法，才嘗試用胡琴來奏這曲，花了多年方達到剛才的地步。這曲子共有三段，但我只給你奏了兩段，因爲至今我仍未練好最後一段的奏法。」

福邇溫文儒雅的模樣，難免讓人以爲他是個嬌生慣養的文弱書生；但未幾，我才發覺他原來是個文武兼備的全才。他偏好以柔制剛的內家技法，早年在京城名師董海川及楊露禪次子楊

---

4 位於北京的京師同文館，於一八六二年由清廷洋務運動領袖恭親王奕訢（一八三三—一八九八）奏請成立，原旨是為中國培育翻譯及外交人材，除外國語文外亦教授科學、算術、國際歷史及地理等「西學」學科。

5 「梵亞鈴」即 violin（小提琴）漢語音譯。文中福邇用胡琴演繹的小提琴樂章雖沒明言，但可能便是孟德爾頌（Mendelsohn, 1809-1847）著名的E小調小提琴協奏曲，Op.64。

班侯門下修習八卦掌及太極拳，後來留學日本，又曾鑽研東瀛擒摔絕學。在兵器上他則尤擅使劍，而且除精通中華劍法之外，負笈歐洲時亦涉獵過西洋劍擊及單杖之術。常言道，「雜而不精」，但福邇卻能一一融會貫通；屢次在天台上跟他切磋武功，無論拳腳刀劍，我都是敗多勝少，說句老實話，亦不能盡歸咎於我身帶傷患之故。

他爲人特立獨行，從日常起居也可見一斑。除了堆積如山的書本之外，福邇每天也遍閱香港各大小中英文新聞紙，凡有報導要記存，便剪貼到一本本厚厚的帳簿裡面。數之不清的書籍典冊，他盡皆視爲至寶，從來不許鶴心爲他執拾整理，也看不出他有何分門別類的方法，但每當要翻查甚麼的時候，卻從未見過他找不到。至於書信，他處理的方法更令人啼笑皆非：看完後不是馬上丟掉，便隨手用匕首釘在案頭上。

福邇愛抽水煙，通常都由鶴心服侍，偶爾也會自己點一個洋煙斗來吸吸，但所用的煙絲卻不知爲何喜歡存放在一隻繡花鞋裡面。福邇這人最耐不得悶，每當他百無聊賴之際，便喚鶴心侍候他回房休息；待她出來的時候，總能隱約聞到縷縷異樣的煙香。我心裡明白，福邇其實染有阿芙蓉[6]之癖，但既然他從不明言，我亦不便提起。

我跟福邇和鶴心日常都用官話交談，直到有人到訪，聽到福邇跟客人談話，才發覺他的粵語果眞如譚發所言，說得跟本地人沒有兩樣。不時登門造訪他的人，上至縉紳商賈、下至販夫走卒，林林總總，有時甚至還有洋人和印度人出現，跟他嘰哩咕嚕的不知道講甚麼。他每次見客，我都識趣回房迴避。福邇平素幾乎足不出戶，唯獨是接待過這些訪客之後，卻常會四出奔走，更不嫌深宵外出，有時甚至徹夜不歸，想必是領取了特許華人夜行的通行證。

有天我終於忍不住問起，他便解釋道：「我從事的工作非常獨特，可謂首開古今中外先河，姑且稱之爲『顧問偵探』吧。你有沒有留意兩個來找過我的人，一個是包著頭的高大印度人、另一個是說話中英夾雜的矮瘦中國人。他倆都是差人，來找我是幫助他們破案。」

我奇道：「他們是差人？可沒見他們穿綠衣啊。」香港的衙差皆穿綠色制服，來自印度的「摩囉差」頭上纏布，華差則頭戴竹笠，兩者都俗稱「大頭綠衣」。

福邇道：「他們的職位是『幫辦』，大抵等同我國的捕頭，制服跟一般差人不同。他們來找我的時候正休班，而有時爲了方便探案，幫辦亦會微服出勤的。這職位通常都由英國人擔任，全香港除了他倆們便沒有別的印度幫辦和華幫辦，免不了經常彼此爭功，但也有勠力同心、同

6 阿芙蓉，鴉片別稱。明朝李時珍《本草綱目》：「罌粟花之津液也……以花色似芙蓉而得名。」唐代已從阿拉伯傳入中國，本用作醫藥，到了晚清才由英國商人從印度大量輸入，作為扭轉雙方貿易逆差的工具。欽差大臣林則徐（一七八五—一八五〇）推行禁煙令，於一八三九年在虎門銷煙之舉是引發中英鴉片戰爭的主因，但清廷於一八四二年在戰敗後被逼簽訂的不平等《南京條約》，其實卻沒有關乎鴉片貿易的明文規定，直到一八五八年，與英國再簽訂《通商章程善後條約：海關稅則》，鴉片貿易才終於正式合法化。

仇敵愾的時候。」

他走到窗前，往外指指道：「我們這裡斜對面的街口，一路往山上走便是八號差館。前年我初到香港時，他們兩個都是駐派那裡給洋幫辦做助手，職位還只是『沙展』，比普通差人稍高一級。機緣巧合，我遇上幾宗他們經手的案件，告訴了他們破案的關鍵，之後便不時給他們指點迷津，讓他們頻頻立功，終於晉升幫辦，調往荷李活道另一端的大差館。我這『顧問偵探』的名字慢慢傳了開來，別的差人以及平民百姓也逐漸前來問津。我本來租住的地方較遠，但幾個月前剛好這棟樓出售，我見地點適中，便索性買了下來搬到這兒。」

福邇又告訴我兩位幫辦的身世。原來香港的摩囉差，大多是由印度徵召過來的退伍士兵，但這位印度幫辦卻不一樣，竟是在香港土生土長的外僑。他名字叫葛渣星，父親在鴉片戰爭時隨英軍來到中國打仗，殖民地開埠後沒有返回祖國，反而接了妻子過來落地生根。葛渣星在這裡長大，熟稔香港人情世故，又會說點粵語，在眾摩囉差之中自然傲視同儕。

至於那個華幫辦，來歷更是離奇。他姓王名昆士，孩童時遇上太平匪亂成為孤兒，幸得洋人收留，帶了回英國養育成人，長大後便憑著一口流利英語，毅然來到香港當上差人。

福邇指著牆上掛著的一幅照像，問：「你知道這人是誰嗎？」

那是一個大清軍官打扮的人的照相人像，我之前也沒多大留意，這時走近細看，才察覺竟是一個洋人，穿的更是一襲淺色馬褂。我腦袋一轉，問：「這位莫非是……戈登將軍？」

福邇點頭答道：「不錯。他便是協助大清攻陷太平逆寇的常勝軍將軍戈登。先帝爲了表揚他的功績，授他爲提督，還御賜了這襲黃馬褂。」他稍頓，又道：「當年把王昆士帶到英國的人便正是戈登將軍。」[7]

我奇道：「怎會有這樣的事情？」

福邇道：「算起來也是幾乎二十年前的事了。當年常勝軍聯合淮軍攻打長毛逆賊，戈登收養了幾個戰亂遺孤，後來帶了回英國做僮僕，王昆士便是其中一個。那時他年紀尚小，只知自己姓王，因爲來自崑山一帶，戈登便給他以地爲名；但西人不擅漢語發音，便以音近的洋名『昆士』喚他。如今在香港，莫說是西人，就算是中國人也只知道叫他『昆士幫辦』，不知道他姓王。」[8]

7　英國軍人查爾斯・戈登（Charles Gordon, 1833-1885）原於一八六〇年隨英法聯軍來到中國，一八六二年任上海洋槍隊（後稱「常勝軍」）的指揮官，因協助李鴻章淮軍擊敗太平軍有功，一八六四年獲同治帝賜黃馬褂和提督官銜。

8　考查香港十九世紀史料，目前未有發現有關葛渣星幫辦的記載，但「王昆士」（Wong Quincey）卻真有其人。王氏確是在一八八〇及九〇年代香港警隊中唯一任職幫辦的華人，但他的身世是否真的如福邇所說那樣，仍有待引證。此外，亦有研究者推測英文名字為John Wong-Quincey的中國現代戲劇先驅、清華大學外文教授王文顯（一八八六—一九六八），可能便是他的兒子。

福邇見我一臉狐疑，又道：「最初昆士告訴我的時候，我也以為他吹牛皮；但去年戈登來中國拜會李鴻章大人，路經香港在總督府作客，港督軒尼斯請了我去跟戈登喝下午茶，誰知去到時昆士也在場，才知幫辦所言不虛。」

我越聽越奇，道：「連香港總督你也認識？」

福邇淡然道：「我為軒尼斯辦過一點事情，本以為他邀請我作為答謝，但原來是戈登聽昆士提起我破案的經過，所以叫港督請我來跟他會一會的。這幅照像，便是戈登當時送給我留念的，還親筆簽了名。」

談到興起，福邇又向我侃侃而述他所謂的「偵探科學」。他道：「說到偵查罪案之學，如果用現今的說法，其實是一門科學，絕非由我一人獨創，而是自古已有。早在南宋時，鄭克所著的《折獄龜鑑》和宋慈的《洗冤集錄》已開創天下偵探科學之先河，歐洲足足晚了幾百年始有類似之作。[9]然而西方科學後來居上，如今已遠遠超越了我們中國，我無非是希望結集古今中外鑑證辨偽方法之大成，讓偵探科學更上一層樓。」

福邇漁經獵史、強記博聞，而且學貫中外，對西洋科學及法律尤有研究，但原來他對為學之道自有一套獨特的見解。他說：「『繭之不繰，則素絲蠹於筐籠。』探案也是同樣道理，要按部就班的抽絲剝繭。但若說『人之不學，則才智腐於心胸』，這句話我卻不苟同，因為要是學無所用，還不是照樣腐於心胸？我們的腦袋就像一個倉房，一般人通常也不理會東西是否有用，便胡亂堆進腦子，但到了用得著的時候，又往往因爲在腦裡放置得雜亂無章而找不出來。我自幼便給人往腦裡塞滿詩詞歌賦、駢文八股等不切實際的學問，若非進入同文館的時候，他們剛好增設了天文算術，說不定一直到我出洋之後，才曉得地球是環繞太陽運行的。」

我倒是第一次聽到這個說法，不禁問道：「不是吧？古書不是有云：『渾天如雞子，地如卵中黃』嗎？」

福邇道：「古代歐洲人本來也是這麼想的，但他們的天文家幾百年前便已推翻了這個理論。」

我見他不像說笑，便道：「就算地球眞的是繞著太陽走，對你探案又有甚麼用處呢？」

他搖頭苦笑道：「正因爲沒有用處，所以最好能忘記得一乾二淨，以免有用的知識反被擠出了腦袋。所謂知者不博、博者不知。我專研科學，欲師夷而不囿於夷，無非是希望有助振興中華。」

---

9 福邇提及的歐洲最早期「偵探科學」學說，應該是指西方法醫學兩位鼻祖法國人帕雷（Ambrose Paré）及義大利人菲德利斯（Fortunato Fidelis）的十六世紀著作，比起鄭克和宋慈分別成書於十二和十三世紀的《折獄龜鑑》和《洗冤集錄》，晚了三四百年。

福邇這幢房子是新建築，牆上安裝了自來火燈，是以我和他毋須秉燭亦能常作夜談。話說有一晚，我們如常高談闊論，不覺已時近子夜。正欲就寢之際，本來靜寂的街上卻忽然傳來一輛人力車碌碌輪聲，一路來到我們騎樓底下。

福邇道：「這個鐘點來找我，多半是差人，而且一定是大案。」

樓下來客拉響門鈴，深夜中分外刺耳，只聽見鶴心下樓開門，有一把男聲用英語跟她不知說了甚麼，接著是兩人匆匆上樓的步聲，門一打開，她便引了一個包著頭的摩囉綠衣進來。綠衣一見到福邇，馬上遞了一張字條給他，著急地嘰嘰嘎嘎的說個不停。

福邇看了字條，眉頭一皺，跟摩囉差說了些甚麼，綠衣這才住口，轉身下樓等候。福邇向我道：「剛有命案發生，葛渣星幫辦派了這人向我求助。」

我聽他這樣說，便道：「那你快跟他去吧。」

不料福邇卻道：「華兄，我有個不情之請，今晚希望你能跟我同往，助我一臂之力。」

我沒想過他竟會邀我同行，受寵若驚，便問：「我能幫得你甚麼忙呢？」

他道：「其實我一直存有私心，希望能借助你的經驗來幫忙我探案，可惜這兩個禮拜上門找我的人，委託辦理的都不外芝麻小事，所以才沒向你開口。但今晚發生了凶案，你上過戰場，又精通醫理，我可以請教你的地方還多著呢。《洗冤集錄》有云：『初情莫重於檢驗』，這便勞煩你陪我走一趟如何？」

我還是有點遲疑，道：「可是我沒有夜紙。」俗稱「夜紙」的，便是特許華人晚上出外的通行證。

福邇道：「這個不用擔心。夜紙我有，況且我是幫辦請過去的，你跟我在一起，沒有差人會爲難你。改天我給你也弄一張通行證，那麼以後便方便了。」

我到了香港之後每晚都要待在屋裡，真實早已一肚子悶氣，既然他這樣說，當下便欣然奉陪。這時鶴心也不用吩咐，便給我們兩人各備了一個燈籠。

其時立冬早過，縱使身在嶺南，夜裡也頗有寒意；我和福邇穿上大衣落到街上，只見一輛掛了火水燈的人力車已在等候，送字條的摩囉差也早坐在車上，待福邇跟他回去。香港的車子跟上海的黃包車大同小異，摩囉差召來的這輛雖是大型的，但也只能坐兩人；福邇用英語跟他說了幾句話，我雖然聽不懂，但也明白是叫他讓座給我。差人先是極力搖頭說不行，待福邇再厲聲地說了些甚麼，他才老不願意的下車。

車子沿荷李活道一路向東走，我想起之前譚發說不出路名的意思，便道：「福兄，我一直忘了請教，『荷李活』是甚麼意思？」

他答道：「『荷李活』是英文冬青樹的粵語音譯。」

我奇問：「街上哪有冬青樹？」

福邇淡然一笑道：「英國人東征西討之後，總喜歡把老家的東西帶去占領的新地方，也不理會適合不適合。說不定香港開埠之初，這兒沿路眞的種有冬青樹吧。不過這種樹木根本不適宜中國嶺南氣候，要是種了也一定早已枯掉。」

將近去到荷李活道東端盡頭，經過一幢嵯峨壯觀的大樓，福邇告訴我這便是域多利城的中央大差館。我當時也沒想到，在以後的年月裡，這將成爲一處我熟悉得爛若披掌的地方。

接著落到海旁大馬路，樓宇漸漸疏落，沒有了街燈，月殘星稀的夜空之下，只有我們車子上搖曳的燈光照路，備覺淒涼。這時經過的一帶，是英國海師和陸軍設立船塢及屯兵之處，沿途左邊水上停泊了一艘艘大小戰艦，右邊山腳又盤踞重重兵房，我來到香港已一個半月，但此時此刻，才眞正感到身在曹營、寄人籬下。

終於又來到了建有民居之處，福邇告訴我這便是下環叫做「灣仔」的地方。他說：「前面洪聖廟再過幾個路口，便是發現了屍體的春園街。」

我們來到春園街上一個看似倉庫的地方，看見已有十來個綠衣在場，除了摩囉差之外也有華差，提著差人所用特別光猛的鐵皮油燈，正在倉庫旁一條橫巷周圍跋來報往。眾綠衣之中站了兩個沒穿制服的人，其中一個是身材高大、鷹鼻虬髯的印度人，正是葛渣星幫辦，而另一個則是矮瘦得多的中國人，剛好回頭望向我們，我便認出原來是上文提過的華幫辦王昆士。

福邇吩咐車夫等候，轉頭低聲對我說：「沒想到昆士也趕來了。有大案發生，他大概想分一杯羹。」

王昆士幫辦見我們來到，便走了過來，福邇不待他開口便滿臉不悅的道：「你讓差人在這裡亂跑，地上有甚麼蛛絲馬跡也給你們踐踏得一塌糊塗了！」

王昆士用英文說了一句似乎是道歉的話，接著又用廣東話道：「我和手下來到時，葛渣星的人已經在走出走入了。」我雖然初到香港，仍未完全熟習粵語，但也聽得出他有外省口音。

這時葛渣星也走了過來，福邇轉向他用英語說了些甚麼，葛渣星面露尷尬之色，向手下的摩囉差呼喝了幾聲，眾人聽令，連華差們也隨即退出小巷，站到大街一旁。

福邇用英語向兩位幫辦介紹了我，便向我道：「華兄，這兩位是葛渣星幫辦和王昆士幫辦。」

我跟兩位幫辦點點頭，道：「葛幫辦、王幫辦。」

葛渣星用半鹹不淡的廣東話說：「我姓星，葛渣是我的名字。」我弄錯了他姓氏，他雖不以為忤，我仍不免汗顏。

王昆士也笑笑道：「也沒有人叫我王幫辦，個個都叫我昆士。」

福邇已有點不耐煩，問昆士道：「屍體是在巷子裡吧？既然是葛渣星派人來找我，屍體應該是他的差人發現的，為甚麼你又在這兒呢？」

昆士道：「一個多鐘頭前，灣仔這邊二號差館的摩囉差『行必』，在巷裡發現屍體。」

我不明白問：「甚麼叫『行必』？」

福邇道：「『必』是粵音英語，『行必』是巡更的意思。幫辦請繼續。」

昆士續道：「摩囉差馬上找了星幫辦到來，但看見屍體旁邊的牆上用血寫了一個中文字，他們看不懂，於是又找了我過來。我帶你去看看。」

昆士幫辦正想帶我們進入橫巷，福邇卻道：「等等。讓我先檢視一下巷口。」他從懷裡掏出一柄放大鏡，把所持的燈籠跟就近的一個綠衣交換了鐵皮油燈，便示意各人退後，自己走到橫巷巷口。他見到巷口不遠的地上有一個燒爛了的紙燈籠，蹲下用放大鏡檢查了一下，道：「新燒爛的。是不是本來已經在這裡的？」

昆士答道：「最先發現屍體的差人說，正是因為巡更時看見地上有個燒爛了的燈籠，覺得可疑，才會走進橫巷裡看一看的。」

福邇「唔」了一聲，竟不嫌骯髒，跪了下來仔細檢驗地上的痕跡。他用放大鏡看遍周圍，蹙著眉頭站起來道：「都怪你們差人亂踩亂踏，足跡太多太亂了。不過地上依然留下了一點血跡和拖痕，看得出死者是在街上遇襲，掉下了燈籠，然後被拖進橫巷裡的。我們進去看看，請你們跟在我身後，別再亂踏。」

我和兩個幫辦跟著福邇走進巷子，小心翼翼的生怕踩著了甚麼重要線索。雖然明知道有死屍，但在那條漆黑的巷子裡，靠著手提燈光看到屍體的一剎那，也真教人心驚肉跳。只見一具男屍俯臥在血泊之中，一大灘血已開始凝固發黑，屍體前的牆腳用血寫了如下的一個大字：

福邇用放大鏡檢視血字時，各人良久無語，過了一會昆士幫辦才胸有成竹的道：「我想死者應該是想寫報仇的仇字吧。你看，左邊的很清楚是人字部首，右邊的像是個斷了尾巴的九字。」

我的想法跟幫辦一樣，只見血字的最後一筆很弱，分明是死者寫到這個橫折，還差最後一勾便脫力身亡。豈料我點頭同意之際，福邇卻道：「在未集齊所有線索之前，切忌妄自臆測。你們沒有動過屍體吧？」兩位幫辦都搖頭說沒有。福邇道：「死者右手食指指尖沾了血，血字剛好在他伸手可及之處，看來確是他臨死所寫的。」他轉向我又道：「華兄，有勞你檢驗一下。」

這時我粵語還說得未夠流利，只好一邊檢驗屍體，一邊用官話解釋：「地上這麼大的一灘血已凝結了不少，屍體亦僅剩一點餘溫，估計死了起碼一個時辰，也即是洋鐘的兩個鐘頭。不過手腳仍未開始僵硬，所以不會超過四個鐘頭。」星幫辦顯然聽不懂官話，昆士便用英文給他低聲翻譯。

福邇聽了我說的話，似乎十分滿意，對兩位幫辦點了點頭道：「華大夫的判斷不錯。死者遇害的時候一定是八點鐘之後，所以才會提著燈籠；但除非在他身上帶有夜紙，否則應該未到十點鐘宵禁便已經遇害。」

我把屍體翻了過來，看清楚面目，是個年約四五十歲、滿臉鬍鬚的魁梧大漢。我繼續檢視，一邊又道：「死者右胸被利器刺中，斷了肋骨直穿肺部，可見兇徒出手之重。這樣的傷勢不會馬上致命，死者看來是過了一段時間，流血過多而死的。這一擊力度這麼猛烈，如果是長兵器的話一定會透背而出，但死者只有胸前一個傷口，所以我看兇器應該是只有幾寸長的短劍或匕首之類的貼身兵器。還有，死者是迎面中劍的，而傷口筆直插進右肺，兇手會不會是左撇子？因爲如果是右手握劍的話，直刺對方左胸順勢得多。」

福邇委婉道：「華兄，你所言甚是，不過兇手若是直刺左胸穿透心臟，對方便會頓時斃命了。依我看來，兇手也許不想死者馬上死掉，是故意讓他留一會命的。」

昆士幫辦道：「這麼說，的確像是尋仇，要讓仇人死前知道是誰殺了他。但兇手不怕他臨死大叫救命嗎？」

我道：「死者右肺穿破，連呼吸也一定十分困難，想求救也叫不出聲了。」

星幫辦本來一直在旁聽著昆士翻譯，這時不明白我說甚麼，便用英語問昆士。昆士解釋後，兩個幫辦便吱吱喳喳的互相討論起來。

福邇不理他們，見我檢驗完屍體，便走了過來，蹲下翻查死者的衣服。他拉開死者外衣，發現原來腰帶上斜插了一把連鞘短刀。福邇拔出刀子，但見寒光森森，是一柄精鋼利器。福邇把短刀遞給兩位幫辦看，接著又檢視了一下死者的手掌，道：「看他筋骨結實，虎背熊腰，拳頭和手掌練出厚厚的肉繭；隨身配戴著武器，在外衣下面藏得既不容易被人察覺，卻又不礙拔刀之便，可見是個老江湖。」

昆士聽了，「骨碌」的吞了一口口水，道：「但他連刀也來不及拔，便被人迎面一劍刺中，這兇手出招好快！」

福邇道：「死者身上仍能嗅到一陣酒味，可能是被兇手乘醉突襲。但你說得不錯，兇徒出手一定很快。」

他接著搜遍了死者的衣袋，除了一些零錢和幾支鑰匙便沒甚麼發現。再摸摸腰帶，好像裡面有些物件，便解開來細看。拉開了腰帶，原來是一條長長的錢搭鏈，福邇從裡面摸出了幾疊厚厚的香港銀紙，當中還有一封摺了起來的信。

福邇把銀紙交給兩個幫辦點算，昆士看見數目不菲，便道：「兇手果然不是爲了劫財！」

我靠近油燈，和福邇一起看這封在死者身上找到的信，只見信封上寫著兩行八個字：

四海會館

狄二霸收

昆士道：「四海會館離這裡不遠，只隔兩條街。信封沒貼『士擔』，是手遞到會館的吧。」

福邇點頭道：「不錯。」他怕我不明白，又轉向我道：「『士擔』是英文『郵票』的意思，這封信顯然沒有經過書信館。」他從信封內抽出函件，打開一看，沒有抬頭或署名，只寫了六行令人摸不著頭腦的字句：

老家花舌子有風來
九江八患水患了
梁子孫流年前經已淌進線上
咱別碰盤
馬前店餵青子
辛巳九月十四

福邇瞥了一眼，便把信遞了給昆士看。只見昆士低聲唸唸有詞，讀得好像有點吃力；我想起他身世，看來識字不多。他看了幾遍才問福邇：「看信上日期，是還不到兩個禮拜前寫的，但其餘的我根本看不明白意思。是外省方言嗎？」

我道：「我看這是暗語，對不對？」

福邇道：「不錯，這是廣傳北方的江湖黑話，雅稱『唇典』或『春點』，南方人很少聽過。

『花舌子』是江湖中聯絡人的別稱，『有風來』便是傳來消息的意思。接著有幾個別字，『九江八患』和『水患』的患字都錯寫成了禍患的患，但其實『九江八患』應該寫作千萬的萬才對，而『水患』則應該是漫長的漫。唇典裡『萬』是姓名或名堂的意思，北京土話裡也有這種用法；『九江八』是指『九江八河』，所以『九江八萬』便是姓何，而『水漫了』則是殺來了的隱語。」

我在京城多時，自然曉得當地人把名字叫作「萬兒」，聽他這麼解釋，便恍然大悟道：「那即是說，有個姓何的人殺來了？」

昆士幫辦急不及待又問：「那麼接下來的甚麼子孫流年呢？」

福邇道：「這裡也有別字，不該寫作逼上梁山的梁，而應是樑上君子的樑才對。『結樑子』這句話你也聽過吧？『樑子孫』便解作仇家。接著『流年』也並非算命先生所說的那個意思；唇典以『流月汪則中』等字代表一二三四五，所以『流年』其實是指一年。至於『淌進線上』，則是進入了地頭的意思。」

昆士幫辦道：「那麼第三句是說，仇家一年前已經來到香港了？那麼爲甚麼等到現在才動手呢？」

福邇道：「這個很難說，可能仇家來到香港之後，還要花整整一年時間才找到這個狄二霸的下落。至於第四句，『別碰盤』解作不要見面。第五句『馬前店』的店字也是誤寫，應該是一點一滴的點才對，意即趕快；而『餵青子』，則是預備兵器。」

昆士幫辦點了點頭道：「這個叫狄二霸的收到信說有人尋仇，難怪身上帶著刀子！」

葛渣星自始至終聽著我們說話，雖然他也會說粵語，但顯然不明白福邇所述的中文字義，這時便用英語追問，福邇親自向他解釋起來。

昆士幫辦轉向我，用官話問：「華大夫，你有甚麼高見？」想不到他的官話雖帶著濃濃崑腔，卻原來說得不錯。

我答道：「狄二霸身上除了刀子還帶著這封信，足見一直懷有戒心，所以雖然喝了酒，我猜也不會喝得酩酊大醉。他看來武功不弱，但正如你剛才所說，竟連刀子也來不及拔出，便被人迎面一劍刺中，而且對方用的還是短劍，出手之快，肯定是高手。」昆士聽了連連點頭。我又道：「我聽福兄說，幫辦你是在英國長大的？中文可不錯啊。」

他靦腆道：「福先生告訴了你，是戈登將軍收留我的吧？我十歲不到，將軍便帶了我去英國，幸好他另外還收留了幾個來自江蘇一帶的孤兒，我們一起長大，所以才沒有忘記怎樣說家鄉話。但廣東話我是來到香港之後才學的，中文字在來到之前也沒懂得多少個。」他滿懷感觸的嘆了口氣，道：「轉眼之間，來到這裡也將近十年了。」

這時福邇跟星幫辦說完話，回過頭來跟昆士道：「既然信封上寫了死者姓名地址，我們現在先過去他住的會館看看，明天一早再追查這封信是誰寫給他的。」

昆士幫辦問：「怎樣追查？」

福邇道：「這不會太難，發信人多半也是域多利城內的居民。他本來一定不時跟狄二霸見面，才會在信裡寫明『別碰盤』。而且這封信是有人留在會館給死者的，沒有經過書信館郵寄，所以無論是託人傳遞也好、或是發信者親自送到也好，這人也不會住得太遠。就算他住在對岸九龍，雖只有一水之隔，但郵寄仍會方便得多，所以我們應在域多利城內找人。」

昆士急不及待追問：「但域多利城這麼大，怎去找人？」

福邇道：「我還沒說完。最重要的線索，是這封信很明顯是由寫信佬代爲執筆的。只要花點功夫，派人問遍域多利城四環九約的寫信佬便行。」

我沒有聽過「寫信佬」這個稱謂，便問福邇是甚麼。他道：「廣東話俗稱『寫信佬』的，是專爲目不識丁的人代寫函件的書信匠。這封信看得出必定是由寫信佬代筆，因爲所寫的別字全都是粵語音誤所致。如果這封信是發信人親自寫的話，寫錯的也應該是自己方言裡的同音別字才對。昬典是中國東北的江湖黑話，不但你和華兄兩位沒聽過，寫這封信的代筆先生也顯然不懂。『九江八萬』的萬和『水漫了』的漫，兩字官話發音不同，但粵音卻一樣，寫錯本來不足爲奇，但信裡卻偏偏寫成禍患的患。這個患字無論是官話或粵語都跟千萬的萬和漫長的漫讀音有異，所以一定是因爲發信者是外省人，寫信佬聽他口述時因爲粵音不正，才會有筆誤。我們找到這個寫信佬，他一定會記得不到兩個禮拜前，有一位北方人託寫一封這樣奇怪的信，就算不知道姓名也起碼問得出容貌。」

昆士又用英語向葛渣星解釋，福邇忽有所思，向我道：「解決了這案件之後，我眞要好好收集香港九龍各處寫信佬的筆跡，那麼以後再遇上類似情況，拿來對認一下便知道是誰的手筆了。」他掏出懷錶看了一看，又道：「華兄，時候不早，你明天還要回藥店，不如叫車夫先送你回家休息吧。我還要和兩位幫辦去四海會館看一看，沒這麼快可以完事。」

福邇向昆士和葛渣星點頭示意，他們便吩咐幾個手下把屍體搬回灣仔差館。我向他們告辭，便坐到人力車上，叫車夫送我回家。

◀ ◁ ◁ ◁ ◁ ◁

這夜我在床上輾轉難眠，次日早上，直等到要出門的時候，福邇依然未歸。回到藥材店坐堂，整天自不免念念不忘凶案之事，好不容易熬到傍晚回家，剛進門便聞到一陣西洋藥物的酸臭氣味，原來福邇正站在滿桌玻璃器皿前，不知弄些甚麼玄虛。

他一見我回來，便興致勃勃的道：「華兄，你回來得正好！我變個戲法你看。」

「甚麼戲法？」我一邊問，一邊把窗戶和騎樓門打開，通一通風來驅走異味。

他拿起一個半滿的玻璃瓶，道：「這瓶子裡的水已經蒸餾過，沒有絲毫雜質。」他放下瓶子，又拿起一把小刀，突然輕輕刺破指頭，把一滴鮮血滴進水裡。

我愕了一愕，問：「你幹甚麼？」

福邇微笑不語，吮吸了一下指頭，便拿起玻璃瓶搖了幾下。那滴血本已在水裡化開，這麼一下，肉眼便完全看不見了。他放下水瓶，接著又一手拿起一瓶白色粉末，另一手拿起一個茶色玻璃的藥水瓶，道：「看清楚了。」

他把藥水倒進一個玻璃容器裡面，然後小心翼翼把粉末一點點混進去，直到藥水再溶解不了更多的粉末爲止。他把這溶液倒進之前滴了血的玻璃水瓶，瓶裡的水頓時起了變化，馬上出現許多焦紅色的細微沉澱浮物。

我哪曾見過這種出神入化的東西？當下便目瞪口呆問：「這是甚麼魔法？」

福邇道：「這不是魔法，是化學。這個測試血液的方法，是近年一位德國科學家所發明的。如你所見，一瓶水裡雖然只混了一滴鮮血，但依然產生明顯反應。待我們找到狄二霸案中疑犯，便可以用這方法在兇器或衣服上驗出血跡。」[10]

這時我才有暇問他：「那麼你們昨晚在會館有沒有甚麼發現呢？」

福邇道：「只查到狄二霸在那裡住了一年多，不像有正業，卻又似從不缺錢。他也沒有跟會館裡的其他住客來往，經常外出，從不見有朋友到訪，所以沒有人說得出是誰把那封信留在會館給他的。我們在他的房間裡除了一兩件兵器之外，亦搜不出甚麼。兩位幫辦現已廣發差人查問城中的寫信佬，希望能盡快找出發信人。」

我道：「說不定發信給狄二霸的人知道他死了，會自行到差館舉報仇家呢？」

他搖頭道：「報館今天收到消息，明天的新聞紙便會報導；但發信給狄二霸的人既然要找人代書信件，一定不會看得懂新聞紙。況且這種江湖中人之間的仇怨，向來都是自己了斷，不會驚動官府。」

一如福邇所料，當晚我們剛吃完飯，昆士幫辦便派了個綠衣送來字條。原來他們果真在西環找到一位寫信先生，記得兩個禮拜前，確有一個外省口音的人託他寫過一封用語奇怪的信。雖然不知道姓名，但問清楚了容貌，明天一早眾差人便可以到附近周圍查探此人下落。

---

10 福邇示範的應該是德國波昂大學教授法蘭茲·索嫩沙伊恩（Franz Sonnenschein, 1817-1879）晚年發明的血跡測試方法，所用的粉末是鎢酸鈉，藥水是乙酸（醋酸），程序和效果一如文中所形容。在故事發生的一八八一年，就算是歐洲也仍未普遍使用這個試驗方法，更莫說香港了。

福邇道：「待找到這個人，盤問出仇家是何方神聖，事情便自會水落石出。」

◀◁◁◁◁◁

但常言道：人算不如天算，縱使福邇如何臆則屢中，偶爾也必有一失。次日清晨，我和他在家裡還未吃完早點，又有一個綠衣急急上門請我們過去西環——原來那裡剛剛又發現了一具屍體，而且看樣子便正是我們要找的人！

案發之處是位於西營盤的富珍棧，福邇說是頗負盛名的一間客棧，兼營餅店。我們坐人力車匆匆趕到，原來是一棟四層高的大樓房，昆士和葛渣星兩位幫辦已和幾個差人在門口等候。

福邇一下車，昆士便急不及待向他細述詳情：「棧側這條通往後街的小巷叫做富珍巷仔，屍體似乎已經在巷裡一個暗角躺了一夜，到了今天清早，附屬的餅齋開鋪時才由一個伙計發現。富珍棧裡的人認得死者是一位住在這裡的客官，名叫丁家信，便馬上跑去西環的七號差館報案。差人來到，見到死者容貌跟昨天寫信佬形容的相似，又馬上到大差館找我和星幫辦過來。」說著，他便帶福邇到巷口看看，又有點懦怯的道：「我們一到，便吩咐不准任何人進出小巷，怕又再踏壞了線索。」

福邇掏出放大鏡，一如前晚般趴在地上，小心翼翼檢視蛛絲馬跡，由巷口一直到半遮掩在一堆雜物後的屍體。過了一會，他終於站起來，轉頭向幫辦道：「跟狄二霸一樣，丁家信是先在街上遇襲，然後再被拖進巷子裡的。你們有沒有派人帶寫信佬過來認屍？」

昆士答道：「派了，應該很快便到。」

福邇向我招了招手，道：「華兄，那麼有勞你檢驗一下屍體。」

我走到福邇身旁，看見屍體是仰臥在地上的，衣服上及流到身下的血跡早已乾透發黑，一看便知死去多時。這個叫丁家信的，也是個體格健碩的壯漢，年紀較狄二霸稍輕，樣子也沒那麼粗魯，腮子刮得乾乾淨淨，唇上留了二撇修葺整齊的短鬚。

我如前晚般一邊檢視死者，一邊道：「屍體已完全冰冷僵硬，死了少說也有五六個時辰。待會帶走屍體之後，吩咐仵工檢視身下，屍斑應已盡沉腰背股後。又是右胸中劍，不會馬上斃命，而是失血過多致死。」我在屍體衣服下翻出一把短刀，便道：「你們看，他像狄二霸一樣，身上也暗藏了利器防身，但又是來不及拔刀便中招了。」

昆士一直用英文給葛渣星解說我的話，這一下子兩位幫辦便面面相覷，嘰哩咕嚕的爭論起來。福邇壓低聲音跟我說：「三日之內發生兩宗這樣的駭人凶案，他們擔心若不能盡快破案，上頭怪罪下來便麻煩了。」說著兩個幫辦果然便轉向福邇，一人一句的急切地不知講甚麼；我雖然聽不懂英語，但也看得出是懇請哀求的模樣。

不一會，有綠衣把寫信先生帶來認屍，證實確是託他代書函件給狄二霸的人無疑。這時街上行人已越來越多，兩個幫辦一等到福邇也檢查好丁家信遺體，便命人把屍首蓋好，找來推車送到西環差館。接著福邇便和幫辦們逐一盤問客棧裡各人，但也問不出甚麼來；只知丁家信像狄二霸一樣，在這兒已住了一年有多，平素也是獨來獨往，不見有何財源，卻又出手闊綽。

福邇道：「兩個死者分明都不是甚麼膏粱子弟，何來這麼多錢任供揮霍？我們搜一搜丁家信的房間，看看有甚麼發現。」

丁家信在富珍棧長租的房間裡，我們很快在床底找到一把朴刀，又在抽櫃裡翻出一大疊當票和銀行存據。福邇翻看了一會，遞了給兩位幫辦，道：「這裡有香港九龍多間當鋪的當票，日子最舊的是去年初，所押的都是金銀珠寶。若是來歷正當的東西，又怎會寧可低價典當而不賣給金鋪呢？還有，所得的金錢又陸續存入了五六間銀行。不用我說，大家也知道是怎麼一回事吧。」

我們在富珍棧完事之時，已是正午過後。昆士和葛渣星要回去大差館報告，我本想在附近找個地方吃點東西，但福邇卻說不餓。我見他心事重重的樣子，也不想勉強，一時在街上又招不到人力車回家，便和他邊走邊找。

福邇一路無語，直至行了一兩個街口，卻猛然停下腳步，怔怔的看著前面某處地方，臉上現出一個恍然大悟的表情。

我順他目光望過去，只見前面不遠的街邊有一間簡陋的洗衣鋪子，招牌以東歪西倒的字跡橫寫著「包不退色」四個大字。我看了不禁啞然失笑，因爲招牌不但把「褪」字誤寫成「退」，還竟是從左往右倒寫過去的。

我哈哈笑道：「福兄你看，這招牌左右不分，居然把『包不褪色』倒轉寫成『色褪不包』，顧客不望而卻步才怪！」

福邇卻若有所思，皺眉不語。我討了個沒趣，這時剛好有輛人力車在街口放下乘客，便舉手把車夫招過來。我們坐到車上，我跟車夫說了地址，福邇一路閉目沉思，我也不敢打斷他的思路。直到車子差不多上到荷李活道，才見他張開了眼睛，我便忍不住問：「福兄，剛才你看見那個招牌，是不是想到甚麼？」

福邇悻然自怨道：「我實在太大意了！當初便應該看出牆上血字的意思，可是直到剛才看見那招牌，我才終於明白。」

我大惑不解，問：「狄二霸臨死時寫的『仇』字，跟『包不褪色』有甚麼關係？」

福邇搖頭道：「他寫的不是『仇』字。要是我能早點想通的話，丁家信可能不會被害。」

這時人力車已到了荷李活道貳佰貳拾壹號乙門口，我下了車，福邇卻留在車上跟我說：「華兄，你先回家休息。我還有事情要查一查，不知道須要多久。」說罷轉頭吩咐車夫：「再去大差館。」

◀ ◁ ◁ ◁ ◁ ◁

我以為福邇晚上總也會返家吃飯，但他卻不見了影蹤，直到我就寢他也未歸。次日起來時，鶴心告訴我：「公子昨夜很晚才回家，今早天一亮又出去了。」

這天是禮拜日，我本想邀福邇一起去喝早茶，順便問清楚他到底勘破了案情的甚麼蹊蹺，但他既然不在，我別無著落之際，便只好去找譚發作伴。他一聽我說連環凶案的事，自然難免喋喋不休的問長問短，待與他分道揚鑣，已是下午兩三點。回到荷李活道住處，還未上到樓已聽到門內傳出胡琴聲，便知道福邇已經返家。

一進門，只見他坐在窗前，悠然自得的拉著胡琴。福邇見我回來，也不停止奏樂便道：「華兄，譚先生可好嗎？」

我在香港除了譚發便沒有其他熟人，所以福邇看得出我剛跟誰喝茶也不足為奇。我心急想知道的卻是案情有甚麼進展，便馬上追問他。

福邇一副成竹在胸的樣子，一邊拉著胡琴一邊道：「萬事俱備，只欠東風。我還在等一點消息，但如我所料不差，明天便可以捉拿兇手伏罪。」

昨日分手之前他本還茫無頭緒，此刻卻聽他這樣說，我便忙問：「還要等甚麼消息？你已知道兇手是誰了？」

福邇也不知是否故作神祕，道：「我已知道他的身分，但還未想好如何把他繩之以法。」接著索性閉上眼睛，使勁繼續拉胡琴，顯然無意再談。

他既然這個樣子，我也只好賭氣坐到一角，自顧自翻閱新聞紙，看看案件有甚麼報導。連環凶殺當然是大新聞，每份報章都是頭版刊登，大多只有寥寥數行，報導得最詳盡的也只提到兩名死者名叫「狄某」和「丁某」、先後於禮拜四和禮拜六被發現陳屍下環和西環，此外便別無細節。

福邇看見我的表情，放下胡琴道：「是我告訴兩位幫辦不要透露太多新聞，以免打草驚蛇。」轉頭便吩咐鶴心服侍他吸水煙，不再說話。

不覺到了傍晚，街上突然隱約傳來一群孩子的喧鬧聲，然後門鈴便響個不停。我只道是頑童惡作劇，聽到鶴心匆匆下樓，還以爲她會趕走他們，不料她卻竟然把他們放了進來。接著聽到一大堆腳步奔跑上樓的聲音，廳門「砰」的一響打開，六七個街童便衝了進來，年幼的看來只有八九歲，年紀最大的也不過十二三歲。

福邇沉聲道：「給我規矩一點。」他這麼一說，街童們馬上立正，噤若寒蟬。他轉向生得最高大、樣子又最機靈的小孩問：「根仔，你們給我查到了？」

這個叫根仔的望著我，臉上露出猶疑之色，欲言又止。我還以為福邇一定會叫他不用怕照直說，不料福邇卻走到根仔身旁，俯首讓他在耳畔悄悄細語。根仔說罷，福邇滿意地點點頭，道：「那麼你知道明天怎麼辦。」

根仔大聲答道：「知道！」

福邇打賞了孩子，各人連聲道謝後，便歡天喜地的一哄而散，跑落樓梯回到街上。福邇回到皮椅坐下，道：「這些小兄弟都住在附近，我戲稱他們為『荷李活道鄉勇』，平素給我做一些跑腿、傳訊、買報紙等雜務，偶爾我也會用他們查探消息。」

我問：「那你要等的消息查到了嗎？」

福邇道：「查到了。」

之後一直到晚飯，儘管我如何旁敲側擊，他也絕口不再提凶案的事；吃完飯不久又推說疲倦，回房睡覺了。福邇便是這樣的脾氣，經常教我為之氣結。

次日我一早起來，滿以為福邇說過這天是擒兇之日，總不會再賣關子多久。不料我下得樓來，鶴心卻告訴我福邇已經出去了。鶴心給我弄好早點之後，又說要到中環走一趟，給福邇辦點事情，接著便留下我一個人在屋子裡。

我獨自一直枯坐，本想看書打發時間等他們回來，但翻了好幾本書，看來看去也看不入神，好不容易捱到中午，終於忍不住肚餓，便匆匆跑到附近街上吃了一碗餛飩麵充飢。回到家裡又等了兩三個鐘頭，終於聽到樓下有人進門，原來是鶴心，但福邇依然不見蹤影。

我正想問她一個究竟之際，她卻先開口道：「奴婢甚麼也不敢說，請您等公子回來自己問他吧。」說罷便急急躲進廚房，還好像生怕我會追進去似的。我拿她沒辦法，便只好回到廳裡繼續乾等。

這日天色陰冷，我看了一會書，漸感寒意，便在壁爐生了個火，坐到旁邊繼續閱讀；暖洋洋的又慢慢有點兒睡意，便不知不覺間進入了夢鄉。也不知道過了多久，迷迷糊糊中好像聽到了甚麼聲音，我瞇開眼睛，發覺天已漸暗，只見原來福邇已經回到家裡，但正在躡手躡腳的好像又要出外的樣子。

他察覺我醒了，便道：「華兄，對不起，弄醒你了。我剛想留張字條給你，鶴心又出去了給我辦點事情，要晚點才能回來給你做飯。」

我見他穿了外衣，便急問：「你又要出去了？已經捉拿了兇手沒有？」

他一副欲言又止的樣子，猶疑了一下才道：「還沒有，我已約好差人，這便去捉拿他歸案。」

我霍地站起身道：「我陪你一起去！」

福邇道：「華兄，這件案你已幫了我很大的忙，但兇手是個已經殺了兩個人的亡命之徒，我怎能叫你陪我涉險呢？」

我道：「福兄，你這樣說便不對了。明知道朋友即將犯險，難道你叫我袖手旁觀嗎？再說這人武功不弱，我雖帶傷在身，但好歹也在沙場上打過滾，必定能助你一臂之力！」

福邇凝視我半晌不語，但眼中流露出感激之情。他轉身走到一個用來插放雨傘和手杖的青花大花瓶，抽出一支黑漆木銀柄的洋手杖，雙手遞給我道：「請笑納。」

我忙道：「這太貴重了……」

還未說完，他便打斷我話柄道：「把手旁邊有個暗鈕，摸到嗎？你按一按試試。」

我依言一按，但覺把手一鬆，我便順勢從杖身抽出一把精光閃亮的西洋劍。只見劍身較中國劍略爲短窄，乃精鋼所鑄，暗呈波紋，一看便知是不可多得的利器。

福邇道：「寶劍贈英雄，送給你防身之用。」

我不勝感激，衷心道：「那麼便卻之不恭了。可是你自己呢？」

福邇道：「我比較喜歡短兵器。」他從外衣口袋拿出一把摺扇，「霍」的一聲打開，瀟灑地搖了一搖，再「啪」的合上才遞給我看。

我初看以爲這柄扇子是雕花紫檀所製，拿上手卻發覺沉甸甸的，細看才知原來扇骨乃黑鐵所鑄。再把扇子展開來，只見扇面寫著清雋博雅的四個大字：「揣之摩斯」，便讚道：「好字！是你親題的？」

福邇謙道：「見笑。」他從我手上接過鐵骨扇，又道：「這個天氣還帶著扇子實嫌裝模作樣，不過沒有人會看出是武器。」

我們穿上大衣，又因爲將近天黑，便拿了燈籠，一起落到街上。他帶我走到不遠處一個涼茶鋪，掏出袋錶看看，道：「我們還有一點時間，先坐下喝點東西吧。」

我心內一團疑惑，但在鋪頭裡不方便追問，便和他一起坐下，一人點了一碗沙參玉竹茶來喝。福邇也不說話，只是不時看看袋錶，一副等待甚麼的樣子。

過了約半炷香光景，天也黑了，我正想問福邇要不要點亮燈籠，卻忽然有一輛人力車停在涼茶鋪門口。我本來也不以爲意，但定睛一看，車上的不是別人，正是鶴心，好像是買菜回來的樣子。我正想起身打招呼，福邇卻按著我手臂，低聲道：「不要作聲。」

鶴心似乎沒有看見我們，下車打賞了車夫便頭也不回的走了。這時福邇也在桌上留下了錢，走出鋪頭向車夫招一招手，我連忙跟了過去。

車夫點亮了掛在人力車上的一盞火水燈，見我們拿著的燈籠還未點火，便恭恭敬敬問：「要不要給你們點燈籠？」聽口音不像本地人。

福邇道：「不用了，我們想去堅利地城，去到才給我們點吧。」他見我正要上車，又對我道：「華兄，讓我先上好嗎？我喜歡坐右邊。」

我們坐到車上，便往福邇所說的堅利地城出發；那裡位於西環尾，是域多利城西端的盡頭，我雖然從未去過，但也知道要走好一段路程。我們寓所接近荷李活道末段，再過不遠有個叫做「水坑口」的地方，是附近居民打水之處，但繼續往西走，街上便越來越少人。之後到了西營盤，我們早已遠離了設有街燈的道路，不過民居還密集得很，每屋每戶的窗口透出千家燈火。

這晚月黑風高，再過一兩天便是小雪，坐在車上不免感到一陣寒慄，令我又想起幾夜前和福邇一起坐車到春園街查看屍體的恐怖情景。我本來也不敢在車上問福邇捉拿兇手之事，不料這時他卻忽然自己開口：「這兩件凶案最大的線索，是丁家信留給狄二霸的信內，提到仇人姓何。幸好兇手當晚殺了狄二霸之後，沒有搜過死者身上物件，不然也不會給我們留下這件罪證。」

我問：「我們雖然知道兇手姓何，但單憑一個姓氏又如何去查探呢？」

福邇道：「你說的不錯。更何況這人來到香港之後，也未必會使用眞名。我想了很久，才想出一個找出他下落的方法。」

我想起他前天趕往大差館的情況，便問道：「甚麼方法？前天你去了……」

福邇打斷我道：「這個稍後我再向你解釋。我已約好了兩位幫辦帶同差人，到堅利地城和我們會合一起抓人，到時便自有分曉。」

沿著山坡的道路已變得有點崎嶇，不久聽到淙淙流水聲，我靠著搖晃著的火水燈光，瞥見原來有一條從山上隨坡而下的大明渠。之後往前再走，已不見有民居，環境越來越荒蕪。我在香港住了一個半月，來到這麼遠的地方還是第一趟。

福邇道：「過了前面便是了。」接著告訴車夫把車子拉到堅利地城某個地址。

這時車子燈光所及之盡處，隱約看到路旁有一個深陷山坡的大石塘，看樣子是一個開採麻石的礦場。

福邇又道：「我已查出了兇手化名謝富生，住在堅利地城船廠附近一間會館，我們一到……」

他話還未說完，突然「唰」的一響，車夫不知從哪裡抽出一把長劍，頭也不回便反手往福邇胸口直刺！

電光石火之間，福邇臨變不驚，手中鐵骨扇及時一格，擋開了來劍。我雖驚魂未定，卻沒亂方寸，這刻來不及拔出杖中藏劍，情急之下便用手杖往車夫背上重重一戳。

這車夫也非省油的燈，雖然一擊失手，背上又中招，仍能忍痛奮力將車把往上一甩，令人力車仰天後翻。我和福邇及時一左一右跳離座位，不至於跟車子一起倒地那麼狼狽，但對方已乘機向前一撲一滾到十步以外，轉身向我們擺起防禦的劍式，嚴陣以待。這時掛在人力車上的火水燈剛已在地上破碎熄滅，這晚又沒有月光，漆黑中只看見敵人身影，但卻完全辨別不到面貌。

說時遲，那時快，正當我從手杖抽出藏劍之際，眼角已瞧到福邇從懷中拿出一個銀哨子，使勁的吹了幾響。靜夜裡哨聲分外刺耳，只聽見道路前後兩端不遠之處馬上也有人吹哨子和應，吆喝之聲此起彼落，車夫身後馬上出現一大群摩囉差人，爲首一人看身形正是葛渣星；再回頭看我和福邇身後，昆士幫辦也領著一班華差湧到。兩夥綠衣迅速把我們團團圍住，當中幾人先後亮起鐵皮燈，見到個個都緊握棍棒，兩位幫辦更是各自拿著一把手槍。

昆士大聲喝道：「還不快快放下武器！」

這時才看清楚車夫是個其貌不揚的中年漢，待他站直了身子，方知原來比剛才弓著背拉車時所覺高大得多。他見無路可走，又懾於洋槍之威，猶疑了一下，便把手中長劍扔在地上。福邇用英語跟兩位幫辦交待了幾句，他們便上前給犯人扣上手鐐，命綠衣把他押回差館歸案。

兩個差人把翻倒了的人力車拉起來，正要拖回差館之際，福邇卻叫他們停住。他從地上拾起兇手的長劍，再接過一個鐵皮燈，走到人力車檢視一下右邊的鐵把手，突然「霎」的一聲，把劍插入了鐵把裡面。

福邇轉向我道：「也虧他想得到把長劍藏在車子的把手之內。華兄你看，他把劍柄換成了人力車把手的柄頭；車把本來便是一條空心鐵管，把改裝了的長劍齊鍔插進去，根本看不出原來另有乾坤。他還在車把裡面塞滿綿花，以防劍身碰撞鐵管發出聲響。」

我看了嘖嘖稱奇，道：「那麼……狄二霸和丁家信都是坐到了這車子被殺的？」

福邇點頭道：「不錯。試問有多少人坐在人力車上，會留意車夫的樣貌？兇手想必也把自己容顏掩飾一番，只要小心不跟仇人打個照面，不難騙過他們。誘得狄二霸和丁家信上車之後，途經僻靜之處，便像剛才般突然抽劍反手直刺，對方根本沒有招架的餘地。」

我苦笑嘆道：「唉，當初我還自作聰明，見兩個死者都是右胸中劍，傷口又深不透背，便斷定兇手是使用短兵器的左撇子。」

福邇道：「我本來的想法也和你相去不遠。誰又會料到，兇徒的殺手鐧竟然會是背向死者、反手出劍呢？而正因車夫與乘客之間有點距離，所以就算使用長劍猛力一擊，劍鋒也沒穿背而出，所以我們便以為兇手用的是短兵器。但一直令人大惑不解的是，狄二霸和丁家信兩人都絕非善男信女，既然預知有仇家衝著他們而來，怎會連貼身兵器也來不及抽出來便讓人迎面一擊致命呢？若說是出奇不意的偷襲，那麼為甚麼兇手竟又捨易取難，兩次都不從背後暗算，反而選擇正面攻擊呢？直到我後來明白到兇手是人力車夫，才想通了他一定是用反手劍這陰招。上車時我叫你坐在左方，便是要他出手時先對付我。」

我這時才明白他的用意，不由得感激萬分，正要言謝，福邇卻反而搶先道歉：「華兄，我沒有事前跟你說清楚兇手便是車夫，真是過意不去，還要請你原諒。」

我忙道：「福兄言重了。你早跟我說過危險，是我自己硬要跟著來的。不過既然你早知兇手是車夫，為何不乾脆叫差人去抓他，反而要這麼大費周章呢？」

他道：「華兄你要知道，香港所施行的英國法律跟大清律例大相逕庭，最講求真憑實據，不像中國衙門那樣，單憑嫌疑便可以抓人，更嚴禁用刑逼供。我玩的這個把戲，無非是爲了引兇徒向我們出手，那麼便不容他抵賴了。我沒有事先向你解釋清楚，是因爲我在車上跟你講的話其實是說給他聽的，目的是讓他心慌意亂，挑動他殺人滅口之心。可華兄你是一位坦蕩君子，不擅僞裝，若是一早把眞相告訴你的話，坐車時難保不會露出馬腳，讓兇手起疑。要是他察覺我們有備而來的話，多半不敢動手，那麼便難以證明他是殺死狄二霸和丁家信的兇手了。」

我們一邊說著，一邊跟隨眾差人前往差館。聽了福邇這樣解釋，倒覺很有道理，便問：「但我還是不明白，你是怎樣洞悉兇手的身分呢？」

福邇微微一笑道：「我不是告訴過你嗎？是狄二霸臨死前在牆上寫的血字，指明了兇手身分。」

我聽得糊塗了，問：「他寫了個『仇』字指明兇手是仇人，但那又如何？」

福邇搖頭道：「他寫的不是『仇』字，我也是後來才想通的。」他頓了一頓，忽然反問我一個奇怪的問題：「華兄，你有沒有想過，爲甚麼我們中國的漢字是由右至左豎著寫，但歐洲文字卻是由左至右打橫寫的呢？」

我被他問得一時語塞，只能支吾答道：「這個……自古以來便是這樣的嘛。」

福邇道：「這其實是因爲大多數人都是右撇子，順應手便之故。用右手寫字，若是像歐洲文字般打橫書寫，其實是由左至右才最順手的。你想想，就算是中文字的筆劃，也是先左後右的，對不對？但我國古人在發明紙筆之前，卻是把文字刻在竹簡上的。因爲一條條的竹簡串起成冊，所以用右手執端、左手展開最爲方便，於是形成了由上而下、由右到左的書寫習慣；以至就算是橫寫漢字的時候，正式的方向也依然是從右到左才對。不過那天我們在街上也看見，很多人因爲手便，橫寫時常會顚倒左右，那洗衣店便錯把『包不褪色』寫成『色褪不包』。我因此才恍然大悟，終於明白狄二霸寫在牆上的血字是甚麼意思。」

我還是一片茫然，問：「他寫的若不是『仇』字，那是甚麼字？」

福邇道：「你還不明白？昆士幫辦說得不錯，狄二霸在牆上留下血字的時候，的確還未寫完便脫力而死，但他最後沒寫完的一筆，並不是橫折向右的大彎勾，而是向左的小勾。所以，他想寫的不是一個『仇』字，而是『人力』兩個字！」

他一言驚醒夢中人，我不禁呼道：「人力車！」

福邇點點頭，繼續道：「不錯，他臨死寫下血字，是想讓人知道兇手是人力車夫。我一想通了，事情便易辦。香港以前的人力車，全都是富有人家自置的私家車，直到去年初，政府才允許車夫拉公車載客。但不是任誰都可以拉車的，必須先到差館註冊，交付按金領取牌照。前天我們從第二宗凶案現場回來，送你回家後我馬上趕去大差館，便是爲了在車夫註冊簿裡找尋兇手。」[11]

我問：「但香港的人力車夫總也數以百計吧，你怎知哪一個才是兇手呢？」

他道：「丁家信給狄二霸的信中提到仇家姓何，但他想必不會用眞名註冊；不過外省口音倒不容易掩飾，所以報稱的籍貫多半是眞的，我便查看車夫之中有誰原籍北方。幸好前來本地謀生的人大多來自兩廣，只有一個名叫『謝富生』的車夫籍貫山東。註冊簿上登記了他的車子號碼和住址，我為了愼重起見，又再花了一天，發散了眾多荷李活道鄉勇跟蹤他，發現了他通常在上環街市一旁等客，我便親自前往暗中觀察。待見到這個自稱謝富生的人果然是身懷武功、在江湖混過的樣子，我便知道一定是兇手無疑。」

我想起了福邇給我解釋過英式刑法跟我國不同，便道：「可是證據不夠，所以你才布了這個局，讓他自投羅網。」

福邇道：「不錯，因為狄二霸和丁家信兩人已死無對證，很難證明謝富生與他們有任何瓜葛。只要他矢口否認，我們又怎能咬定他是死者信中所提及的姓何仇家？就算讓我們在他身上

---

11 人力車原是日本明治維新初年發明的交通工具，約一八七四年引進到上海，所以亦稱「東洋車」；又因車身漆成黃色，也叫「黃包車」。不久傳到香港，最初如文中所述均為富人自置的「私家車」，到了一八八〇年才開始有供公眾使用的出租人力車。

搜到利器，大小跟死者致命傷口吻合，又再用那天我給你示範的方法驗出血跡，也不足以斷定是這兩宗案件的殺人兇器。唯一能把他定罪的方法，是讓他以為我們已經抓緊了他的罪證，誘他殺人滅口，待他出手時把他拿下。」

我道：「那麼鶴心坐著他的車子到來，當然也是你指使的。」

福邇笑了一笑道：「當然了。為免謝富生起疑，我叫根仔日間帶鶴心到他在上環街市等客的地方，先暗中認清楚這人的容貌和車子號碼，傍晚她再獨個兒回去，看準時機搭了他的車到我們喝茶的地方，好讓我們自然而然的成為他的乘客。在路上，謝富生一聽到我識穿了他的身分，心慌意亂之際若要殺人滅口，必定會在沿途最僻靜之處動手，所以我早已通知了兩位幫辦帶同手下在附近埋伏，結果一切不出我所料。」

說著我們到了西環差館，兇手也不用幫辦怎麼盤問，便一五一十地自己招供。原來這個化名謝富生的車夫，真名叫何樸，跟狄二霸和丁家信原是山東某地老鄉。丁戊大荒時[12]，三人一起去到湖北謀生，因為懂得武功，便投靠了一間小鏢局當上鏢師。過了一兩年，三人得到總鏢頭信任，有一趟便派隨一位老鏢師押鏢到湖南。誰知狄二霸和丁家信半路財迷心竅，竟趁何樸往前探路時監守自盜，殺了老鏢師，奪鏢而逃。這下子狄、丁兩人不但砸了鏢局招牌，還連累何樸揹上合謀殺人吞鏢的汙名。何樸不敢回湖北，為了報復，便不斷明查暗訪兩個仇人下落，直到一年多前終於追蹤到香港。何樸在香港化名謝富生當上人力車夫，一來是爲了掩人耳目，二來也方便查探狄、丁二人落腳之處。又因三人武藝相若，何樸自知單打獨鬥難以穩操勝券，才搜索枯腸，想出了車柄藏劍這個防不勝防的暗算方法。

得悉事情的前因後果，我不禁對何樸起了一絲的同情之心，但跟福邇說起，他卻道：「江湖中人快意恩仇、以武犯禁，毋論中外法理也皆不能容。況且這只是何樸片面之詞，狄二霸和丁家信都已死無對證，可能事情其實並非如他所說，而是三人分贓不均也不可知。還有，我們坐上了何樸的人力車後，他一聽我說已經識穿了兇手身分，便毫不猶豫抽劍，企圖殺人滅口；若非這樣，我們也很難證明他的罪行。他爲求自保便不惜濫殺無辜，你說不是罪有應得嗎？」

破了連環凶案，城中自是轟動一時，新聞紙無不大肆表揚葛渣星和昆士的功勞，但令人氣惱的，卻是竟對福邇隻字不提。我爲他抱不平，他卻道：「是我叫兩位幫辦不要讓我名字見報的。」

我驚問：「爲甚麼呢？若非是你，他們根本不會抓到人！」

---

12 光緒元年至四年（一八七五—一八七八）發生的一場大旱和飢荒，禍及山西、直隸、陝西、山東及河南多省，估計餓死超過一千萬人。由於災情以最後丁丑和戊寅兩年尤為嚴重，所以史稱「丁戊奇荒」。

他泰然道：「葛渣星和昆士都是盡忠職守的好差人，在英人統治下，一個印度人和中國人掙到幫辦的位子，十分難能可貴，我暗地裡幫他們一把，不是好事嗎？古語亦有云：不矜其能，不伐己功。我只不過是以古人爲鏡而已。」

此時此刻，才教我眞眞正正對福邇佩服得五體投地。他見微知著、神機妙算的本領固然厲害，但殊爲可敬的，卻是這份不矜不伐、成人之美的俠客胸襟。然而福邇雖然不求聞達，我卻自問沒有他的氣度，委實不甘見他籍籍無聞。當下便立定主意，此後每再跟他遇上奇案，定必懷鉛握素，一一記錄，以待日後把他的事蹟著乎竹帛，廣傳於世。

紅毛嬌街

光緒八年春，清明將至之際，即西曆一千八百八十二年四月初，有個夕陽斜照的禮拜一黃昏，我和福邇正在同屋共住的荷李活道寓所閒著，忽聞門鈴響起，丫鬟鶴心下樓開門，不久便引了一個訪客上來。

廳門一開，只見她招呼進來的是一位短小瘦癟的老翁，看來雖已六旬以上，卻依然精神矍鑠，鼻子上架著玳瑁眼鏡，厚厚的幾乎看不到眼睛，活脫一副耆老宿儒的模樣。他一見我們，便行過乎恭的深深作了個揖，用廣東話道：「打攪晒，在下叫做季連德，請問你地邊一位係福先生？我有事請教。」聲音倒十分洪亮，顯然中氣充沛。

我未來到香港之前，本已聽得懂一些粵語，當然明白他是問我們哪一位是福先生，這時候在這兒住下來又已有半年光景，自問也開始說得頗通順，於是便站了起來迎接，用廣東話答道：「呢位就係福先生，我姓華，係佢朋友。」

他一臉不明所以的表情，讓我還以爲他聽不明白我的福建口音，但他卻踮起腳尖，引頭湊向我問：「吓？你話乜野話？你話你就係福先生？」原來是耳朵不好，難怪說話這麼響亮了。

我大聲跟對方再說一遍：「季先生請坐，呢位先至係福先生，我姓華，係佢朋友。」說著招呼他坐下。

客人生得矮，坐到椅子雙足沾不著地，樣子有點滑稽。這次他聽得清楚我的說話，道：「啊！原來你係華先生，幸會幸會。我並唔係姓季，而係複姓季連，季節個季，連中三元個連，單名道德個德。」

爲了行文方便，也爲免不諳粵語的看官讀得一頭霧水，筆者便把往後的對話由原來的廣東白話改爲官話，好作交待。

這時福邇才開口，向來客說：「季連先生幸會。如沒記錯，『季連』不是三皇五帝時代的人物嗎？我倒不知道原來也是個姓氏，還要向閣下請教。」人家的怪姓我沒聽過不出奇，但連博古通今的福邇也不清楚，可見眞的鳳毛麟角。

季連德自豪的道：「福先生你說得不錯，我們這個姓的歷史非常悠久呢。相傳季連是軒轅黃帝的後裔、楚國的先祖，據說最古老的族譜可以一直追溯到春秋戰國，但如今大多已經變成單姓季的，很少像我們這樣保留了原來的複姓。[1]不過很可惜，我們在廣東這一支系只是從明末遷徙到嶺南之後才開始有記載，而且到了我的孫兒，已經是第五代一脈單傳，所以如今已經人丁凋零。」

其時我跟福邇相處的日子雖然尚淺，但已經協助過他偵破好幾宗大小案件，對他的閱人之術耳濡目染，心想縱未入於室，亦總也升堂矣，忽然心血來潮，躍躍欲試。我見季連德分明是個老學究的樣子，左手掌緣又沾了不少墨跡，便學著福邇的口吻，依樣葫蘆道：「季連先生，我看你是左撇子，職業是俗稱『寫信佬』的代書先生，不知道我說得對不對？」

他把手掌往耳後一兜，向我說：「對不起，請你大聲一點好嗎？」

我依言放大嗓門再說了一遍，他一聽到我說他是代書先生，便滿臉不悅答道：「我不是左撇子，也不是你所說的寫信佬。不錯我對書法素有研究，最近也的確從事一些筆墨工作，但絕對不是你所說的那樣，在街邊給目不識丁的人代寫書信。」

我自知失言，但一時又想不出得體的話道歉，幸好福邇替我解圍，打圓場道：「有謂自古善書者，莫非衣冠貴冑。季連先生你一表斯文，又怎會從事這種市井粗業？只不過去年我和華

---

1 根據《史記‧楚世家》的記載，五帝之一、黃帝之孫顓頊，玄孫陸終所生的幼子季連，便是楚國的始祖。

兄查辦過一件與寫信佬有關的事情，他才會有此聯想，請勿見怪。」[2]他轉向我悄悄道：「他雖然穿得不算衣冠楚楚，但哪有一般寫信佬那麼寒酸呢？你看他這副玳瑁眼鏡和掛袋錶的銀鏈，雖說不上太名貴，卻也不是便宜貨。」

我想不到弄巧反拙，落得個東施效顰，自是尷尬。但明知福邇說的一定不會錯，卻仍心有不甘，便低聲回問他：「但怎會不是左撇子呢？他左手明明沾了墨汁。」

福邇微笑道：「那是他用枕腕法，左手枕著右腕來寫字，所以有墨汁沾到左掌邊緣。你想想，漢字由右至左書寫，若是左撇子的話，用再奇怪的姿勢寫字，掌緣也很難會碰觸到墨跡吧。」他似乎有意向我示範，轉向季連德朗聲道：「季連先生，你是佛山石灣人士，不過在香港已經住了很多年。你剛才提到最近從事一些筆墨工作，雖然沒有說明是甚麼，但應該涉及大量書寫或抄錄。之後你又說起，膝下有一個兒子和一個男孫，但其實除此之外，還另有一個年紀更小的孫女。本來你們一家三代同堂，一起居住，但如今兒子已和妻兒遷往異地了。尊夫人已經過了身，如今閣下孑然一身，獨自鰥居，連傭人也沒有請一個。請問我說得對不對？」

季連德聽了，由衷讚嘆道：「福先生果然名不虛傳！說得一點也沒有錯！看來我眞的沒有找錯人了。」

福邇見他切入正題，便道：「季連先生，說了這麼久，還未請問你今天到來有何貴幹呢？」

季連德說：「福先生，今天我冒昧造訪，是因爲最近連續遇上了兩件奇怪的事情，所以希望你能給我占個卦，算一算命，看看是吉是凶。」

福邇和我聽了，不禁面面相覷，但覺啼笑皆非。他轉向季連德道：「你想我給你占個卦？」

季連德答道：「當然了！人人都說，荷李活道的福邇先生是個未卜先知的活神仙，我本來也不信，但剛才你連我的時辰八字也不用問，便一口氣講中我許多事情，才知道傳聞是眞的。」

我聽到這裡，再也忍耐不住，「哈哈」的笑出了兩聲來。季連德既非故作諧語，自然不明我爲何聞之大噱，便瞪了我一眼；我自知失禮，急忙收斂笑容。

福邇又好氣、又好笑，忍唆道：「季連先生，你誤會了，我不是占卦算命的師傅，只不過腦筋比較靈活，所以不時能夠助人排難解困吧。剛才我能夠三言兩語道破你一些事情，並非未卜先知，完全是觀察所得。」他見季連德好像不相信，便道：「比如說，我知道你原籍石灣，卻在香港住了多年，是因爲本地所說的粵語以廣府音爲標準，而你的口音雖然久而久之變得非常相似，但我依然聽得出原來的鄉音。」

季連德有點失望的樣子，道：「我還以爲早已甩掉了鄉下音哩。」

2 詳情請見本書首篇〈血字究祕〉。

福邇道：「其實已經甩掉了十之八九，不過餘下的一二依然有跡可尋而已。跟廣州話聲韻有異的字，你大多沒有說錯，但間中也有漏嘴之處，例如『有事請教』，你便說得好像『有樹請教』。又如在語調上，佛山話的一大特徵是缺乏陽平聲，但你的粵語，卻依然說得近乎佛山話那般平板。還有，佛山、順德、南海等地口音相差不遠，但石灣話的發音卻比較濃厚，特別容易辨別，所以剛才我一聽便聽出了閣下的籍貫。」

季連德聽了，將信將疑道：「好，從口音聽得出籍貫不出奇，但別的又怎樣說呢？」

福邇微笑道：「看得出你最近從事某些涉及大量書寫或抄錄的工作，也是簡單不過的事情。當初華先生誤會你是左撇子，是因爲看見你左手掌緣沾上了墨汁，但我告訴他，這其實是你使用枕腕法來書寫之故。使用這個姿勢，除了方便寫小字，另一個好處是寫字寫得太久，用左手來枕著右腕便沒那麼累；而除非書法欠佳，也只有用這姿勢寫了很長時間的字，左手掌緣才難免沾上一點墨汁。」說罷又指指季連德身上用來掛袋錶的銀鏈，繼續道：「再看你錶鏈上掛著的飾物，並非常見的玉佩玉墜，而是兩個特別小巧的長命鎖，是給襁褓嬰兒佩戴的那種。一個是麒麟圖案，『喜獲麟兒』所指的當然是你的男孫，而另一個則是燕子形狀，意即『玉燕鍾祥』，所以我便知道你還有一個孫女。兩個小鎖都是銀製的，從色澤深淺可以判斷孰新孰舊，所以看得出你的男孫爲長、女孫爲幼。」

季連德越聽越奇，便問：「那麼你又怎會知道我兒子帶同妻兒搬去了省城呢？」

福邇謙道：「我可沒那麼神通廣大，不知道令郎和妻兒搬去了哪裡，只知道他們已經離開了香港。你既然把兩個孫子幼年時的飾物佩戴在身上，不僅是因爲對他們寵愛有加，以我推測也像是爲了留念，因爲我又看見你的口袋，露出一封信件的一角，信封已經有點殘舊，似乎一直帶在身上多時，不斷拿出來看、看完又放回袋裡的樣子。既然你一早告訴了我，你們季連家到了你的長孫，已是第五代單傳，那麼這封信除了是你兒子從別處寄來給你的家書還會是甚麼呢？」

季連德再問：「還有我老婆已經過了身，又怎麼說法？」

福邇道：「知道尊夫人已故，以及你沒有雇用傭人，更是簡單不過。你身上的衣服看得出剛洗滌過，有明顯的漿燙摺痕，所以知道是拿到洗衣店漿洗燙乾，而不是在家裡手洗晾曬。不過衣服雖然剛洗過，卻已有多處給醬油菜汁弄汙了；很少人會穿這麼光鮮的褂子在家裡吃飯，反之，你衣服上面的汙跡，也像是上館子才會弄到的。香港的酒樓飯館大多狹窄逼仄，坐位緊擠，較之在家裡，餸菜也會放得更貼近。請你看看自己的衣襟：小二給你上菜時太匆忙，就會把這樣子的幾點油跡濺到你胸前，見到嗎？再看看你的衣袖：飯桌抹得不夠乾淨，茶杯留下濕印，你把手臂按了上去，袖子便會留有這樣大小的圓形汙跡。各汙處新舊不一，而你穿上這套新洗淨的衣服應只不過三兩天，可見是餐餐出外用膳才會如是。既然衣服不在家裡洗、飯也出外吃，那麼你分明沒有聘請傭人。你自己眼睛弱，沒有留意衣服上的汙跡，但難道家人會對之視而不見嗎？雖然已知令郎跟妻兒不再跟你同住，可是尊夫人呢？你一直沒有提起她，而若她尚在的話，也絕無不聘傭人、灶不生火之理，所以我才敢斷定令閫一定已經作古。」

季連德恍然大悟，道：「內子的確四年前過了身，那時兩個孫子還很小。之前家裡人多，又有小孩子，的確請過一個馬姐，但現在我自己一個人，又還未老得要人照顧，還要傭人作甚？肚子餓了，一出門口，吃飯的地方多得是，衣服髒了，街角又有店子給我洗燙，再花錢請傭人豈不是浪費？反而自己一個來得自由自在。」好一個精打細算的老人家，難怪手頭頗為饒裕。

福邇道：「言歸正傳，季連先生，你說最近遇上了兩件奇怪事情，不妨說來聽聽，雖然我不懂占卜星相，但說不定也可以幫忙。」

季連德聞之大喜，道：「福先生肯給我指點迷津，那便太好了！先跟你說第一件怪事。我本來是在上環開南北行鋪頭的[3]，但自從老婆過了身之後，我也不想再繼續做下去了，兒子在外面又有自己的生意，無心接手，於是我便把全盤業務賣了給人，打算拿著這筆錢養老。但大前年中環耶誕大火之後[4]，燒光了的地方有很多地皮出售，我剛好夠錢在吉士笠街買下一塊來蓋一棟房子，有點像你這兒的模樣，有三層高，樓下街鋪租了出去給人做裁縫店，二樓和三樓則留給自己跟兒子媳婦和孫子一起住，一家三代同堂，生活得非常融洽。可是到了幾個月前，兒子因爲長期要在廣州做生意，便接了妻兒搬上去住，所以如今便只剩下我孤零零一個人。我兒子很孝順，本來想接我上省城跟他一起住的，但我在香港住了這麼多年，實在捨不得說走便走，況且吉士笠街這棟樓又怎麼辦呢？若說把它賣掉，不巧去年房價又大跌，這個時候出售不會得到好價錢。於是我心想，反正我一個人也住不了兩層樓這麼多地方，不如索性把三樓也租出去吧。誰知這樣便遇上怪事了！你道是甚麼怪事？竟然有個洋人來找我租房！」

我聽了差點又失笑，便道：「就算那不是太常有的事情，也不能稱得上是怪事啊。」

他搖頭道：「華先生你有所不知了。這個洋租客是個寡婦，總是穿著一身黑色的衣服，頭上還罩著面紗，從來都不脫下，也不知道是老是嫩、生得甚麼樣子，陰陰森森的，想起也有點心寒！」

福邇道：「既然你知道人家是寡婦，那麼也應該知道西人的喪服是這樣的吧？沒有甚麼好

---

3 「南北行」是香港殖民地時代一種商行的統稱，專門經營中國南北各省貨物互相轉運的生意，主要集中於上環文咸街一帶，故該處亦常俗稱「南北行街」。

4 一八七八年聖誕夜所發生的中環大火，起因據說是興隆街一間洋商經營的油棧失火，一夜之間波及荷李活道與皇后大道之間加咸街、結志街、吉士笠街及擺花街等地方，焚毀了超過二百棟樓宇。

怕的。請你由頭說起，這位洋寡婦是怎樣來找你租房的？」

季連德道：「我兒子一家搬上廣州之後，我花了一兩個月時間，清理好樓上傢俬雜物，丟的丟、賣的賣，再找人來把地方粉飾一番，然後便一口氣親手寫了幾十張『吉樓出租』的告示，每次出街便貼一些在附近。也不知是不是我開的租金太貴，還是因爲年近歲晚，很少人這個時候搬遷，過了一兩個禮拜也照樣無人問津。這個時候已經剛剛過了新年，正當我心想，可能要減一減租的時候，卻突然有一個叫做盧六姑的女人帶了這個洋寡婦上門，說叫做羅拔士太太，想租我三樓的地方來住。」

他正要繼續，福邇卻插口道：「等等，這個盧六姑跟羅拔士太太是甚麼關係？還有，我也想請你順便描述一下她們的樣子。」

季連德道：「盧六姑是個胖女人，我想大概四五十歲吧，下巴長了一顆風騷痣，跟羅拔士太太是甚麼關係倒眞難說，總之看衣服談吐都一定不是傭人，我想應該是朋友吧。盧六姑懂得說英文，不但有甚麼話都是六姑替羅拔士太太跟我說，還好像主意也是她替羅拔士太太拿的。至於這個洋寡婦，我也說過，戴著面紗根本看不出面貌，跟六姑說話又陰聲細氣的，就算我懂得英文也不會聽得到講的是甚麼。」

福邇意猶未盡，又問：「那麼請你再說一說，你這棟房子樓上樓下是怎樣的格局。從街上是不是先要經過街鋪和你在二樓所住之處，才可以上到三樓租出去的地方？」

季連德答道：「不是，雖然街門只有一道，但三層樓都是分開的。從街上一進大門便是樓梯，樓梯旁有一道裡門進去一樓的裁縫鋪，上到二三樓也各有一道裡門，打開裡門進去才是住的地方。也正因爲這樣，每一戶都各自獨立，我才把租金開得高一點嘛。」

福邇道：「那麼街上的大門以及樓上樓下三層的裡門，也是各自有鎖吧？」

季連德滿自豪的道：「不錯，都是最好的洋鎖哩！白天爲了做生意，方便顧客出入，街上大門和樓下街鋪的裡門都是打開的，但二樓和三樓的裡門當然不能不鎖，不然的話，豈不是任何人都可以從街上走進去？以前我們子孫三代一起同住的時候，晚上樓下關了鋪之後，街門上了鎖便行，但二三樓的裡門卻習慣不鎖，方便我們一家人樓上樓下上上落落。不過說起來，這也是讓我覺得這個寡婦奇怪的地方，因爲她開出的條件之一，是必須讓她三樓的門換上新鎖，而且不肯留一份鑰匙給房東我。大家言語不通，我本就不想租給洋人，況且人家是寡婦，更可能不吉利，所以聽到六姑說她又要換鎖、又不願留匙，我便一口拒絕了。但奇就奇在，想不到她們好像非要租到這地方不可的，居然還了我一個更高的價錢，我便想，季連德啊季連德，人家這麼誠懇，你自己亦死了老婆，也是個過來人啊！便當做可憐人家孤零零一個寡婦吧！於是我終於還是答應租給她，還讓她換過新門鎖，不用留匙給我。」

他雖說得好聽，但我卻暗暗覺得好笑，心道：無非是見錢眼開吧。福邇一定是看出了我想甚麼，給了我一個會心微笑，轉向客人道：「季連先生，你說了這麼久，也沒有說出這位羅拔士太太有甚麼特別怪異的地方。」

季連德忙道：「我還未說完呢。她好像恨不得馬上搬進去住，盧六姑帶她來找我時已經是年初九初十，一談好了，剛好來得及由西曆三月開始計算租期，次日她們便回來預付一個月租金給我，又馬上找來鎖匠換了三樓的門鎖，約好元宵那天入住。但奇就奇在，搬屋那天，羅拔士太太遲遲沒有出現，反而是盧六姑一早來到打點，還帶了個十五六歲的妹仔來給我介紹，說叫做阿梅，是服侍羅拔士太太的。還有，這個洋寡婦搬得這麼急，我還以為一定有好多傢俬雜物趕著要安置，但除了一張大床和幾張小桌椅之外，便好像沒有甚麼東西了，行李也不見有多少件，請了兩三個咕喱，一個朝早便搞定了。」廣東話所謂「咕喱」，即是苦力的意思。

他又繼續道：「更奇怪的是，那天下午羅拔士太太終於出現了，也不知是不是等入住等得太心急，竟然整個人也好像消瘦了。自從那天妹仔阿梅幫她遷入樓上之後，我便連這個鬼婆的人影也再沒有見過，反而阿梅倒碰見過好幾次。碰巧這陣子，我禮拜一到禮拜五有事要辦，便是我們剛才提過的筆墨工作，所以白天都要出外，但傍晚回到家裡，還有禮拜六禮拜日，樓上都好像根本沒有人住的。」

我道：「寡婦深居簡出，不足爲怪啊。」

季連德道：「深居簡出是一回事，但也總要吃飯吧？雖然我耳聾，樓上有甚麼聲音也未必聽得到，但鼻子都算靈敏，可是從來也沒有聞到樓上有任何煮食的味道，你說怪不怪呢？」

我道：「說不定人家跟你一樣，喜歡出外吃飯呢？你們中環那邊，吃西餐的地方多的是。」

他答道：「我不是剛告訴過你，一次也沒有碰見羅拔士太太出入嗎？她搬來了已經整整一個月，但無論是吃飯的鐘點也好、別的鐘點也好，總之便沒有見過。妹仔阿梅倒碰見過好幾次，但沒有一次是買東西回去給太太吃的。」

福邇一直聽得入神，這時忽問：「那麼你碰見阿梅的時候，她在幹甚麼呢？」

季連德道：「都是執拾打掃、丟垃圾的樣子，還有一趟撞見過她把床單被褥拿到洗衣鋪。」

福邇又問：「那麼阿梅是跟羅拔士太太一起住，還是定時過來給太太打理家務的呢？」

季連德搔搔後腦道：「這個我倒沒有問過。你這麼說，又的確好像不是跟太太一起住的。」

季連德說了一大堆話，到這時我才明白讓他大惑不解的是甚麼，便道：「若羅拔士太太眞的住在三樓，爲甚麼好像完全不用吃東西呢？但假若三樓其實沒有人住，爲甚麼又需要阿梅不時過來打掃呢？」

季連德見我不再爭辯，喜道：「對了！一個番鬼婆，難道還會辟穀斷食、閉關修仙嗎？」

我望向福邇，想看他有甚麼想法，可是他雖然若有所思，卻只道：「有趣。」他轉向季連德道：「好了，你說最近還遇上了另外一件怪事，我想是跟你提及的筆墨工作有關吧？請說來聽聽。」

季連德正說得興起，答道：「我剛把樓上租了出去給這個怪房客，也不知道是不是影響了陽宅風水，馬上又有第二件怪事上門了。說起來事情不但跟我近來的筆墨工作有關，更是跟我的罕有姓氏也有關係。我把地方租給了羅拔士太太，但她還未搬進來之際，突然又有人來找我，這次是個中國男人，我本來還以爲也是想租房的，便跟他說對不起，樓上剛已租了出去。不料他卻告訴我，原來連招租告示也沒有看見，來找我是另有原因。你道是爲了甚麼？原來他竟然跟我是同宗！」

我奇道：「這人也姓季連？」

他洋洋得意的答道：「不錯。他說他也姓季連，名叫昌盛的昌，是個剛從南洋過來的華僑，廣東話也講得有點口音。他年紀看來三十出頭，跟你一樣生得高高壯壯的，可是說來也真倒楣，他剛上船來香港之前遇上了意外，受了點傷，所以來找我時是撐著拐杖的。他說遠道而來，便是爲了找尋季連氏宗親，而第一個找到的便是我。原來他們一支姓季連的，祖父那一代去到星洲謀生，多年下來生意做得飛黃騰達，但卻像我們這邊一樣，男丁並不興旺，到了現在只有季連昌和他的伯父。我問起他籍貫，他說慚愧得很，連這個也不清楚，只知道是廣東某地；也正因爲這樣，最近一個往返星洲的買家跟他的伯父提起，說途經香港的時候偶然聽聞中環好像也有人姓季連，伯父便大喜過望，馬上叫季連昌過來找找，看看大家是否親戚，尋一尋根。」

我問：「那麼你們是不是親戚呢？」

季連德道：「既然都是姓季連的，又來自廣東，我想應該是遠親沒錯的了，可是要證實卻不容易。我家裡有族譜傳下來，但他們卻沒有，季連昌更是三代以前的祖先名字也不知道，所以沒法確定。我祖先早在明朝末年遷到廣東，全省應該只有這一系季連氏，雖然我家到了我孫兒已是第五代單傳，但我曾祖父的兄弟、以及之前哪一代有兄弟，族譜裡當然都有記載的，可是他們的後人卻已無從稽考了。」

福邇道：「季連先生，你說季連昌年紀三十出頭，那麼他祖父應該是嘉慶末年或道光初年去到星洲謀生的，也正好是英國人開始開發當地作爲商埠的時候。[5]季連昌跟你再親，頂多也只能是他的高祖跟你曾祖父是兄弟。」

季連德道：「對了對了，我拿了族譜出來給他看，也是這麼告訴他，但他已經感動得不得

5 新加坡於一八二四年（道光四年）正式成為英國殖民地，但早於一八一九年（嘉慶二十四年）已經由英國東印度公司開始管轄。

了，馬上抄下了我曾祖父及之前幾代兄弟的名字，讓他嘗試追溯。原來季連昌的伯父早已給他預備了一筆資金，用來成立一個季連氏宗親會，訪尋其他姓季連的遠親的下落。說來他也真心急，一到達香港，還未曾找到我之前，便已經在上環歌賦街租下了一處地方作為會館。這時他無意中看見我家裡還留著的一疊招租告示，問是不是我寫的，大讚書法了得。我見他識貨，便拿了一些我平時寫的墨跡給他欣賞，他看得愛不釋手，想了一會，便跟我說，可不可以請我把家裡的族譜親筆抄錄一份給他，記存於宗親會；之後還想我抄寫一些廣東的鄉史縣誌，以便將來用作追尋宗親。他說當然不會要我白做，願意給我每天一圓的酬勞，逢禮拜一到禮拜五，每天九點鐘到五點，不過星期五只須做半晝，一點鐘便可以放工。還有一個條件，是我必須去到宗親會館裡抄寫，因為花了這麼多錢來租個地方，總不能讓它閒著不用。」

我道：「一個禮拜五天，每天一圓，待遇可不錯啊！」在香港，普通人一年如有過百圓收入，已經不算太差的了；這時我在朋友的藥材店當坐堂醫，每個禮拜兩天，如果多人看病，一天的診金可能有兩三塊錢，但生意不好的時候，一個禮拜的收入還及不上季連德這份優差。

福邇道：「抄寫工作的工資，通常不是按字數計算的嗎？」

季連德答道：「不錯，我也問過他，不過他說，慢工才會出細貨。」他笑笑又道：「我幾十年來都只不過是做些小買賣，始終沒有發大達，但如今樓上樓下都有租收，晚年總也不愁衣食。不過到了這把年紀，居然還有人重金禮聘，而且又不是甚麼辛苦的工作，眞可謂福從天降了，所以也不用多想便答應了他。可是如今已經做了一個月，我才開始覺得有點不對勁。」

福邇問：「有甚麼不對勁呢？請你仔細說說在宗親會館工作的情況。」

季連德道：「季連昌來見我的那天是禮拜日，他說最好我第二天便去上班，我覺得太急，但他卻說，事不宜遲，而且揀個禮拜一開工方便計算工資。第二天，我準時去到他給我的上環地址，原來是歌賦街一棟舊樓裡，老實說地方頗爲簡陋，連招牌也未有，裡面也只有幾張椅桌。新開張怎可以這麼馬虎呢？今天已經到了第五個禮拜，但還是老樣子。」

福邇又問：「那麼季連昌也像你一樣，一個禮拜四天半都留在宗親會嗎？」

季連德答：「他雖然行動不便，要扶著拐杖，但每天都會到宗親會的。不過除了最初幾天他留到下班，之後見到他的時間便越來越少了；現在他每天上午到來，通常都是跟我聊一會便走，間中也會多留一陣處理一些書信帳目之類的東西。我也有問他，其他季連氏追尋得怎樣，但他總是沒有消息告訴我。」他稍頓，又道：「我是今天早上才決定來找你的。大後天便是清明，我本以爲一定可以放假，可是他卻說還要我上班。我跟他爭論一番，說放假這天當然不收他錢，但他也不肯，後來聽到我要去拜我老婆山墳，才終於答應。」

福邇道：「拜祭亡妻，一盡夫道，天經地義，清明節他當然要讓你放假一天。請問尊夫人山墳在哪裡？」

季連德得意道：「我請了個風水先生，給我老婆在大嶼山找到一處福地，說會旺夫益子，果然很靈驗！我兒子生意果然蒸蒸日上，我又財源廣進。不過就是遠了一點，要坐船去掃墓，來回也要一整天。」

福邇沉思了一會，忽道：「季連先生，我有個不情之請，希望你能即席揮毫，讓我倆能一睹先生的書法。」

他這麼說，正中對方下懷，季連德喜上眉梢道：「既然福先生叫到，當然卻之不恭啊！可是寫甚麼好呢？」

福邇道：「就寫『見微知著』吧。」他走到門口，叫鶴心進來給客人準備文房四寶。可是當丫鬟攤擺好了紙筆，正在磨墨之際，卻見季連德顯得有點坐立不安，原來他生得太矮，無論在桌前坐下還是站著也不夠高，最後還是福邇給他找來一個厚厚的墊子放到椅上，以補不足。

接著季連德吊握筆桿，裝模作樣的往硯台上沾了墨，便開始揮翰臨池；但他還未寫到一半，福邇和我幾乎已忍俊不禁。我本以爲他的書法，縱使未必稱得上顏筋柳骨，但也總能登上大雅之堂，誰知一看之下，充其量也僅能說幾近中矩而已，但卻絕非他所自詡的妙筆丹青。

季連德寫好了「見微知著」四個大字，又在前後加上「福邇先生雅鑒」和「壬午年春季連德敬贈」的字樣，沾沾自喜的道：「福先生，老夫的書法還可以吧？」

但見福邇眉頭一皺，我心中暗叫不妙，只道他一定會實話直說，不料他卻一表正經的道：「就算是王羲之再世，也寫不出這樣的墨寶。」

我差點又忍不住笑了出來，但季連德顯然聽不出福邇話帶雙關，滿心歡喜答道：「誇獎！誇獎！」

福邇叫鶴心把季連德的大作好好收起，便說：「季連先生，這樣吧，明天你出了門之後，我便過去吉士笠街，看一看你不在的時候，樓上有沒有甚麼異樣。之後，我再過去宗親會，拜訪一下這位季連昌先生，到時你只要假裝不認識我，甚麼也不說便行，好嗎？」

季連德大喜，連連稱謝，但突然又好像想起甚麼，羞澀道：「那麼請問……收多少錢呢？」

福邇莞爾道：「通常我多少也要收一點錢的，不然的話，那豈不是任誰有雞毛小事都會來找我幫忙？但我既然已經得到你墨寶相贈，這次便不另作收費好了。」

季連德又再道謝，告訴了我們他住處及宗親會的門號，便告辭了。待客人離去，福邇便問我：「華兄，你有甚麼看法？」

剛才我一邊聽季連德說，也一邊考慮過，便道：「季連德得到這份優差，當然不會是人家眞的覺得他書法了得吧？依我看，這個季連昌的伯父叫他成立宗親會，大概是因爲在南洋發了達，便想到找些同姓老鄉，接濟一下他們吧。季連昌的伯父一定是預備了一筆錢，給他花在這用途之上，而季連昌本人從中也必定得到甚麼好處才會這麼落力。可是他們這個姓氏這麼偏門，除了季連德之外，也不知道甚麼時候才可以找得到另一房遠親；而季連德也不缺錢，若說明是接濟便太過難聽，所以季連昌才會找個藉口，給他一份閒職。」

我本以爲福邇一定會大讚我想得透徹，誰知他卻不置可否，只是再問：「那麼羅拔士太太又是怎麼一回事呢？」

我討了個沒趣，便賭氣道：「這根本便不是一回事呢，只不過是季連德庸人自擾吧！」福邇道：「也許眞的不是一回事，我明天過去看一看便自有分曉。橫豎你明天也要回中環坐堂，何不順路陪我先到吉士笠街走一轉？」

◀◀◁◁◁◁

翌日，福邇和我吃過早餐，見春光明媚，便沒有坐車，一起沿荷李活道徒步行過中環。我自從成爲福邇房客之後，每個禮拜有兩天都是這樣前往石板街，到朋友的藥材店當坐堂醫，但這天才第一次有他陪伴；途中經過的一景一物，他幾乎都可以娓娓道出一些有趣的掌故，令一段本來枯燥無味的路程平添不少色彩。不覺已來到與擺花街的交界處，我們由荷李活道走了過去，福邇又帶我轉落一條順坡而下的街道，說：「到吉士笠街了。」

這時我來到香港只有半年，仍未完全熟識域多利城裡的環境，就算是時常經過的地方，許多都是只認得路，卻未必喊得出名稱。我聽他說這便是吉士笠街，才驚覺道：「原來是這兒！我只聽過人們叫這裡做紅毛嬌街，卻不知道原來名爲吉士笠。」

福邇道：「紅毛嬌街只不過是俗稱。吉士笠是一位德國傳教士，鴉片戰爭時爲英國人做翻譯，香港開埠之後，這條街便冠了他的名字作爲紀念。他其實有個中文名，叫郭士立，不過本地人不知道這許多，便把街道的洋名音譯成吉士笠。」[6]

我知道廣東人常罵歐人爲「紅毛鬼」，洋妓因此也戲稱爲「紅毛嬌」，又知附近的擺花街是西人的煙花之地，於是便問：「是不是因爲這裡跟擺花街只有一街之隔，經常可以見到紅毛嬌來往，所以便叫做紅毛嬌街？」

福邇道：「很多人也這樣以爲，但其實是個誤會。試想，若眞是這個原因，擺花街才是廣

6　郭士立（Karl Gützlaff, 1803-1851），中文亦譯作郭實臘，德國傳教士，於一八三〇年代為怡和（渣甸）洋行走私鴉片的船隻擔任翻譯，鴉片戰爭後又協助英方跟清政府進行談判；亦曾參與把《聖經》翻譯成中文的工作，據說譯本被洪秀全用於制定太平天國教義。

設秦樓楚館的地方，爲甚麼那裡不叫紅毛嬌街，卻反而叫這裡做紅毛嬌街呢？」

我道：「你說得有道理，不過我聽說擺花街之所以叫做擺花街，是因爲西人去尋花問柳的時候，習慣帶一束鮮花作爲禮物，所以那邊花檔林立，便叫做擺花街了。」

福邇笑道：「不錯，不過送鮮花是西方男人對婦女的一種禮儀，並非只是尋花問柳時才會做的。而紅毛嬌街之所以有這個稱謂，其實也並非泛指西洋妓女，而是特指一位碰巧叫做『紅毛嬌』的女子，她也不是洋婦，而是不折不扣的中國人。」

我奇道：「一個中國女人又怎會叫做『紅毛嬌』呢？」

福邇答道：「因爲她名字叫亞嬌，年輕時又是一個西人船長的相好，所以人稱『紅毛嬌』。據說鴉片戰爭之前，她已經幫助這個船長走私大煙，賺了大錢。戰後亞嬌在這條街定居，還購置了不少物業，昔日她的名字在這一帶無人不曉，所以這地方也慣稱紅毛嬌街，反而吉士笠之名卻甚少爲人所用。季連先生想必是覺得俗稱不雅，才使用這條街正名。」

說著，我們過了結志街交界，很快便來到季連德的門號。中環這些街道的樓房，多作下鋪上居的格局，不過比起我和福邇所住的那幢樓，季連德這地方窄小得多，也不像我們荷李活道那邊是獨立樓宇，而是左右毗連、樓連樓的排屋建築。如季連德所說，樓下對街的鋪頭位租了出去給人做裁縫店，但卻不像一般鋪面向街上開揚的形式，而是整棟樓宇只有一道街門，無論進入地鋪或二三樓住宅，都要先穿過這道大門。

福邇在街門看了一遍環境，便道：「華兄，兩個人一起不方便，你先進店裡看看，我上樓梯看看二三樓。」可是話剛說完，便聽到樓梯上有人下樓，福邇忙把我拉到一旁，小聲道：「先看看是誰。」

那人從街門出來，原來正是洋寡婦羅拔士太太，只見她頭戴面紗、全身黑衣，果然跟季連德所說沒兩樣。她與我和福邇擦身而過，近得連身上淡淡幽香也聞得到；她正眼也沒看我們一下，便循我們剛來的方向行上紅毛嬌街。

福邇若有所思的望著羅拔士太太遠去的背影，須臾，才跟我說：「好，我們依計行事。我到樓上看完便下來，待我一進店子，你便出來吧；要是店主知道我們是一起的，可能生疑，那麼便很難問得到甚麼。」

我們入了街門，正如季連德說過，一邊是通上二三樓的樓梯，另一邊便是鋪子的裡門，這時已經打開來做生意。我依言裝成顧客進入鋪頭，福邇則乘機溜上了樓梯。

店東是個矮胖的中年漢，看來自己便是裁縫師傅，亦兼賣衣料，一見到我便堆起笑容迎了上來，問我想做甚麼衣服。我一邊支吾以對，一邊卻不斷偷看店門，等候福邇到來。幸好過不多久，福邇便進入店裡，店東見我也不像想光顧的，便馬上過去招呼新客人，正好讓我脫身。

我回到街上等福邇出來，可等不了多久，卻見羅拔士太太又從剛才的方向回來了。我一時拿不定主意，應否回到裁縫鋪裡暫避，但洋寡婦好像已經望到我了，便唯有硬著頭皮，繼續在街上徘徊。她行得有點急，很快便走近，我本道她一定是過去擺花街買點東西，但經過我身邊時，卻又不見她拿著甚麼，只聞見一陣襲鼻而來的花露水氣味，不知怎地好像比剛才濃烈。也不知道她是不是認得剛才見過我，慢了下來上下打量了我兩眼，方再邁起步伐前往住處。這時福邇剛好從街門出來，便禮貌地側身讓羅拔士太太；寡婦也看了看他，略爲遲疑了一下，接著才直入門口。

我待福邇過到來，便問他：「你有甚麼發現嗎？」

他道：「我在二樓檢查過季連先生的門鎖，若是有人趁他不在的時候挑過鎖，一定會留下痕跡的，但我用放大鏡看也不見有。接著我躡手躡腳上到三樓，隔著門偷聽羅拔士太太家裡有沒有動靜，聽到有人在裡面執拾的聲音，想必是季連德所提過的妹仔阿梅。落到樓下鋪頭，裁縫師傅很健談，不用我多問便滔滔不絕，告訴了我很多東西，不過只有兩件事情是對我有用的。」

我問：「哪兩件事情？」

福邇道：「裁縫說可惜三樓來了個鬼婆，又只穿黑色洋服，不然的話便可能有生意做，接著便告訴了我第一件有用的事情。他說，第一次看見這個洋寡婦的時候，是她剛搬進來之後兩三天，當時還覺得她很豐滿的，可是之後只再撞見過一次，卻已變得苗條很多，所以做不成生意也罷，因爲身段可以變得這麼快的一個人，是很難爲她做衣服。之後談到季連先生，裁縫又告訴了我第二件有用事情。他原來跟季連德並非很熟，根本不知道季連德每天都出外，還奇怪爲甚麼房東近來好像突然有許多訪客。」

他的話聽得我莫名其妙，正想叫他解釋，福邇卻忽道：「等等，我敢打賭，迎面而來這個戴著墨綠色眼鏡的人，是來這裡的。」

我順他目光望過去，果然看見遠處有一個戴著洋帽、鼻樑上架著墨綠色眼鏡的唐人男子，正從山腳一端步上紅毛嬌街，一邊行、一邊掏出懷錶來看時間。福邇若無其事的拉我過到對面街一角，道：「我們要行開一點，如果站得太近門口，他未必會進去。你假裝跟我聊天，不要正眼望向他。」

我依言只用眼角斜視，暗暗瞥見那人裝出一副漫不經心的樣子，踱步到了季連德那棟樓，又掏出懷錶再看，接著環望了一下四周，看到我和福邇正在自顧自說話，便急忙閃身進入了門口。

我道：「去找裁縫而已，幹麼要這樣鬼祟？可是你怎知道他會進去？」

福邇陰陰笑道：「你自己想想吧。」我正要追問，他卻又道：「時候不早，我還要去上環季連宗親會看一看，你也應該回藥店了。你懂得怎樣走吧？沿紅毛嬌街一路落去，到了威靈頓街交界轉右，一路直行不遠便會去到石板街。」

◀◀◁◁◁◁

傍晚從藥店回到家裡，福邇已經在廳裡悠然自得地呷著茶，一見我回來，不待我問便已先開口道：「今早我過去上環歌賦街，本來打算登門造訪季連宗親會，說我也是這個姓氏的，看看這個季連昌會有甚麼反應。可是去到的時候，季連德卻說季連昌今天來得早，剛已走了。」

我問：「那怎麼辦？你明天會去嗎？」

他給我也斟了一杯茶，答道：「不必了。宗親會的會所我今天已經看過，一如季連德所說，簡陋得很，也沒有甚麼線索讓我發現。明天我另有打算，估計要查的都應該可以查得到，之後便可以給季連先生一個交待。」

我納罕道：「這麼快？連這到底是怎麼一回事，我也未搞得清楚呢。」

福邇含笑道：「不是吧？昨天聽完了季連先生的話，我已有端倪，今早和你去了紅毛嬌街一趟之後，到底是甚麼事情，更是清楚不過。」

這時我跟福邇雖已成爲好友，但相交仍未算深，是以對他的本領亦未完全信服，便道：「不是吧？要嘛便說來聽聽。」

他見我不信，便走過去書桌，拿起紙筆道：「華兄，我玩一個把戲證明給你看，如何？我這便寫個字條，放在信封內給你保管。如果明天季連先生去了宗親會之後，你不介意去他家裡守一兩個鐘頭的話，我保證你一定會發現這到底是怎麼一回事。到時請你拆開信封一看，便知我所言不假。」他說罷便寫了幾個字在紙上，放入信封，用漿糊封好口，遞了給我。

我接過信封，將信將疑道：「好的。可是我怎樣進去季連德家裡呢？」

福邇道：「今天在宗親會的時候，我已經問准了他，暫借了他的門匙去多打造了一把。」他掏出了鑰匙交給我，又說：「本來我打算明天自己過去季連先生家裡守一會的，但既然你肯代勞，正好給我多一點時間到別處另行調查。我建議你午後才過去，估計不用花多過一兩個鐘頭，便自有分曉。」

◀
◀
◁
◁
◁
◁

次日我起床晚了，下樓的時候，福邇已經不知去向。他玩的這個惱人把戲，也真教我坐立不安，好幾次幾乎忍不住便要撕開信封，看看裡面的字條到底寫了甚麼。心想這樣憋在家裡也不是辦法，便告訴鶴心不用給我備午飯，自己出外上茶樓去了。

悠悠閒閒的吃罷早茶，見已是中午過後，便徐徐行過中環，去到季連德在紅毛嬌街的寓所。我在街門附近徘徊了片刻，看清楚沒有人出入，便急閃了進去，輕步上到二樓，用福邇給我的鑰匙開了門，入到季連德的家裡。這地方不大，又布置得有些俗氣，卻窗明几淨，井井有條。新蓋的房子可能偷工減料，地板單薄，這時聽到樓上有一個人的步行聲，輕輕的像是女人，但穿的不是洋皮鞋而是中國布鞋，所以應該不是寡婦羅拔士太太，而是她的妹仔阿梅。我見廳裡有張太師椅，看來很舒服，便坐了下來，蹺起二郎腿，靜待其變。

我也來得正好，不一會便有人上樓梯，是穿皮鞋的女人步聲，必定是羅拔士太太回來了。又過了大約十分鐘，再有腳步聲上到三樓，這回是個男人；進門後，隱約聽到阿梅跟男人交談了幾句，接著又有些杯盤聲響，似乎是招呼客人喝茶。

說到這裡，看官想必也猜得到之後發生甚麼事情。羅拔士太太和客人的腳步聲，進入了臥房，不久，一陣「砰砰砰」的碰撞便響起來，連綿不絕，越來越急，還夾雜了男女衽席之聲，不必細表。我在二樓聽了，不禁暗暗偷笑，拿出福邇昨晚給我的信封，打開一看裡面的字條，果然不出他所預料，但見紙上只寫著「暗娼」兩個字。

既然知道了事情眞相，我也不願逗留在季連德家裡，做隻隔牆之耳；可是我正想要走，天公卻偏偏要這個時候下起雨來。本來明天便是清明，也該預料時節一到，便雨水紛紛；可是我一年前在戰場上受了腿傷，雖然好了七八成，但仍常要用手杖助步，這天便顧此失彼，出門時帶了手杖、便忘了雨傘。當下沒有辦法，只好呆坐在屋裡，等候雨停下來。

待第一位尋芳客走了，之後還有別的陸續冒雨來訪。但說也奇怪，中間羅拔士太太不知道爲甚麼，自己也進出過幾次，但都是在下一個人到達之前便回來，繼續接客，讓我心裡也忍不住暗呼：好厲害的婆娘！我在樓下這樣一等便是幾個鐘頭，又不敢作聲，生怕被樓上的人發覺，好不容易等到雨停了，已是五點鐘過後。這時樓上床笫之聲已斷絕了一會，我亦聽到了所有人終於下樓離去了，心想此時若再不走，難道眞的要等到季連德回家嗎？

我出到外面時，可能因爲剛下過雨，街上沒有多少行人。我還沒有走得多遠，忽然迎面來了一個中年漢，手裡拿著一張字條，左顧右望的像是在找地方。他一見到我，便迎了上來，道：「先生，請問這條街在附近嗎？」他廣東話說得有點歪，但那時我自己的粵語也只不過是半瓶子醋，聽不出是哪裡鄉音。

這人說著把字條遞到我面前，我不虞有詐，便湊近去看。只見上面寫了一個潦草的地址，我還未看得清楚，忽聞身後有人快步逼近，方知道要警惕。我轉頭去看，但才轉得一半，額角已被硬物打中，頓時一陣劇痛，眼前金星亂冒；但不幸中之大幸，因爲縱使中招，但要不是及時有所反應的話，這一擊便打在後腦之上，定必當場昏倒地上。

一陣暈眩之中，但覺被兩三個人擁了上來，半推半拉的把我攆進了街邊的一條橫巷。不過我好歹也是武進士出身，此刻雖中暗算，卻又豈容幾個流氓這麼容易得逞？我拳腳所學甚雜，但都屬剛猛一路，尤擅龍椿虎尊。這時迷亂之中，我便奮力向背後一人踢出一記虎尾腳，也不知踢中胸腹哪裡，但聽他悶哼一聲，往後退倒。可惜這時我腿上的戰傷仍未完全康復，所以出腳乏勁，未必傷得他多少。

說時遲，那時快，另外一人正捉著我的左手前臂，我把掌一翻甩開了他，順勢用虎爪反扣敵人手腕，猛力一扭把他制住。我的洋手杖還握在右手裡，沒有丟掉，我便把杖頭猛地往他小腹一捅，痛得他彎下腰來，正好讓我握杖的拳頭再在他面門補上一拳，打得他口鼻鮮血直噴，往後仰翻。

對方想不到我竟能瞬間向兩人還擊，一時未能反應過來，我便趁這機會退往牆邊，以免腹背受敵。我馬上深吸兩口大氣，醒一醒頭腦，此刻才看清楚襲擊我的共有三人：面門中拳的一個，半昏半醒的躺在地上呻吟，已經不足爲患；被我踢中的那個，看來卻仍能再戰，只見他一手按著小腹痛處，但另一隻手卻緊握一支短棍，想必是剛才用來背後暗算我的武器；而第三個，正是假裝向我問路的人，這時更從懷裡拔出一把短刀，指著我道：「姓陸的，就算你逃到天涯海角，我們紅髮公司也不會放過你！」

我見他們已亮出傢伙，不敢怠慢，幸好我手持的洋杖是福邇所贈的防身之物，內藏精鋼利劍，當下便「唰」的一聲抽了出來，怒道：「你找甚麼姓陸的？老子行不改名、坐不改姓，姓華名笙。你說甚麼紅髮公司、黑髮公司，我沒有聽過，有種便報上名來！」

也不知是聽了我的話，還是看見我手中利劍，這兩人臉色大變，不知所措的相視一眼。握棍的傻道：「難道點錯相？」

拿刀的指指躺在地上的伙伴，道：「扶起他，快走！」說著護在另外兩人身前，以防我進攻。

雖說以一敵二是我吃虧，但兵器上我卻占了優勢，而且我看這兩人武功平庸，此時若是身處戰場，必定不會猶豫，殺將過去。可是這畢竟是法治之地，縱使我想拿活口，但刀劍無眼，萬一錯手殺死其中一人，難保不會招致桎梏之災。正自躊躇間，兩個敵人已扶著第三人退到巷口，拿刀的警告我道：「不要追來！我們紅毛門徒不是好惹的！」說罷便逃往街上。

我正要衝過去，也不是要追趕，但起碼看看他們逃往哪個方向，好報告差館。可是剛踏出一步，右腿膝蓋突然一陣劇痛，有如尖椎刺透骨髓，一定是剛才出腿之際牽動了一年前的脫臼傷患。我用手杖支撐著，一拐一拐的勉強來到巷口，但這時那三個襲擊我的流氓早已無影無蹤。

無可奈何之下，我只好自嘆倒楣，摸摸額角隱隱作痛之處，沒有破皮流血，但已經腫起了一大塊。待回過氣來，便運勁於指頭，連續撫按膝蓋周圍血海、鶴頂、梁丘等穴道，止住痛楚。慢慢挨上到荷李活道，距離所住的西端還有好一段路，幸而很快便遇上一輛人力車，便如釋重負的坐了上去，命車夫載我回家。

回到位於貳佰貳拾壹號乙的住宅，好不容易掙扎著上了樓梯，正迫不及待想把當天經歷告訴福邇，豈料甫一進門，卻只見廳裡站著一個高大健碩、金髮虬髯的洋人。他一看見我，便禮貌地向我點頭，說了一聲「哈囉」。那時我還只學了兩三句最簡單不過的英語，倒聽得懂這是打招呼的話，但記不起應該怎樣回答，只是愕在那裡。

洋人定睛再看我，表情一變，竟轉用官話，關切問道：「華兄，發生了甚麼事？」那是一把我熟識的聲音；他一手扯掉了鬍子，露出的臉孔不是福邇是誰？我張大了嘴巴，一時啞口無言。

福邇脫下黏在臉上的假鷹鉤鼻，扶我坐下，歉道：「對不起，嚇了你一跳。」說著急忙走到門口呼鶴心，喚她快拿藥箱，接著回來檢視我額上傷勢，道：「沒有破穿頭皮，但腫得很厲害。」

這時鶴心把家裡的藥箱拿到，裡面夾雜了一些我和福邇各自湊成的中外成藥，這時他便拿出了一瓶酒精，濕了棉花，輕印在我額角給傷處消毒，又再叫鶴心去燒一壺水來給我熱敷退腫。他一邊爲我消毒，我便一邊把剛才遇襲的經過，一五一十的告訴他。我提到歹徒所講的奇怪的話時，見福邇若有所思，便問他：「他們又紅毛又紅髮、又門徒又公司的，到底是說甚麼，你知道嗎？」

他答道：「這個我有端緒，不過有待引證。他們手法熟練，不像一般偷雞剪綹之輩，又似是早有預謀，如果我的想法不錯，應該不難查探出底細。」

不久，鶴心捧來了一盆熱水，浸過一條毛巾給我敷額。這時我才有暇問福邇：「你又爲甚麼假扮成西人的模樣呢？我從未見過這麼神奇的易容術！」

他笑道：「我不是故意跟你開玩笑，只不過剛巧早你一步回來，還未及卸裝，所以忍不住試試你的眼力，看不看得出是我。」

我不禁嘆道：「眞的不可思議！假髮假鬍子也罷，還有這個假鼻子……但你的辮子怎麼不見了？」

他頭上一直還戴著金色假髮，這時才拿掉，轉過身來用背對著我，讓我看見他的辮子原來是塞進了後頸衣領裡面。他把辮子拉出來，道：「這是我在英國的時候跟當地梨園子弟學來的雕蟲小技，假髮假鼻子這些東西也是在倫敦買的。除了沒辦法改變眼睛的顏色之外，用來假扮西方人綽綽有餘。」

福邇本來便生得高，大部分洋人站在他身旁也猶有不及，但這時的扮相卻簡直有若巨人一般。我不禁奇問：「怎麼你好像長了幾寸，身體也變得粗壯了？」

他答道：「這個也是再簡單不過。在皮鞋之內腳跟的部位加上墊子，便自然會增加了身高。這套洋服裁得鬆身，在裡面穿多幾層內衣，肚子上再綁上一個小枕子，體型看起來便變得笨重了。幸好現在還未到夏天，要不然穿上這麼多衣服便一定弄得汗流浹背。」

我道：「你今天喬裝洋人，爲的便是方便查探些甚麼吧？」

他道：「不錯，而且也可算有些收穫。不過你在季連先生寓所也一定有所發現吧？不如由你來說，我再把我今天查探所得作爲補充，這樣會更加清楚。」

於是我便告訴了他當天在季連德家裡的經過，說罷便問他：「你怎會知道她們在樓上是幹甚麼勾當的呢？」

福邇道：「季連德一說到他在宗親會的工作時間，我便馬上起疑。你也知道在香港，就算是中國人也大多遵從洋人的規矩，禮拜一至六是工作天，禮拜日休息；這個自稱季連昌的說自己來自星洲，那邊的做法也是這樣的。」他說的不錯，就如我在藥材店不算全職，不用天天坐堂，但也是按西曆每個禮拜二和五回去的。他又道：「但奇怪的是，宗親會只需季連德在禮拜五工作半天。有些雇主也會讓員工在禮拜六中午便下班的，但季連德一個禮拜只做四天半，便令我想到，是要他這些時間都不在家裡，以免他識穿樓上的勾當。他那棟樓鄰近擺花街的洋妓院，房客又是終日用面紗遮蓋容貌的洋婦，除了私營暗娼之外，還會是甚麼事情呢？洋妓夜裡要在妓院工作，只能白天出來賺外快，但妓院做得最多生意的時候，是禮拜五晚到禮拜日這兩天半，在這之前總也得歇歇一個下午。所以宗親會可以讓季連德禮拜五午後回家，便是這個緣故。」

我恍然大悟道：「所以季連昌是跟盧六姑和羅拔士太太串通的！宗親會只不過是編出來的謊話，他自己也當然不是姓季連了。」

福邇道：「這個當然了。每天付一圓工資給季連德，好像是很大的花費，但扮演寡婦來掩人耳目的洋妓，接一個客人已肯定不止這個數目。就算再除卻三樓的房租，也一定收入甚豐。」

我問：「那麼這個季連昌、還有陪羅拔士太太去租房的盧六姑，其實便是龜公鴇母吧？你今天扮成洋人的模樣，當然便是去擺花街的妓院查探她們的底細了？」

他道：「季連昌的身分，還有待調查，但今天我在擺花街一經打聽，便找出盧六姑了。那裡眾多洋妓院之中，只有一間的鴇母是中國人，西人英語叫她做『盧夫人』。我假裝嫖客進去一逛，看見她的樣子果然跟季連德所說的無異，便跟她說晚點再回去，溜之大吉。」

一想到福邇扮成洋人嫖客逛妓院的模樣，我心下暗恨無法親眼目睹，只好嘆道：「也虧他想得出開洋葷也是一門生意！」

福邇道：「英人雖然沒有立例禁止，但擺花街的高級洋妓院都是不做中國人生意的，不然的話，今天我也不必易容成西人方可過去查探了。不用說，盧六姑看到這個商機，便背著妓院老闆自己出來經營。看來是嫖客先跟盧六姑或季連昌預約，然後再在指定時間去到紅毛嬌街。他們特地向季連德租地方，而不租別處，當然是因爲他耳聵眼花，容易欺瞞之故。」

說到這裡，我想到西人就算是婦女，也大多生得骨粗肉厚、體形臃腫，面容又鼻大唇薄、額突眼凹，與中國傳統相學的善貌不符，更何況體毛菲菲、狐騷陣陣，眞不明白竟然還有這麼多中國人會樂意花錢去嫖洋妞。我不禁打了一個寒慄，問福邇：「這個洋妓一定非常漂亮的吧？」

福邇失笑道：「不是一個洋妓，而是很多個。你還不明白嗎？羅拔士太太不是一個人假扮的，而是由許多人輪流喬裝。」

他這麼說，我才有若醍醐灌頂，一拍大腿道：「怪不得這個洋寡婦不知怎地，總是覺得前後不符的！」

福邇道：「不錯。昨天我說，樓下裁縫師傅告訴了我兩件有用的事情，第一件便是三樓入伙後數天，第一次看到羅拔士太太，她當時是體態豐腴的，後來再碰見才變得苗條。這跟之前季連先生所說的剛好相反；你記不記得他告訴我們，羅拔士太太在搬進去的那天，好像比之前清減了？他和裁縫不約而同都說，羅拔士太太前後判若兩人，是因爲他們各自所見的羅拔士太太都並非同一個人。季連德和裁縫兩個都生得矮，就算對方高度有異，他們也未必會留意得到，但身形肥瘦卻明顯得多，不過他倆所看見的肥瘦次序，卻剛好調轉了。我們昨天遇到的，其實也是兩個不同的羅拔士太太，雖然碰巧體型相差無幾，但身上花露水的香味卻完全不同。再說，若眞是寡婦的話，丈夫都已去世，又整天戴著面紗，還要胭脂水粉做啥？」

他這樣說，我才想起的確聞到花露水的味道，只是沒有留意到這麼多，便道：「原來如此！那麼第二件有用的事情呢？」

福邇答道：「裁縫告訴我第二件有用的事情，是他不知道季連德每天都出去了，還奇怪他近來爲甚突然多了許多訪客。其實這些都不是季連德的訪客，而是去找羅拔士太太的。裁縫從店門只看到有人上落樓梯，卻不會知道他們是上二樓還是三樓。他沒有想到可能是去找羅拔士太太，因爲一來人家是寡婦，二來他看到的訪客，不用說一定全都是中國人；其中若有洋人的話，他不會不提起，而且也一定會聯想到羅拔士太太。」他見我點頭，又道：「你有沒有留意，昨天那個羅拔士太太回到紅毛嬌街，進門之前打量過你和我嗎？她不是我們之前看見出門的另一個羅拔士太太，當然不會認得我們便是方才在街上徘回的人；她打量我們，是因爲她不知道你我是否她要接的下一個嫖客！」

我不禁失笑道：「怪不得你一眼便看穿，接著而來那個戴墨色眼鏡的人便是下一個客人！」聽了福邇詳細解釋，我終於明白了整件事情的眞相，便道：「季連德以爲羅拔士太太搬了進去之後，便一直足不出戶，是因爲季連德在家的時候，除了妹仔偶爾會去打掃一下，便根本沒有人在三樓。但我們昨天也看到，正如裁縫師傅說，季連德不在家時，三樓是頻頻有人出入的，只不過他懵然不知罷。」

福邇點頭道：「對了。我本來還道事情這樣便水落石出，但想不到今天竟然還會橫生枝節，突然出現幾個人向你施襲。」

我一愕道：「你認爲這不是巧合？」他不說，我倒不會想到。

福邇道：「他們分明不是隨便找個路人來打劫，而是有意伏擊，不過卻把你誤認作別人。」他想了一想，便道：「我馬上換件衣服，出去查探一下。」他說罷便上樓回房脫下了洋裝，不一會便下來，已回復了平常的樣子。這時天色已黑，他叫鶴心給他備個燈籠，告訴她不用等他回來吃飯，臨行叫我好好休息，便飛快的往外面去了。

◀◀◁◁◁◁

次日一早起來，對著鏡子檢視額角傷勢，見已退腫了大半，變成了一片瘀青，便搓上了一些藥酒，再貼上一塊膏布來遮蓋。落到大廳，只見福邇已經坐在他最喜歡的洋皮椅上，抽著水煙，身上還是穿著昨晚出外時的衣服，好像根本沒有上過床睡覺。

他一見我下來，便道：「你來得正好，我本來還想一抽完煙，便上去叫你起床。我們快吃點東西，之後便去拉人！」

我奇道：「拉甚麼人？」

他說：「還有誰？當然是昨天襲擊你的歹徒了。還有季連先生的事，也可以一併解決。來，我們快飽一飽肚，便馬上過去紅毛嬌街。」

鶴心已備好早點，福邇便叫她端出來，我們匆匆吃過，見這時正下著毛毛細雨，便一人拿了一把雨傘，落到街上。我昨天牽動了右膝舊患，不便步行太遠，福邇便揮來了人力車載我們過中環。

很快來到擺花街，我們在紅毛嬌街上端下了車，沿坡而下，福邇便對我說：「這陣清明雨下得正好，我們把雨傘壓得低一點，萬一被昨天的歹徒看見，也不會那麼容易被他們認出來。」

我們差不多行到季連德的房子，福邇卻帶我進入對街一棟樓，道：「我先帶你去見一個人。」

我們登上梯級去到三樓頂層，福邇叩叩門，不一會便聽到有人來到，隔著門問：「誰啊？」是一個婦人的聲音。

福邇應道：「是我，姓福的那個。」

門一打開，原來是一位年約六十餘歲、鶴髮童顏的老婦，笑瞇瞇的跟我們說：「進來，進來。」

進了門，福邇便跟她說：「這個是我的朋友，華大夫。」接著向我道：「這位便是嬌姨。」

我一怔之下，方才會意這人是誰，道：「嬌姨？你是說……」

老婦呵呵笑道：「你叫我紅毛嬌也可以。」[7]

我雖然聽福邇說過紅毛嬌真有其人，卻沒想到他竟然會帶我登門拜訪。他見我訝異的表情，便道：「嬌姨仗義相助，今天幫我們捉拿歹徒。」

嬌姨似乎很愛笑，聽了又咯咯的噱道：「哪有甚麼仗義不仗義？我只是看看熱鬧罷。」

她收起了笑容，又道：「再說，我租了房子給這些壞人，雖然無心，但總不能不理嘛。忙是一定要幫的！」

福邇向我解釋道：「昨天我聽了你說遇襲經過，幾乎是一上到街上便遭受伏擊，便懷疑對方是一直監視著房子的門口，才會動手得這麼快。我又想他們幾個大漢，若是一天到晚都待在街上監視會非常礙眼，所以便過來查一查，看看有沒有可以望到季連先生門口的房子，最近租了出去給陌生人。嬌姨是這條街的大地主，我當然第一個便找她。」

嬌姨長嘆了一聲，道：「還說甚麼大地主呢？現在變成地頭蟲了！以前這裡的確半條街都是我的，所以才叫紅毛嬌街，可是現在差不多全都沒有了！」她也不待我們問及，便自吐苦水道：「先是幾年前的一場火，把我的樓燒剩幾棟，燕梳[8]又沒有得賠，之後我見中環地皮樓價一路越來越貴，便忍不住把剩下的樓房按給銀行，借錢來多買幾棟，以爲轉手再賣便可以大賺一筆。誰知還未脫手，樓價卻突然大跌，我整條街收來的租也不夠向銀行交利息，終於弄到要

7 紅毛嬌，原名吳亞嬌，蜑家人，估計約出生於一八二〇年，卒年不詳。鴉片戰爭前，她與一個名叫 James Endicott（中譯安定國）的美國船長同居，並協助他走私鴉片，相傳曾隻身跟海盜談判，成功取回被劫貨物，因而名噪一時。多年後分手，船長便於吉士笠街為其買下多棟樓宇。據香港本土歷史研究者考證，吳亞嬌被判破產後，於一八八〇年被逼變賣物業，此後便再沒有她的官方紀錄。

8 燕梳，即保險，英文 insurance 首兩個音節的粵語音譯。

上報窮衙門[9]，被判破產。幸好還有幾層樓是在我女兒名下的，我們現在還可以靠著來收租，不然便眞的要睡到街上了。我們其中一間房子，剛好便是租給了你們要找的人。」

福邇補充道：「房子便是隔鄰那棟樓的二樓，正對季連先生的住處，正好監視有誰出入。」

嬌姨道：「我本來已經答應了租給別人，但他們居然肯給我一倍的租金，我雖然覺得奇怪，但看在錢的分上，也沒有問這麼多。直到昨晚福先生來找我，才知他們原來不是好人！」

我問福邇：「他們到底是甚麼人？甚麼紅毛門徒、紅髮公司的，是幫會嗎？」

他答道：「不錯，這個往後我再跟你解釋。他們暗中監視季連德那棟樓，但今天我們來到嬌姨這裡，便是反過來監視他們。我已經做好安排，誘他們動手，到時便螳螂捕蟬、黃雀在後！」說著便帶我走到窗口旁一看，斜斜望到對街季連德的住所。

不一會，看見季連德從大門口出來，右手撐起雨傘，左手提著一包看似是祭品等物件，往山腳方向走，當然是去拜祭老婆的山墳了。又過了大約半個鐘頭，雨點依然未停，所以街上行人稀少，忽又看見有個穿著黑色衣裙、頂著洋傘的身影從街頂的方向行過來，走近了的時候，果然又是一個戴著寡婦面紗的「羅拔士太太」。

我道：「這麼早便來幹活了。今天這個的身形，比起昨天我們看見的那兩個小一點。」

福邇似笑非笑道：「等著看吧，好戲還在後頭呢。」

我想起昨天福邇一眼便看穿街上接著經過的行人，哪一個是去找羅拔士太太的尋歡客，於是便也嘗試依樣畫葫蘆，考一考自己的眼力。本來雨中街上行人不多，應該很容易看出來才對，可是不久之後，只有一個人走進那棟樓的門口，卻是個衣著寒酸、老粗模樣的彪形大漢。我本還道他一定是進去地下的鋪頭而已，可是之後又一直不見他出來，眞想不到這樣的一個人竟也會狎洋妓。

過了一個鐘頭有多，這時雨終於歇了，街上往來的人也漸漸多起來，樓下裁縫鋪也有些客人光顧，不過我這時已經覺得有點悶，便沒有留心有多少人進出。正暗自奇怪爲甚麼嫖客和羅拔士太太還沒有出來的時候，忽然看見有一個撐著拐杖的男人，步履蹣跚的緩緩行落紅毛嬌街，來到季連德住處的大門口。我雖然還是第一次看到這個人，但憶起季連德說過的話，便知道這個一定是季連昌。其實季連德也告訴過我們，季連昌的年紀和身形都跟我差不多，但這時讓我親眼見到，方才猛地醒悟，他正是昨天襲擊我的歹徒要找的人！

我正想告訴福邇，他卻先道：「待會再說，好戲就到了！」

說著，季連昌已經走了進去。不久，我們隔壁的樓宇走出了三個人，果然是昨天的幾名「紅

9 報窮衙門，殖民地時代處理破產的官方機構的中文俗稱，即現在破產管理署的前身。

毛門徒」。他們走到對街的門口，周圍望了一眼，便也跟著入內。福邇馬上跟我說：「我們快過去！」

我連忙跟著他趕下樓，衝過對面季連德那棟樓。我本還以為，福邇必定覺得和我一起聯手對付三四個人已經綽綽有餘，但一從街上進了大門口，卻見有人從裁縫店探頭出來，低聲道：「福先生，我們現在衝上去嗎？」這人有點眼熟，但一時想不出在哪裡見過。

福邇壓低聲音答道：「讓我和華大夫先上去，你們一聽到哨子聲便馬上衝上來。」

那人點頭，這時我才看見他背後還有兩三個一起聽命的人，想必是剛才陸續假扮顧客進入裁縫店內，便一直待著沒有出來。我隨福邇輕步踏上樓梯，未到三樓，已隱隱聽到幾個人越來越激烈的話聲，待到達頂層樓梯口，只見房門虛掩著，福邇和我便一左一右，悄悄來到門的兩側。

只聽見房內一把豪邁的男人聲音道：「今日被你們抓個正著，我無話可說，但一人做事一人當，不關這位先生和這個洋婦的事，你們先放了他們。」想來說話的人便是季連昌。

另一人冷哼了一聲，道：「現在放了他們，豈不是讓他們去叫差人來？我們有這麼笨嗎？」我認得這便是昨天假裝向我問路那傢伙的聲音，似乎是幾個紅毛門徒之中的老大。

季連昌又道：「那六姑呢？你們是不是抓了她？我們之間的事也與她無關。」

紅毛老大道：「廢話！甚麼六姑七姑，我們哪有抓過人？」

季連昌聲音一變，道：「弊！我們中計了！」

聽到這裡，福邇便向我點一點頭，示意動手，接著便率先衝了進去。我緊貼他背後，一衝進門，只見裡面已有六個人站著，讓原本已經不大的廳子更顯狹隘：最近門口的便是三個紅毛門徒，本來都是背著我們的，但這時便一臉驚愕的回過頭來；廳子中間一人是季連昌，卻是又怒又恨的表情；站得最遠的便是今天的羅拔士太太，和我之前留意過的高大嫖客。

但說來也奇怪，羅拔士太太和嫖客兩人竟沒有逃到臥房裡面，看見福邇和我衝了進來，絲毫沒有驚奇，卻竟像早已預料的模樣。這時羅拔士太太一手拿掉頭上的黑色面紗，倒反而讓我大吃一驚：只見面紗背後的不是別人，竟然是我們認識的王昆士幫辦！

正當我目瞪口呆之際，昆士幫辦已把召喚差人的銀哨笛放到嘴邊，用力一吹，刺耳的哨聲頓時響遍整棟樓。樓梯上馬上傳來一陣急速腳步聲，待在樓下的幾個人隨即趕到頂層，福邇和我便側身避過，讓他們魚貫入來。這時我再看見爲首一人，才記起是昆士幫辦手下其中一個差人，以前見過一兩面，難怪這麼臉熟。

差人們一進來，站在廳子中央的季連昌和紅毛門徒四人，瞬間便成爲了甕中之鱉。季連昌看見處境，知道插翅難飛，倒是神色泰然；但紅毛門徒三個，本還以爲困住了季連昌便穩操勝券，此刻卻突然被我們截斷了退路，都氣得咬牙切齒，似乎還想一搏。他們當中的老大，便從懷裡掏出一把短刀，兩個同伴遲疑了一下，也亮出傢伙來。眾差人見狀，也紛紛舉起手中短棍，準備一戰；身旁福邇拿出了防身所用的鐵骨扇，我也抽出手杖裡的利劍，擺好架式。

形勢一觸即發之際，昆士幫辦從衣裙裡拿出一把手槍，指著紅毛一眾喝道：「即刻放下武器！」紅毛老大和另外一人看見他有槍，咒罵了一聲，便乖乖的放下了手裡的刀子；但餘下鼻青唇腫的一個，也即是昨天被我打倒那人，竟然沉不住氣，大吼一聲撲向幫辦！

只聽得「砰！」的一響，這紅毛門徒應聲倒地，餘音迴響之中房間硝煙瀰漫。幫辦隨即大喊：「拉人！」眾差人得到命令，一擁上前抓著季連昌和餘下兩個紅毛門徒，給他們戴上手鐐。昆士身旁的「嫖客」也上前幫忙，他當然也是差人之一。

這時我蹲到倒地的歹徒旁邊，見他原來是大腿中槍，雖然生還，但傷口血流如注，若不盡快止住，則仍有性命之憂。我馬上用杖劍割下他的衣袖，再分作布條，福邇也走了過來，和我兩人合力緊緊的紮著他大腿經脈，止住了失血。這時昆士幫辦正指揮手下把犯人押回荷李活道大差館，也不用我開口，便吩咐兩個下屬把傷者先送醫院。

很快，樓上便只剩下昆士幫辦、福邇和我三人。我為傷者止血之時，把劍和手杖放在了地上，幫辦便替我拾了起來，忍不住贊道：「這把『士的劍』好犀利！」這時我學曉的英文還少得可憐，不過也知道「士的」便是手杖的意思。

我笑道：「還不及幫辦你這一身打扮厲害！剛才還眞的騙到我呢！」

昆士把劍插回杖裡還給我，嘻嘻道：「都是福先生的主意。」

福邇對我說：「我們跟幫辦一起回大館，邊行我邊告訴你事情的經過吧。」他拾起丟在地上的寡婦面紗，遞給昆士道：「你還是把這東西戴回頭上吧。要是在街上被人看到你穿裙子，王昆士幫辦的一世英名便要盡喪了。」

路上，福邇便給我解釋：「昨天那三個歹徒偷襲你，分明是找錯了人，我便馬上想到，他們要找的其實便是季連昌。依季連德所說，你跟他不但年紀和外形相近，更碰巧都有腿患，歹徒若從未見過對方的眞面目，只憑描述，認錯人一點也不出奇。他們不知怎地知道了季連昌有分私營暗娼，卻顯然不知道宗親會的事，也沒想過跟蹤季連德，便只好在紅毛嬌街租個地方來一直監視。於是我昨晚便去找昆士幫辦幫忙，略施小計，令雙方自投羅網。」

昆士幫辦接道：「我們把盧六姑從擺花街抓回了大館，說要告她無牌經營妓院，逼她說出拍檔的下落，還要她寫一張字條叫季連昌今天早上過去紅毛嬌街，說有重要事情商量。那三個歹徒辛辛苦苦的等了這麼久，一見季連昌出現，一定會馬上動手，但你也看到，我們早已布下陷阱，一口氣把他們擒獲了。」

剛才的事情他們已經說清楚了，但我心裡還有個疑問，有如不搔不快之癢，便問福邇：「那三個人爲甚麼自稱爲紅毛門徒呢？」

福邇道：「華兄你是福建人，不會沒有聽過『洪門』幫會吧？它們原爲反清復明的祕密組織，主要活躍於閩粵一帶，但兩百多年來已漸漸成爲反清爲名、犯罪爲實的黑道幫會。『洪門』其實即是『洪武之門』的簡稱，以紀念大明洪武皇帝朱元璋，昨天那三個歹徒襲擊你的時候，其實是自稱爲『洪武門徒』才對。粵語『武』、『毛』兩字同音不同聲，你聽不慣他們的口音，腦子裡又先入爲主想著這條紅毛嬌街，所以便誤會他們是說『紅毛門徒』。」

我追問：「那麼紅髮公司又是怎麼一回事？聽起來還以爲是做生意的。」

福邇道：「『紅髮』也只是同音之誤而已。許多洪門堂口名字裡都會有個『洪』字，這三個人的堂口剛好名叫『洪發』，卻是洪武的洪、發達的發，不過又是因爲你想著紅毛嬌街之故，便誤解成紅色的紅、頭髮的髮。至於爲甚麼叫做『公司』，這不是指做生意的公司，而是洪門堂口在南洋的慣稱。我來香港之前，在海峽殖民地[10]待過一段日子，也接觸過這種公司。你不是說他們的粵語好像有點鄉音嗎？那其實是南洋華僑的口音才對。南洋這種海外洪門堂口，有些勢力很大；信不信由你，有一個叫做蘭芳公司的，甚至在婆羅洲建立了自己的國家！」[11]

荷李活道大差館離紅毛嬌街不遠，我們說不了多久話便到了。盤問犯人時，季連昌自始至終三緘其口，但洪發公司的歹徒卻嘴巴不嚴，很快便把他們之間的仇怨和盤托出，簡錄如下。

原來季連昌眞名叫做陸振南，跟他們一樣都來自星洲，而且還是同一個堂口裡的人，不過身分卻很懸殊：陸振南原是洪發公司裡的「白紙扇」，亦即是等同軍師的高職，但找他復仇的三人卻只是微末的「草鞋」或跑腿，所以才會連陸振南的眞面目也未曾見過。洪發公司跟當地的另一個堂口結下樑子已久，時有火拚，但據這幾個草鞋所說，三四個月前，因爲陸振南暗中私通敵人，洪發公司終於被對方一舉殲滅；三個草鞋因地位低微不在場，才倖免於難。他們聞說事發時，堂主知道被陸振南出賣，臨死前一刀砍傷了叛徒一條腿，而之後陸振南害怕洪發殘渣餘孽報復，已避到香港，便也追蹤到這裡，誓要爲死去的兄弟報仇。他們幾經打聽，聽到江湖傳聞，有個外地來的瘸子跟本地鴇母合作，在紅毛嬌街暗地裡搞嫖洋妓的玩意，知道一定是陸振南，便在對面租了房子，守株待兔。

三個草鞋當場被捕，想不認罪也不行，雖然只是傷人、擅闖民居等罪名，不算太嚴重，

10　海峽殖民地（Straits Settlements），於十九世紀時原是由新加坡、檳城、麻六甲和天定所組成的英國殖民地的統稱，到了二十世紀又增加了幾處地區，第二次世界大戰後已一一獨立或歸於他國管治。

11　文中所提到的「公司」，英語音譯作 kongsi，以區別於商業性質的 company。由廣東人羅芳伯（一七三八—一七九五）在婆羅洲（今西加里曼丹）所組織的「蘭芳公司」，原為保護海外華工的社團，因為勢力強盛，一七七七年於坤甸建立了「蘭芳共和國」，直到一八八四年才被荷蘭趁著中法戰爭，乘機出兵毀滅。

但也足夠把他們關起來的了。香港巡捕房的總管，跟星洲的布政使素有交情，[12]查詢之下，發覺三人在那邊其實是犯案累累的通緝犯，便安排了把他們押解回星洲服刑。但至於陸振南，雖然是洪發公司的白紙扇，在星洲居然從未留有案底，在香港也只能控告他和盧六姑非法賣淫而已，終於罰款了結。之後兩人也不知是否離開了香港，從此銷聲匿跡。

那天晚上，我陪福邇回到紅毛嬌街，向季連德交代一切，也順便向嬌姨道謝。季連德知道了事情始末，震驚之情，自是不在話下，不過他非但沒有損失，還從中賺了一點錢，亦可謂焉知非福的了。還值得一提的，是發生了這次事故之後，季連德在左鄰右里出了名，也因而認識了嬌姨，聽聞還一見如故，交情甚篤，甚至惹來了街坊一些流言蜚語；但箇中內情究竟如何，筆者則不便過問了。

12 文中所提到的「香港巡捕房總管」，即指田尼（Walter Deane, 1840-1906），詳情請見本書〈黃面駝子〉。至於「星洲布政使」，則是指當時擔任海峽殖民地輔政司史美（Cecil Clementi Smith, 1840-1916）。（文中「布政使」一詞，是當時清朝所用的中文譯法。）兩人同為香港殖民地官出身，後者於一八七八年調任到新加坡，更於一八八七年升任總督。他名字相近的姪兒金文泰（Cecil Clementi, 1875-1947）也是一位出色的殖民地官員，於一九二〇及三〇年代先後擔任過香港和新加坡總督。

黃面駝子

筆者最初在香港住下來的時侯，十分討厭洋人。後來因爲福邇，跟好些洋人打過交道，才發覺他們也不乏好人，方慢慢對他們有所改觀。

這些西人大多都是協助福邇探案時認識的，有些更是在香港身居要職的高官，例如指揮所有差人的巡捕房總管田尼、域多利監獄長杜老志，或甚至當時的總督軒尼詩。他們都知道福邇的過人本領，亦曾身受其惠，所以對他不但客客氣氣，更甚而可以說得上尊敬，不過礙於身分地位，卻很難稱得上是朋友。

但除此之外，福邇交遊廣闊，跟他私底下有交情的西人亦不少，其中一位名叫俾士的英國先生，更是尤其對中國人友善親切。俾士是福邇介紹給我認識的第一個洋人，跟我們年紀相若，生得體形瘦小，兼有微瘸，看來是幼年患過重病所致。他於廣州出生及長大，父母皆爲傳教士，所以一口流利的粵語，說得跟廣東人無異。他對華夏文化又興趣濃厚，首見面時，聽福邇說過我當大夫之前，原是武進士出身，又在綠營官至守備，便興致勃勃向我請教有關醫藥、武科、軍事等等問題，我也樂於跟他一一細述。自此，大家便偶有來往。

俾士先生曾於廣州同文館及香港中央書院任教，但幾年前已去了一間叫做「日字樓」的孤兒院兼書館擔當校長，深受師生愛戴。[1]也是因爲他主持這間學校的緣故，便引發出這裡所要記述的奇案。由於這件案子涉及幾位無辜者的隱私，我本應守口如瓶，但故事其中一位主人翁早已不在人世，其他人亦已回到英國家鄉，我才不諱把事件眞相公諸於世。

話說癸未年春，其時我跟福邇同住已快有一年半光景，一個禮拜日，我們剛吃完午飯不久，俾士校長帶了一位西人男士來到我們位於荷李活道貳佰貳拾壹號乙的寓所。丫鬟鶴心把他們引進大廳後，校長便道：「福先生，華大夫，我今天和朋友一起來拜訪。」

我在香港時日尚淺，只學了幾句簡單的英語，正思索如何跟客人打招呼，不料他竟先以發音也有五六成準的粵語道：「福先生，華大夫，你們好。我中文名字叫孟離婁，孟子的孟、《離婁》篇的離婁。」我站得較近，他說著便跟我行握手禮。

西人早熟快老，本就難以判斷年齡，兼之這時我跟他們仍接觸有限，見客人臉上已有皺紋，又頭髮微禿，本還以爲他已屆中年，誰知後來才知道，原來年紀竟比我們還輕。

福邇走過來跟客人握過手，便道：「孟先生你是蘇格蘭人，在牛津大學跟理雅閣教授修習中文，最先學的是官話，廣東話是之後才學的。」

孟離婁聽了，轉用官話笑道：「校長告訴過我你多麼厲害，我名字叫離婁，但福先生你才眞的有離婁之明[2]。你是怎樣看出來的？」他的官話果然說得比粵語出色，有八九成準，足讓我國許多省分的炎黃子孫汗顏。

福邇答道：「剛才孟先生說粵語，我聽出帶有蘇格蘭口音和官話腔，特別是廣東話沒有捲舌音，但你說起來卻帶有介乎蘇格蘭和北京話的捲舌，所以我便不但知道你的籍貫，還知道你一定是先學了官話才學廣東話的。接著我跟你握手時，看到你袖釦上面的盾徽，我認得是屬於牛津大學基督聖體學院的。那是理雅閣教授的學院，既然他是牛津大學的漢學教授，而你又起了一個如此典雅的中文名字，漢語造詣肯定匪淺，所以便能斷定你是他的學生。」[3]

孟離婁一定知道俾士校長不懂官話，便禮貌地轉回廣東話道：「校長告訴我福先生在英國留過學，請問是不是在牛津？」

---

1 俾士（George Piercy Jr., 1856-1941），十九世紀香港教育家，因其同名父親為廣州著名傳教士，故亦稱「小俾士」。廣州同文館創立於同治三年（一八六四），比北京同文館晚兩年。至於「日字樓」，請見本篇註14。

2 《孟子．離婁》：「離婁之明、公輸子之巧，不以規矩，不能成方圓。」

3 理雅閣（James Legge, 1815-1897），亦有寫作理雅各，著名傳教士及漢學家，曾於香港擔任英華書院首任校長及佑寧堂牧師，回英國後於一八七六年成為牛津大學第一任漢學教授。著作包括四書五經及《道德經》和《莊子》等的英譯本。

福邇點頭道：「我在牛津時雖然在另外一間學院，念的也是別的科目，不過也認識理雅閣先生，那時他還未榮升教授。」

孟離婁喜道：「原來福先生是校友，還認識我的教授！說起來我這才記得，教授也提過，有位在牛津留學的中國學生，曾經幫過他一個大忙，難道便是你？」

福邇又再點頭，謙道：「已是七八年前的事情了，不足掛齒。」

客人道：「啊！這個世界眞小！孟離婁這個名字，便正是理雅閣教授給我起的。」

不久鶴心端上了茶，我們便邊喝邊聊。原來孟先生立志來華傳道，在大學的時候已經加入了倫敦的傳教協會，畢業後便遠赴中國，在北京跟隨聖公會的牧師傳道。[4]

說到這裡，孟離婁懇切的跟我和福邇道：「兩位，我的國家經營鴉片貿易，令貴國飽受摧殘，但其實在英國本土也有很多人像我一樣，是深深抱歉的。打仗的時候，國會裡也有大力反對的聲音，可惜阻止不了戰事。後來，社會上的熱心人士便成立了一個協會，目標是要告知英國國民，鴉片爲中國帶來了多少禍害，及呼籲政府早日禁止這醜惡的貿易。我還在大學的時候，便已成爲了這個協會的會員；來到中國傳教，也是因爲希望能爲中國做一點事情，作爲小小的補償，希望中國人知道，不是所有的英國人都是壞人。」[5]

這還是第一次有英國人對我講出這樣的話，肺腑眞情，流露於色，讓我不由得對他的好感頓然大增。

孟離婁又說，後來得知教會需要志願者前往兩廣偏遠地區傳播上帝福音，便自動請纓，先去到廣州學習粵語，最近又轉來香港中央書院深造[6]，閒時便在俾士校長所掌管的書館兼任教職。可是說到這裡，他卻不知爲何突然面露窘態，一副欲言還止的樣子，還是要待俾士校長爲他接話，我們才知道箇中原因。

俾士校長道：「是這樣的，其實我今天帶孟先生來拜訪，是因爲有事想請你們幫忙。他有位朋友遇上了麻煩，可是又不肯告訴告訴孟先生是甚麼事情，讓他想幫助朋友也不知道如何入手。他聽我說過兩位經常幫人解決困難，便跟我說想前來拜候，請教一下應該怎樣做才好。」他轉向孟先生道：「還是由你來告訴兩位吧。」

---

4 這裡所指的應是成立於十八世紀末的倫敦傳教協會（London Missionary Society），成員除了前文提及的漢學家理雅閣外，還有著名的來華傳教士馬立遜（Robert Morrison, 1782-1834）和楊格非（John Griffith, 1831-1912）。文中亦提到的「聖公會」，則是英國國教會（Church of England）的中文名稱，現仍沿用於香港。

5 鴉片戰爭爆發之初，後來四次擔任首相的年輕反對黨成員格萊斯頓（William Gladstone, 1809-1898），曾於國會大力抨擊在任外相巴麥尊子爵（Lord Palmerston, 1784-1865）以武力維護鴉片貿易的政策。禁制鴉片貿易協會（Society for the Suppression of the Opium Trade），成立於一八七四年，孟離婁的恩師理雅閣也是成員之一。

6 中央書院，一八六二年由香港殖民地政府設立，本是外籍人士研究中國語文和典籍的學院，其後亦為本地華人學生提供英語教學，是現在香港名校皇仁書院的前身。在本故事發生的年代，中央書院仍位於中環歌賦街原址。

福邇微微一笑，對孟離婁道：「你遇上了麻煩的朋友，應該是一位女士吧？」

孟離婁臉上一紅，道：「福先生，你說得不錯。她是校長書館裡的一位老師，我是到那裡兼職的時候跟她認識的。雖然大家只不過相處了短短幾個月，但很快已成爲好朋友。可是最近，有個男人經常在她身邊出現，向她大獻殷勤，但我知道這個人不是好人……」他說到這裡，又吞吞吐吐了。

我心想，原來是有人橫刀奪愛！但男女私情，不能勉強，怎能叫外人插手呢？這回恐怕愛莫能助了。

福邇耐心跟他道：「請慢慢說。先告訴我們，你心儀的這位女老師叫甚麼名字？是哪裡人？」

孟離婁又再微微酡顏，道：「她也是英國人，可是像校長一樣，是在中國長大的，所以會說中文，也有個中國名字，叫夏伊芙。」

俾士校長見他難爲情，問一句才答一句的，便替他補充道：「夏小姐的父母跟我雙親一樣，也是傳教士，不過他們是在福建傳道的，夏小姐在那裡長大，所以福建話說得跟英語一樣流利。」他的神情變得沉重起來，道：「兩位記得七年前，閩江發生過水災嗎？當時夏小姐一家去到偏僻災區救濟難民，可是非常不幸，遇上土匪攔途截劫，伊芙的父親夏牧師被賊人殺死了。」[7]

我惋嘆道：「那眞是飛來橫禍，太不幸了！那時候我已經離開了福州老家，不然也可能會聽說過這宗慘案。」

校長道：「之後，伊芙和她母親依然在福建留下來，在教會所辦的孤兒院工作，直到大約一年前，夏太太也過了身，伊芙便一個人來了香港，通過聖公會的介紹，在我的書館當起了教師。」

福邇道：「那麼孟先生這位情敵又是甚麼人呢？」

孟離婁一窘，急道：「不能說是情敵，我跟夏小姐只是好朋友，不敢有非分之想。可是這個人，眞的不是好人，所以替夏小姐擔心！」

校長見他答非所問，便又替他說：「這個人叫白克萊上校，是個退伍軍人，我們也不很清楚他的來歷，只是聽說以前在印度當過軍官，後來去了中國做生意，似乎很富有。他來了香港才一兩個月，所以沒有甚麼人知道他的底細。」

---

7 一八七六年五月，福州暴雨成災，閩江泛濫，當地居民認為是傳教士興建洋樓破壞風水所致，要求官府阻止，但事情拖了兩年也沒有結果，群眾終於憤而把洋樓燒毀，是為「烏石山教案」。

孟離婁不忿道：「我跟人打聽過，他四圍跟人說，太太已經死了多年，來香港是想找個年輕的妻子。他年紀比夏小姐大一倍有多，還想打她的注意，眞是……唉！」

福邇問：「這個白克萊上校，對夏小姐有做出過甚麼不軌行爲嗎？」

孟離婁道：「不軌行爲倒沒有，但不軌的企圖卻眞的非常明顯了。夏小姐和我一樣，都是虔誠的教徒，每個禮拜日都會到聖約翰大教堂守禮拜。伊芙是住在學校的老師宿舍裡的，本來我們約好了，每次都是我去接她，一起去教堂，之後再送她回去的。大約兩個月前，我們第一次在教堂遇到白克萊，他走過來自我介紹，說是伊芙父母的老朋友。我當時也不以爲意，聽他說是相識的，寒暄了一會便識趣地失陪，好讓他們聚一聚舊。可是過不了多久，我老遠看見白克萊不知道說了甚麼，竟然弄得伊芙哭了起來，我便馬上跑過去問個究竟。伊芙不說甚麼，白克萊亦向她道歉，說無意中勾起了她的傷心事，請她原諒。可是白克萊告辭的時候，我看見他嘴角掛著一絲陰毒的微笑。自從這次之後，伊芙對我的態度也變了，跟我說以後不用我再接送，以免讓別人說閒話。守禮拜的時候，她也不再跟我坐在一起，可是白克萊過去跟她坐，雖然誰也看得出她渾身不自在，卻從來沒有拒絕。」

俾士校長也道：「我們信奉耶穌基督的，本來不會這麼容易一下子便判定誰是壞人，但莫說是我，如果給你見到他的話，以你這麼犀利的目光，也一定一眼便看穿這個人心術不正。今天早上，便終於發生了一件事情，令我決定帶孟先生來找你幫忙。」說著望向孟離婁，示意由他繼續。

孟離婁道：「今天是苦難主日，還有一個禮拜便是復活節，所以早上特別多人去教堂。[8]可是守完禮拜之後，教友們如常在外面有說有笑，我又遠遠看見白克萊不知怎地再次把伊芙弄哭了，而且哭得比之前更厲害，頭也不回的便跑離教堂。我追上去想安慰她，但她怎麼也不肯說，也不讓我送她回去，我便只好回到教堂。事情給這麼多教友看到，他們不用說自然竊竊私議，可是白克萊這個傢伙，竟還心安理得的樣子。我上前質問他，到底跟夏小姐說了甚麼，他卻自鳴得意的說不關我的事。慚愧得很，我當時差點忘記了自己是基督徒，眞的想一拳打在他的臉上。幸好這個時候校長過來把我拉開，跟我說，不如和他一起來找福先生，看看你能不能幫忙。」

福邇問：「除了每個禮拜日在教堂之外，白克萊還有沒有別的機會接觸夏小姐呢？」

孟離婁看看俾士校長，校長便答道：「應該沒有了。你也知道，我們的學校也是一間孤兒

8 苦難主日，或稱「棕枝主日」（Palm Sunday），即復活節之前的星期日，紀念耶路撒冷民眾手持棕櫚樹枝歡迎耶穌騎驢進城，標誌著隨後耶穌被捕、釘十字架和復活的聖週的開始。

所，伊芙很喜歡小孩子，所以就算是下了課之後，大部分時間也留下來照顧他們，很少外出。最初白克萊試過一次來書館，想找伊芙，那時我還不知道他是誰，但也覺得他冒昧，便婉轉的告訴他，我們學校的規矩，是不容許老師在宿舍招呼外賓的。之後他沒有再來過，我告訴了伊芙，她謝了我之外便沒說別的，但看得出是暗暗鬆了一口氣。」

福邇想了片刻，道：「白克萊上校的行爲固然可惡，但除非他做出不法的舉動，我們是奈何不了他的。他的底細我可以查查，也許會有甚麼發現，但最好還是設法令夏小姐自己說出事情的因由。要是她堅決不讓別人幫助的話，我們就算查出白克萊眞的是在要挾夏小姐，也是無濟於事的。」

兩位客人點頭稱是，福邇便轉向我道：「華兄，應付紅顏粉黛，你比我更在行，而且夏小姐是在福建長大的，跟你可說是同鄉，便拜託你試試向她套話吧，說不定她會向一個局外人透露口風。」他不待我回答，又轉向俾士和孟離婁道：「校長，禮拜三便是春分，如果方便的話，何不請華兄和我到書館去喝下午茶？到時也請夏小姐出席，可以名正言順的跟她說，想介紹一位福建老鄉給她認識。孟先生，如果你不介意的話，請你也一起來吧。」

很快到了春分，這天仍是乍暖還寒時候，天氣變化多端，早上還陰霾密布，讓我們還擔心會下雨，但幸好中午時分太陽冒了出來，頓時變得和煦暖洋。到了下午四點鐘，福邇和我便準時去到俾士校長的書館，赴他的茶約。

書館位於般含道，是聖公會所辦的孤兒院兼學校，因爲建築格局有如中文「日」字之故，本地人便喚作「日字樓孤子院」。我們到達時，書館已經下了課，一群中西夾雜的男女小童正在庭院中追逐嬉戲，還有一個年約二十的金髮女教師跟他們打成一片，好不熱鬧。俾士校長和他的太太已在庭院一旁擺好了桌椅，孟先生亦已在場，他們一見到我和福邇，便招呼我們坐下。

這時庭院中的洋少女仍陪著孩子們嘻嘻哈哈的一起玩耍，待得俾士太太向她招手喚她過來，我才會意這個少女便正是夏伊芙小姐。她一走近，我不覺爲之驚豔，生平第一次領略到原來西人也竟可以有如此美女。觀乎居住香港的歐人，雖以「白人」自居，但許多也未必一定比中國人白淨，就算是膚色最白的，也大多不是像死魚肉一般灰蒼無澤、便是紅潤得惡紫奪朱，面如熟柿。但夏小姐的冰肌玉膚，卻晶瑩嫩滑，白裡透紅，令我不禁想起「紅臉如開蓮，素膚若凝脂」之句。又見她生得五官標緻玲瓏，體形纖纖，跟一般粗眉大鼻、肥碩臃腫的洋婦簡直判若雲泥；若非金髮碧目的異色，簡直便可媲美蘇杭美女。我心想：怪不得孟先生對她鍾情。

校長給我們作了介紹，便叫校工端上茶點。來了香港一年半，英式下午茶我也不是未曾喫過，可是卻還未習慣。英國下午茶有點像廣東早茶，粵人有點心配茶，英人也有糕餅麵包，這可說是其優點；但說到缺點，便是英人既然從中國學會了喝茶，卻又偏偏要自行其道，喜歡在茶裡拌糖混奶，又甜又膩。好比我在新疆行軍打仗時，也試過回人所喝加鹽添奶的茶，眞不知道誰的更難入喉。此刻我便婉拒了糖奶，一邊淨喝他們泡的濃濃印度紅茶，一邊吃著用兩片麵包夾著肉和蔬菜的「山域治」[9]。

這個茶會說來也好笑，因爲各人之間雖有共通的語言，卻沒有一種是所有人都會說的，所以大家說不了幾句便要待旁人翻譯。俾士太太非常友善好客，卻只懂英語，而這時我才不過學會了幾句，所以不借助別人便無法跟她溝通。至於夏小姐，則除了英文之外，便只會講福州話，所以當別人一說起粵語，便如俾士太太一樣，不知所云。幸好除我之外所有人也可以用英語交談，而我們幾個男人亦可以互說廣東話，不然便有如本地人所謂的「雞同鴨講」了。

正如福邇所料，夏小姐一知道我也來自福建，便很快熟絡起來。香港也有不少福建人，卻主要聚居下環，而且以操閩南方言的居多，所以就算讓她碰到，也不會感到這麼親切。但她與我雖然還是首次見面，一開口便聽到大家說話都是地道的福州音，便當眞有如他鄉遇故知一般了。福邇其實也懂閩語，此刻卻深藏不露，當然是有意讓我跟夏小姐打好關係了。

又看夏小姐對待孟離婁，雖然若即若離，從不會先跟孟先生說話，但答他話時卻總是羞人答答的，而兩人亦常情不自禁偷看對方一眼。就算沒有福邇閱人之能，任誰也看得出他們之間，分明是郎有情時妾也有意。我當下便油然生出充當月老的念頭，希望能玉成他倆的好事。

這時院子裡突然傳來一下尖叫，接著聽到一陣「嗚嗚嗚」的喊聲，原來有個小女孩追逐之際不慎跌倒，哭了起來。夏小姐一直不忘留意孩子們的遊戲，偶爾還會向他們呼一兩句稱讚鼓勵的話，這時見狀，二話不說便跑了過去，抱起了那個孩子，柔聲安慰。

校長道：「那個女孩叫露絲，是大約半年前教會從福州送過來的孤兒。伊芙在福州孤兒院時也照顧過露絲，所以這個孩子特別黏她。」

細看這個小女孩，只有五六歲年紀，中西混血的模樣，生得十分標緻可人。在中國商埠有很多這樣的兒童，大多都是洋人跟中國婦女的私生子女，與其說是孤兒，其實應說是棄子才對。他們的生父可以這麼狠心拋棄骨肉不顧，也是我原本痛恨西人的原因之一。日字樓這些孩子，得到俾士校長和夏小姐這麼好心腸的人來照料，已經算是萬幸的了。這時夏小姐不知跟小女孩說了甚麼，竟逗得她不但不再哭泣，還咯咯咯的笑了起來；將來夏小姐嫁了人之後，一定是個賢妻良母。

---

9 山埢治，即三明治（sandwich）的早期粵語音譯。

夏小姐回座後，福邇和我見時候不早，便跟主人家道謝和告辭。剛才我和夏小姐談得興高采烈，意猶未盡，便相約過幾天再見面，繼續談個痛快。

離開了學校，福邇便問：「華兄，你怎麼看？」

我道：「依我看，孟先生和夏小姐兩人其實是情投意合的，但夏小姐卻好像有甚麼難言之隱，才會欲迎還拒。」

他道：「我也有同感。說不定這個白克萊上校抓著了夏小姐甚麼祕密，用來要挾她。你過幾天見到夏小姐，便試試探一探她的口風；我會繼續打聽白克萊的底細，看看有何發現。」

◀◀◀◁◁◁

禮拜六是復活節之前的一天，福邇告訴我，很多教徒都會在晚間到教堂參加守夜儀式，不過日間倒是閒著的，夏小姐便約了我下午一起到兵頭花園散步。這個地方，其實是個依山而建的植物園，因爲坐落在總督府旁邊，而總督又是本地英軍的最高司令，香港人便俗稱之爲「兵頭花園」。[10]

我滿以爲這天可以獨自跟夏小姐相處，便有機會慢慢向她套話，誰知準時去赴約，卻見她竟帶了露絲一起來。我們是約了在公園裡的大噴水池等候的，這時小女孩已經歡天喜地的在池邊玩水，夏小姐一邊叮囑她不要弄濕衣服，一邊笑著跟我說這孩子沒有來過這地方，難得今天有多一個大人陪伴，便順便帶了她來玩。

小露絲也確討人喜愛的，我當然不介意她隨行。這個年紀的小孩最愛新奇事物，而公園裡除了種滿各式各樣的奇花異卉之外，也有一個小型的動物園，露絲見到籠子裡毛色繽紛的禽鳥，及樣子趣怪的走獸猿猴，樂得不可開交，天真爛漫的笑聲響個不停，偶有遊人經過，看見她的樣子，也忍俊不住。

我們邊行邊談，夏小姐便告訴了我多一點她在福州的事情。她的背景我大致已經聽校長說過，但當然不便跟她直說；她似乎難得有人側耳傾聽，也不用我多問，便自己傾吐出來。當她說到七年前全家遇襲，痛失父親之際，雖然簡略帶過，但光看她臉上猶有餘悸的表情，便知道是何等淒慘的經歷，一定終生不能磨滅。等她說到慘劇之後，與母親寄情於照顧孤兒，嘴角才泛起一絲甜蜜的笑意。我正暗自盤算，應如何把話題帶到白克萊上校身上，卻不料轉過一個彎

10 「兵頭花園」即現在的香港動植物公園，建於一八七一年，位於香港開埠初年的總督官邸原址，占地超過五公頃，是香港歷史最古老的公園。

角，突然警覺一直跑在前面的露絲不見了！

這處是條岔路，我們便急忙分頭去找。我邊尋邊叫露絲名字，但走了一會也不見人影，正心焦之際，猛地看見她在不遠處一棵樹後——身旁還有一個陌生男人，正拖著她的小手，彎著身不知跟她說甚麼話！

我大喊了一聲：「露絲！」小孩和那人同時轉過頭來，此刻我才看得清楚，這個男人哪是彎著身，原來是個弓背佝腰的駝子！還見他臉色枯黃如蠟，目露異光，樣貌醜陋無比，我當下大喝：「放開她！」說著便發足向他們奔過去。

黃面駝子一驚之下，放開了露絲的手，轉身便逃，小女孩也嚇得哇哇大哭起來。我跑到她身邊，急問：「你沒事嗎？」但她越哭越厲害，答不出話來。再看那駝子，他雖然行動不夠快，但也已經轉了個彎角；公園這邊的路又九曲十三彎的，兩旁還長滿樹叢，若不再追便多半捉他不著，但我又怎能丟下小孩不顧呢？

今天跟露絲初見面時，她本來還有點怕生，但一知道我懂得說她的家鄉話，便馬上親切起來了，可是到了此刻，我怎樣哄她也無濟於事，止不住她的哭聲。幸好這時聽到夏小姐在遠處叫著露絲和我的名字，一定是聽到我們的呼喝哭喊，我便馬上高聲回應，喚她過來。

夏小姐趕到，一把抱起露絲，柔聲在她耳邊用英語不知道說了甚麼，果然馬上奏效，孩子停止了啼哭，緊緊摟著夏小姐頸項不放，埋著頭臉輕輕啜泣。

我連忙告訴夏小姐發生了甚麼事，又道：「我們趕快去報案吧。大差館離這裡不遠，他們可以派出差人周圍搜捕這個拐子佬！」

可是夏小姐已經花容失色，連連搖頭，堅說只想馬上帶孩子回去。我不能勉強，只好陪她和露絲出到大路，招了一輛人力車送她們回去般含道日字樓，之後便自己回到荷李活道寓所。

回到家裡，我把事情告訴了福邇，他聽了皺眉道：「想不到事情竟然還會橫生枝節。」

他這樣說，我倒覺得出奇，便問：「你認爲這個駝子跟白克萊上校要挾夏小姐的事有關嗎？」

他道：「這個還很難說，不過模樣這麼獨特的一個人，難以藏匿於城裡而不被察覺，待我四圍查探一下，應該很快可以把他找出來。」

我記起他說過要打聽上校的底細，便問：「白克萊這個人，你有查到甚麼嗎？」

福邇道：「沒有甚麼重大發現。他的確曾在印度從軍，官至上校，可是差不多十年前便退了役，聽說是因爲某些醜聞而自動請辭的，不過卻沒有人知道箇中詳情。之後他與人合作從商，把鴉片由印度運往中國，因而致富。他在中國那邊的生意主要在福建，大概因此認識夏小姐的父母；不過夏小姐父母是傳教士，想必致力反對鴉片貿易才對，所以白克萊說跟他們是朋友，實在令人難以置信。他是二月初來到香港的，在山頂租了一間屋子住了下來，自此便不時在洋人圈子裡露面，但除此之外，我問過的人便對他一無所知了。看來我們在這事情上還要多花一點時間。」

可是出乎意料，案情馬上便峰迴路轉，急轉直下。

◀◀◀◁◁◁

翌日是復活節，是除了耶誕之外，基督徒最重要的節日，所以洋人都去了禮拜堂，福邇和我都沒有想到他們會有事情來找我們。上午我們去了茶樓飲早茶，回到家裡時已經是午後，想不到坐不了多久，突然有人在樓下不斷拉門鈴，似乎有急事找我們。鶴心連忙下去應門，不久便領了一個人上樓梯，門一打開，原來是個綠衣華差，衣袖上還有個三劃形狀的臂章，代表比普通差人稍高一級的「沙展」[11]。他一見我們，便急道：「請問是福先生和華大夫嗎？我是六號差館來的，有命案發生！」

福邇道：「六號差館？那便是山頂了。死了甚麼人？」

沙展道：「是一個叫做白克萊的西人。」

我聽了心中一涼，轉望福邇，卻見他好像已料到答案似的。

沙展又道：「幫辦吩咐我來請兩位馬上過去，還派了人去請『差頭』親自到現場。」

他所說的人叫做田尼，本文開首也提過，職位是巡捕房總管，統領全香港所有差館，所以便俗稱「差頭」。[12]我們聽到事關重大，便不再多問，馬上跟他落樓，來到街上，只見已有兩輛人力車等著。其中一輛車是雙座的，我和福邇坐了上去，沙展則坐上了另外一輛單座的，命他的車夫走在前面帶路。兩架人力車沿著荷李活道一路向東走，去到盡頭又轉落雲咸街和亞厘畢道，直去到聖約翰大教堂附近下車。這時還未興建登山的纜車，我們便去到一處有輿夫轎夫等著抬客上山的地方，招了三乘肩輿抬我們上山。

域多利城裡的所謂「山頂」，是指香港島上最高的山峰，像這座城市一樣，英語冠以女王的名字叫做「域多利峰」，中文則稱爲「香爐峰」，或喚作「扯旗山」。英人怕熱，所以在非洲、印度等地方都喜歡住到山上，一來比較涼快，二來作爲統治者，也可顯示自己高人一等。

---

11 「沙展」即英文 sergeant（軍士）的粵語音譯，作為英式警察制度的職銜，香港警隊現用的正式官方中文名稱是「警長」。

12 田尼（Walter Deane, 1840-1906），於一八六七至一八九二擔任香港警察的最高指揮官，職位等同現在的警務處處長。田尼當時的官銜英文是 Captain Superintendent of Police，但似乎沒有正式中文譯名，華笙在文中稱他為「巡捕房總管」應是意譯，現代文獻一般簡譯為「警察隊長」。

他們來到香港，也保持了這個習慣，越有錢的西人便在山上越高處蓋房子，最富有的當然便住到山頂之上；但他們卻不知道，這其實正好跟中國傳統勘輿之術反行其道。我雖不迷信風水，但也曉得陽宅最基本的原理，是坐北向南、背山面水爲佳，可是這些西人住宅雖然確是對著海港，卻是坐南向北，也非背山，而是建到山上去了。要知中國歷來只有僧道和賊寇才會住到山上，而我亦只聽過風水先生在山上尋覓龍穴來給人安葬祖先，卻從未聽過興旺陰宅的風水亦同樣可以有利陽宅。

我還是第一次這樣坐輿上山頂，想不到輿夫的腳力這麼了得，揹著一個人來走斜峭山路也依然健步如飛，不到一炷香時間便到達了。發生凶案的屋子是一間兩層高的洋房，門外有兩個綠衣守著，一見到我們來到，便馬上向沙展敬禮，開門讓他領我們入內。

進到大堂，只見田尼總管已經來到，正坐著等候，和他一起的還有一個名叫麥當奴的年輕洋幫辦。這時福邇和我已幫這兩人破過幾宗大案，上一次是耶誕前，監獄長杜老志突然暴斃的離奇事件，但之後便幾個月沒見面了。

田尼總管是個四十來歲的英國紳士，十分有禮，待大家都握過了手之後，才跟我們道：「我們已經盤問過這裡的傭人，大致知道了案發經過，還在附近抓到一個疑犯，相信便是兇手。」他是翻譯官出身，在香港也有二十年，所以一口粵語說得頗流利。

福邇問：「疑兇是甚麼人？」

田尼道：「是一個駝背的中國人，面孔還是深黃色的，樣子好恐怖。」

我聽了一驚，正想說甚麼，福邇卻跟我暗打眼色，示意我不要出聲。

總管又道：「疑犯一句話也不肯說，我們把他扣押在雜物房裡，待會再盤問不遲。我先帶你們進去看屍體。」說罷，想不到他竟不帶我們內進，卻反而領著我們走出剛才方入來的大門口，去到屋子外面。田尼解釋說：「傭人們聽到起居室內有呼叫聲，但房門卻從裡面被反鎖，他們在屋裡開不了房門，便出到屋外繞到後花園才能入到起居室，那時便發現了死者。」

說著，他帶我們繞過屋子一旁去到後花園，見屋背左右各有一道雙開玻璃門對著花園，都是打開著的。他引我們穿過右面的玻璃門進入起居室，只見地上趴著一具身型魁梧的男屍，已用白布蓋了起來，正倒在房間後面通往屋內的房門前面，房門是關著的，鑰匙還插在門鎖裡面。起居室的左邊還有第二道房門，通往隔壁另一間房間，這道房門也是閉著的，門匙也是插在鎖內。

福邇問：「沙展跟我們說，死者是白克萊上校？」

麥當奴幫辦點頭道：「不錯。傭人們已經確認了死者。」他年紀不到三十，幾年前才來到香港，卻是少數肯用心學習廣東話的洋幫辦，雖然口音很重，但已經可以作簡單交談，跟辦案有關的話，更是講得頭頭是道。

我揭開白布看屍體，只見白克萊是個五六十歲的粗壯男人，我一邊檢查，便一邊跟他們說：「他死了不超過兩三個鐘頭，左邊太陽穴有傷口，看來是被硬物重擊，相信便是致命原因。」

田尼總管謝了我，便跟麥當奴道：「幫辦，請告訴兩位案發經過。」

麥當奴依言從口袋拿出了一本小小的記事簿，清了清喉嚨，便依照寫下的筆記有條不紊的道：「三月二十五日下午一時零八分，有人來到六號差館報案，報案者是白克萊上校租住的山頂屋子裡的其中一個傭人，說剛發現主人倒斃家裡。我帶了差人趕到現場，發現死者陳屍在起居室，懷疑有被殺的跡象。因為事態嚴重，我便馬上派人通知田尼先生，也派了沙展去請福先生和華大夫過來幫忙。」

田尼道：「總督軒尼詩這個月底便離任，請了主教和一些官貴，今天守完復活節後到總督府共進午餐，所以我從那裡上來，很快便到達。幫辦請繼續。」

麥當奴道：「我正要開始記錄傭人們的口供，差人卻在花園裡發現了一名疑犯，躲在樹叢之中，這便是剛才田尼先生跟你們說過的黃面駝子。我見他堅決拒絕答話，便叫手下先把他扣押著，讓我向傭人們問話。他們說，白克萊上校今早獨自去完教堂之後，帶了一位客人回來吃午餐，之後便一起去到起居室喝茶。過了一會，傭人聽到上校的客人呼救，但叫了一聲之後便不再聽到，他們也不敢過去打擾。又過了幾分鐘，傭人再次聽到起居室傳來呼救聲，但這次卻是白克萊的聲音。他們馬上過去，卻聽到起居室內有人用鑰匙把門鎖上的聲音，他們試門，但開不了，於是便從正門走出屋子，像我們剛才那樣繞到後花園，見起居室的玻璃門開著，便走了進來，發現白克萊已經這樣倒斃在地上了。」

福邇問：「那麼上校的客人呢？」

幫辦道：「上校的客人不在起居室裡，而是在隔壁的書房裡面。傭人們從花園看進書房的玻璃門，看見客人也倒在了書房地上，可是玻璃門從裡面栓上了。書房裡還有一道跟起居室相連的門，他們便試從起居室開門進入書房，卻發現門鎖竟然壞了。」

他走到起居室通往書房的側門，扳一扳門把給我們看，門紋風不動。鑰匙是在我們這邊插在門鎖裡的，他又轉動鑰匙，嘗試開門，但依然打不開。

麥當奴又道：「還有更奇怪的。」

他又由書房走到起居室後面通往屋內的房門，依樣葫蘆試試給我們看，原來這道門的鎖也壞了，怎樣轉鑰匙也依然打不開。

我奇道：「怎會兩道門的鎖同時壞了？」

福邇道：「我們先不要說這個。那客人怎麼了？」

麥當奴幫辦道：「傭人們開不了門，沒辦法之下，便回到花園，撞開屋背另外的那道玻璃門進入書房，把客人抱出來。幸好她沒有死，只是昏倒了，於是管家便派了一個傭人找住在附近的一位醫生過來幫忙，又派了另一個傭人到山頂差館報案。」

他說到這裡，我越聽便越覺不對勁，便問：「等一等，你說的這位客人是個女人？她叫甚麼名字？」

麥當奴道：「對不起，我沒有說清楚，客人是位年輕女士，可是我們不知道她的名字，白克萊上校沒有跟傭人說過。」

我急道：「是不是年約二十左右，金色頭髮，身材嬌小，樣子很漂亮的？她現在在哪裡？」

麥當奴奇道：「不錯，你怎麼知道的？她在樓上客房，醫生一直陪著她，看來還未曾醒來。」

福邇道：「我們碰巧認識一位名叫夏伊芙的女士，聽說白克萊上校最近意圖追求她，所以相信是她。我們可以見一見她嗎？」

田尼總管道：「當然可以！請跟我來確認一下她的身分。」

當他正要帶我們循原路回到屋內之際，福邇卻道：「不用這樣。起居室和書房的門鎖其實沒有壞。」

他走到起居室門前，把鑰匙從門鎖裡拿了出來，然後過到書房門前，拔出門匙，把原本插在起居室門鎖裡的鑰匙插進書房門鎖，然後一扭，我們便聽到「咯」的一下清脆的開鎖聲；福邇一扳門把，便把書房門開了。接著，他又回到起居室房門，把原本插在書房門鎖裡的鑰匙，插進起居室門上的鎖裡，這道門果然也應聲打開了。

田尼總管奇道：「原來起居室和書房的門匙互相調轉了！但為甚麼會這樣插錯了鎖呢？」

福邇道：「這個我待會再解釋。我們先去看看客人是不是夏小姐。」

◀◀◀◁◁◁

我們上到樓，田尼總管帶我們到一間客房，只見熟睡在床上的果然是夏小姐，還有一位中年洋醫生坐在床邊一張椅上，看守著她。福邇確認了夏小姐的身分，田尼便吩咐麥當奴派人到日字樓書館通知俾士校長。

我擔心夏小姐情況，便運用我有限的英語跟洋醫生道：「我，是她朋友。可以看看她嗎？」

醫生狐疑的望望田尼，田尼用英語介紹了福邇和我是誰，醫生便向我點點頭。我上前給夏小姐把了脈，檢視過她頭顱沒有傷痕，又翻開她的眼皮觀察瞳孔，便跟田尼和福邇道：「她脈像正常，頭上又沒有受傷，可是卻目光散亂，瞳孔擴張。除非這位醫生讓她服過安眠藥，不然的話，我看便是有人給她下了迷藥。再說，如果只是受驚暈倒，斷不會昏迷這麼久的。」

田尼用英語把我的話跟醫生再說一遍，只見醫生點頭同意，又嘰哩咕嚕的說了一大堆話，田尼便跟我道：「醫生說同意你的診斷，其實他也懷疑夏小姐可能被下了迷藥，所以才不敢再給她服安眠藥，還一直在旁看守著她。」

福邇道：「既然夏小姐沒有大礙，又有醫生在旁，我們不要再打擾他們了。我還要檢查屍體和現場。」

我們回到起居室，福邇便馬上檢查屍體，很快便從白克萊一個口袋搜出一個小玻璃瓶。他看看瓶子上牌子，道：「是姥大琳[13]。這種安眠藥很容易買得到，這瓶已經差不多空了。」他又指指茶几上的兩個杯子，跟幫辦道：「請保存好那兩杯茶，我可以給你們做化驗，其中夏小姐喝了的那杯一定被落了這藥。」

他再查看屍體，連手掌也沒有放過，卻似乎再沒有甚麼發現。之後福邇又拿出了放大鏡，看遍了起居室的每一個角落，地上的一截呂宋煙和煙灰，似乎引起他很大興趣。接著他在廢紙簍裡又找到一支鉛筆和一頁報紙，隨後又不知為何用放大鏡仔細檢視書房門上的鎖。待他終於看完了，才轉向我們道：「這房間少了一樣東西。」

田尼問：「少了甚麼？」

福邇答道：「一進門我們已經可以聞到濃烈的呂宋煙氣味，而且是剛吸過的新鮮味道，可是奇怪得很，煙灰缸卻不在房內。」

麥當奴幫辦道：「說不定事發前傭人拿走了吧。」

福邇道：「不會，因為白克萊上校臨死時還在抽煙。」他指著房間另外一邊地上的一截煙頭，道：「這口煙蒂吸了不到一半，熄滅前還把地毯燒焦了一小處，可見掉在地上時仍是點著的。你們看，旁邊地上還灑了一些煙灰。雖然地毯的花紋顏色深，上面的煙灰並不十分顯眼，但也可以看得出不是直接從呂宋煙上直掉下來的，而是橫潑出來，所以才會在地毯上撒成弧形。還有，死者用來點煙的火柴也在煙灰之中。除非是將煙灰缸用力一甩之外，煙灰是不會在地上散成這樣子的。」

他說到這裡，我大概猜得到他語中含意，麥當奴幫辦卻不明白，便問：「死者為甚麼會把煙灰甩在地上呢？」

---

13 「姥大琳」即是鴉片酊，laudanum 的中文音譯，十九世紀時歐美十分流行的安眠藥。

福邇道：「甩煙灰的不是死者。你沒有留意屍體的頭髮、衣領和肩上都沾了煙灰嗎？」

幫辦好像理解了，道：「你是說……」

福邇點頭道：「兇器是煙灰缸。死者是被人用煙灰缸重重砸在太陽穴上而致命的，煙灰便是那時從缸裡甩了出來。」

田尼道：「那麼不見了的煙灰缸是被兇手拿走了？」

福邇不語，打開了書房的門，走了進去。我們還未及跟隨，便聽見他喊道：「果然在這裡！」他回到書房門口，手裡拿著一個煙灰缸。他用放大鏡看了一看，道：「在書房地上找到的，煙灰缸上面還有血漬。」他把煙灰缸交給田尼看，又說：「書房裡的桌子上還有另一個乾淨的煙灰缸，沒有用過，所以你手上這個煙灰缸肯定是原本放在起居室裡的，用來殺了人之後才被拿進了書房。麥當奴先生，請你叫管家進來確認一下好嗎？」

麥當奴依言喚了管家進來，田尼把手上的煙灰缸給他看，他果然認出確是平常放在起居室裡面的。雖然大家都是中國人，但有西人在場，管家依然是跟福邇講英語。

福邇對管家說：「我還想問弄清楚，房間的門匙是如何擺放的。起居室和書房兩把門匙，通常都是插在門鎖裡的吧？」管家答道：「不錯。爲了方便傭人打掃，兩間房間從不上鎖，鑰匙也是一直插在門鎖裡的。」

福邇又道：「那麼請你想清楚，這兩間房的門匙，通常是對著室外的方向插在門鎖裡的，還是對著室內的方向插著呢？」

管家也不用多想，便道：「都是對著室內方向插著的。」

福邇道：「那即是說，當門關上的時候，起居室的鑰匙是在房間裡面，而不是對著外面通往屋內的走廊。如是者，書房的門關上之後，鑰匙也是在書房裡面，而並非在起居室那邊的。」

管家道：「不錯，房間鑰匙都是這樣擺放的，因爲方便主人嘛。上校在哪間房裡面也好，如果不想我們打擾，只要一扭鑰匙便可以把門鎖上。」

福邇滿意的道：「很好。我還有一個問題。起居室和書房的門，通常都是打開還是閉著的？」

管家道：「除非主人在裡面，通常都是打開的。」

福邇謝了管家，待他出去後，便轉向我們道：「各位，我知道眞相了。兇手不是駝子。」

田尼道：「除了是駝子，還會是誰呢？」

福邇道：「依我推斷，案發的過程是這樣的。吃過午餐之後，白克萊上校把夏小姐帶到起居室，把一杯落了迷藥的茶給她喝，有甚麼不軌企圖，不用明言。待藥力開始發作，夏小姐才心知不妙，但當她企圖離去的時候，白克萊便鎖上起居室的門，再拿走了鑰匙。」

田尼搖頭道：「不對。你說白克萊這時便已經把門鎖上了？可是傭人們卻說，是他們聽到呼救聲，來到起居室敲門之後，才聽到上校把鑰匙插進門鎖扭上的。」

福邇道：「你說得對，這個疑點，我也是想了一會才想通的，不過請讓我往後才解釋。剛才我說，白克萊爲了阻止夏小姐離去，便鎖上起居室的門，把鑰匙放進了衣袋。夏小姐情急之下，大呼救命，傭人們便是這時聽到她叫喊的。但他們聽到的只是一聲短叫，因爲上校一定是馬上捉著她，掩著她的嘴巴讓她不能再呼喊。大家可以檢查一下死者的右掌，掌心上有夏小姐反抗時用力一咬的牙齒印。白克萊吸了一半的呂宋煙，大概也是這時候掉到地上的。」

麥當奴幫辦聞言，便走到屍體旁，跪下把死者的右掌翻開給眾人看，掌心果然留有上下兩排齒痕。

福邇繼續道：「各位試想，一位弱質少女，還中了迷藥，怎掙得過一個上過戰場的彪形大漢？幸好掙扎之中，夏小姐抓著桌上的煙灰缸，奮力往白克萊頭上砸過去，缸裡的煙灰也因此落在死者身上，及在地毯上撒成弧形。這時夏小姐想必已經神智迷糊，僥倖一擊而中之後，見書房的門開著，哪還來得及細想？她馬上跑進書房，剛來得及鎖上門，便不勝藥力昏倒地上，手裡的煙灰缸也因此掉了在書房地上。」

田尼總管道：「你說是夏小姐把自己反鎖在書房裡面的，對不對？可是書房的門匙，怎麼又會插在起居室這邊呢？」

福邇道：「問得好，請聽我說下去。白克萊體格強壯，雖然太陽穴受了重擊，卻沒有當場暈倒。他稍一回神，見夏小姐把自己反鎖了在書房裡，便從起居室的玻璃門走向後花園，從花園透過書房的玻璃門看看裡面的情況。因爲書房的玻璃門本來便已是栓著的，白克萊無法從外面打開，他只好又由花園回到起居室，再玩一個小把戲，把鑰匙從書房裡弄出來。」

田尼忙問：「甚麼把戲？」

福邇道：「一個許多小孩子也懂得的把戲。剛才我用放大鏡檢查書房的門鎖，發現匙孔旁有鉛筆痕，附近的廢紙簍裡又找到一支鉛筆和一頁新聞紙，便知道白克萊玩了這個把戲。」

他走到書房門，把鑰匙從門鎖拔了出來，開門把鑰匙從書房裡的方向插回鎖裡，把門再關上，之後又到桌子旁，拿起鉛筆及一頁新聞紙，繼續道：「讓我來示範給大家看。首先，他在起居室拿了一頁新聞紙，平攤在書房門前地上，對準門鎖的位置把新聞紙從門底伸進書房，然後再找來一支鉛筆，插進書房門的匙孔。這樣，鉛筆便把鑰匙推出了門鎖，讓鑰匙掉在門下那張新聞紙上面，上校再把新聞紙和鑰匙一起從門底拉回來，書房門匙便到手了。」他一邊說，一邊示範，果然很容易便把插在書房內的鑰匙拿了出來。

我們看了不禁嘖嘖稱奇。福邇又道：「白克萊把新聞紙擠成一團，隨手跟鉛筆一起丟進廢紙簍，但還未及用鑰匙打開書房門，便終於感到不適了。我想他是到了這時候，才發現頭上的傷勢其實不輕，甚至可能有性命之虞。剛才也看到，我示範的這個門下取匙把戲當然是要跪著來進行的；大家也可能試過，站起來的時候如果站得太快，有時是會感到一陣頭暈目眩的，這是因爲血壓突然失衡之故。死者左手手指染有血跡，一定是他感覺不適之下，摸了一摸太陽穴，發覺流出鮮血。上校大吃一驚之下，再也顧不得夏小姐了，看他最後伏屍的位置已是轉向起居室的門口，這一定是他大喊救命的時候。這便是爲甚麼傭人們說，先聽到夏小姐一聲短叫，之後過了好一會，才聽到白克萊的叫喊。待傭人來到起居室敲門時，白克萊沒有應他們，當然是因爲已經不支倒地了。」

田尼總管道：「有道理。可是爲甚麼傭人說，來到起居室敲門之後，聽到白克萊用鑰匙把門鎖上呢？還有，兩把鑰匙插錯了門鎖，你又怎樣解釋？」

福邇道：「唯一的解釋，是這樣做的，其實另有其人。」

田尼道：「你是說駝子？」

福邇點頭道：「我懷疑正是他。」

大家聽了，面面相覷，田尼便問：「爲甚麼他要這樣做呢？」

福邇答道：「我想到的理由只有一個。可以把他帶來，讓我試試盤問他嗎？」

田尼總管向麥當奴幫辦點一點頭，幫辦便走到門口，叫差人把駝子押進來，接著便跟福邇說：「我們用廣東話和英文都問過了，他就是不肯開口，也不知道是不是個聾子還是啞巴！」

福邇道：「我有個方法想試一試。」

說著，兩個差人便把駝子押進了起居室，這時我面對面看清楚了他的容貌，才發覺他的年紀比我所想的輕得多，看來不過二十三四歲，亦沒有之前感覺的那麼醜陋；若非身形佝僂、又臉如黃蠟，甚至可說儀表不俗。只見他原來連眼白也泛黃，一看便知是肝臟衰竭之象，怪不得臉色如此難看。

我正觀察犯人之際，想不到福邇這時竟轉向我道：「華兄，要請你幫一幫忙。」接著湊了過來，在耳畔低聲給了我指示。

我雖然覺得奇怪，卻依照他所說，用福州話問駝子：「你是夏小姐的甚麼人？我們是她的朋友，不會難為你的。」

駝子一臉驚愕，忍不住用閩語答道：「你是誰？」

我道：「我姓華，是個大夫，也是福建人。昨天你也見過我的。」

駝子道：「昨天你那麼兇，嚇得露絲哭了。」

這時我已聽得出他跟我和夏小姐一樣，是地道的福州口音，他這麼一說，才醒悟他一定跟夏小姐和小女孩相識，而昨天嚇怕了露絲的人，其實不是他，而是我才對。我以貌取人，卻失之子羽，羞愧之下急忙向他道歉：「對不起，昨天我一時誤會，請勿見怪。」

他垂頭苦笑，語帶淒涼道：「這也不能怪你。任何人看見我這個樣子，都難免起戒心，所以我去到甚麼地方都總是躲躲避避，不敢露面。」

我也不知道怎樣回答他才好，便只好問他：「請問你是夏小姐的朋友嗎？」

駝子不答，反問：「伊芙在哪裡？她沒事嗎？」

我答道：「她沒事，夏小姐正在樓上休息，她有人陪著，不用擔心。」

我和駝子交談，其他人除了福邇之外沒一個聽得懂福建話，這時田尼便忍不住用英語問：「他說甚麼？他是誰？」

駝子本來好像開始信任我，還想繼續跟我說話的，但聽到田尼這麼質問，表情又僵了起來。正當我擔心駝子又會變回噤若寒蟬之際，他卻轉向田尼，用純正的英語道：「我的名字叫亨利。」

田尼聽到他原來會說英語，先是一愕，接著便厲聲追問：「剛才你在花園裡幹甚麼？」

亨利還未答話，忽然聽見有腳步聲奔到門口，起居室的門一打開，原來竟是夏小姐。她一見我們正在盤問駝子，嚇得面無血色，說出了一句讓所有人意想不到的話；雖然那時我聽得懂的英語有限，但也明白她說甚麼。她道：「不要傷害他！他是我的哥哥！」

◀◀◀◁◁◁

房裡各人面面相覷，良久說不出話來。這時夏小姐已跑過去駝子亨利身邊，兩人相擁而泣。這時醫生也隨後來到起居室，但看見情況，也沒有說話。還是福邇反應得最快，道：「原來如此，那麼我甚麼都明白了。」此刻各人都改說英語，我當時意會不了之處，都是福邇事後給我詳加解釋的。

麥當奴道：「他們怎會是兄妹？」

福邇道：「當然是因爲他是夏小姐父母在中國收養的兒子。」

夏小姐看見地上的屍體，雖然有布蓋著，但自然知道是怎麼回事，放聲大哭起來，亨利便摟著她，柔聲安慰。福邇轉向他們，溫言道：「兩位不要擔心，我已經明白了眞相。讓我來向大家解釋一下，如果有說錯的地方，請你們給我指正，好嗎？」

夏小姐忍著淚跟亨利互望一眼，兩人一起點了點頭。福邇得到了他們同意，便道：「夏小姐，剛才我已經向大家描述案發經過，白克萊在你的茶裡下了迷藥，你感覺藥力發作之際，企圖離開，上校便鎖上了起居室的門，袋下門匙。你呼叫救命，白克萊便捉著你，掩上你的嘴巴，掙扎中你抓著了煙灰缸，擊中上校頭部，之後逃入書房，把自己反鎖在裡面，接著便不省人事了。請問我說得對不對？」

夏小姐弱弱的點了點頭，聲音顫抖問道：「我……殺了他嗎？」

田尼安慰她道：「夏小姐你放心，這是合法自衛，你沒有犯罪。」

夏小姐道：「可是我犯了殺戒……」說罷又抽噎起來。

田尼道：「白克萊咎由自取，無論在上帝或是人的眼中，你也是無罪的。」

福邇道：「白克萊頭部被擊中，也不是馬上斃命的。假如他馬上呼救，說不定也來得及救治，可是他卻花了一段時間，施用伎倆把書房裡的門匙從門底弄出來，也正因爲這樣，才弄得腦子血壓失衡；我認爲這才是眞正的死因，不能怪夏小姐。」

在旁一直默不作聲的醫生，這時聽了福邇的話，便道：「這位是福先生，是嗎？你說得不錯，的確有這個可能。」田尼和麥當奴聽了，也都點頭同意。

福邇又道：「白克萊感到眩暈，走到起居室門口喊救命，但等不及有人來救助便倒下了，一命嗚呼。這時，他手裡還是拿著剛從書房門底弄出來的書房鑰匙的。所以我想到，要解釋之後發生的疑點，唯一的可能，是在傭人繞到後花園進入起居室之前，另外有人進入過現場。」

他轉向駝子亨利道：「夏先生，這個人便是你了，對嗎？今天你是怎樣會來到這裡的？」

夏亨利道：「之前妹妹告訴我白克萊請她到家裡吃午餐，我知道這人信不過，已告訴她千萬不要去，但我放心不下，便去到教堂附近躲了起來，看她守完禮拜之後會不會推不掉白克萊。果然，讓我看見他們一起乘輿上山，我便跟著他們，但我身體這樣子，行走得不夠快，不久便趕不上，失去了他們蹤影。妹妹只是約莫跟我說過上校住在甚麼地方，所以上得山來，找了很久才找著。這時我已經心急得不得了，忽然隱約聽到好像是妹妹的聲音在不遠處呼救，我便跑了過去，繞到後花園。還未去到，又聽到有一個男人聲喊救命，我來到花園，便看見妹妹和白克萊一個倒在書房裡面、一個倒在起居室地上。我最擔心的當然是妹妹，可是發現書房對著花園的玻璃門從裡面上了栓，便走入起居室試試從那裡通往書房的門，但原來這道門也鎖了。這時我看到白克萊頭上有傷，也想到要救救他的，但一摸他的頸旁，已經沒有脈搏了。」

福邇道：「原來如此。接下來的事情，讓我來說好嗎？看看我的推斷有沒有錯。這時傭人來到起居室門外敲門，你見白克萊死了，一時心慌，沒有應他們。白克萊是面向著起居室房門倒斃的，這時你看見他手裡拿著一把鑰匙，自然會以爲這把便是起居室門匙，於是馬上拿來插進門鎖一扭，防止傭人進來。可是你不知道，其實這把是書房的門匙才對，是上校剛剛在你來到之前，巧施伎倆從書房門底下弄出來的。你也不會知道，上校對夏小姐心懷不軌，已經一早把起居室的門鎖上了。這時情況太急，你把錯誤的鑰匙插進了鎖裡，卻沒有留意一扭之下根本沒有作用；而傭人在門的另一邊聽到有鑰匙插進門鎖和扭動的聲音，便誤會是白克萊把他們鎖於門外。」

夏亨利「啊」了一聲，道：「我眞的沒有留意。我扭了門匙之後還順手試了一下門把，見開不了門，便以爲是我鎖了的。」

福邇繼續道：「你擔心夏小姐安危，仍想進書房看看她有沒有事，這時想到書房的門匙可能在白克萊身上，便搜查他的衣袋，果然找到一把鑰匙，卻不知道這把才是起居室的門匙，是他早前爲了阻止夏小姐離去，鎖上起居室房門後放進衣袋的。你嘗試用這把鑰匙打開書房門，但當然打不開，這時聽到傭人繞到後花園的聲音，不敢久留，便離開了現場。我說的對不對？」

夏亨利長嘆了一口氣道：「你說得一點不錯。可是我一聽到有人聲從屋旁繞過來後花園，想到就算留下來也幫不到妹妹，要是給當場抓著，更是百辭莫辯，便急忙從起居室裡逃出，剛好來得及躲進山坡的樹叢裡。躲好之後，我便從樹叢後面偷看，見到他們撞開了書房玻璃門，救出了妹妹，見到她只是昏迷的樣子，也放心了一大半。可是之後花園裡一直有人，山坡又太陡峭，我爬不下去，便進退兩難，想離開也沒有辦法。不久差人來到，一搜索周圍便發現了我，之後的事，我想你們也知道了。」他說罷，誠惶誠恐的吞了一下口水，又問：「你們會怎樣處置我們？」

田尼總管道：「發生了命案，必須要有官方聆訊，正式裁定死因才行。不過你們放心，多虧福先生即時爲我們解開了所有疑團，白克萊上校的惡行已經證據確鑿，夏小姐又是合法自衛，開庭的時候你們只要從實作供便行，不會有事的。」

夏氏兩兄妹聽了，釋慰之情形於色，又再緊緊擁抱在一起，喜極而泣。這時亨利便跟我們說，他半年前由福建來到香港，可是因爲自慚形穢，一直不敢露面，也不讓伊芙告訴人她有個哥哥。

這時忽然聽到屋外響起了一個男人的聲音，又慌又急的大聲跟守門的差人道：「夏小姐怎麼了？她沒事嗎？我是她的朋友，你要馬上讓我進去！」原來是孟離婁，他一定是在日字樓跟俾士校長一起收到消息，馬上趕來了。

福邇告訴田尼來者是誰，田尼便建議大家回到大堂，再命令差人讓孟離婁進來。門一打開，果然是俾士校長和孟離婁一起來了。他們一見到夏小姐，便上前慰問，孟離婁更是顧不得失儀，衝上前握著她雙手道：「伊芙，你沒事嗎？發生了甚麼事？」

夏小姐忍不住又哭了起來，道：「我沒事。」轉頭望向她的養兄，跟校長和孟離婁說：「這個是亨利，我的哥哥。」

校長和孟離婁先是一怔，但隨即跟亨利熱情地握手。我們看見他們好像有很多話要說，都識趣地不約而同的悄悄退到屋外，這時福邇功德完滿，便乘機向各人告辭，和我一起離開了。很少有案件可以解決得這麼快的，而這次還落得一個皆大歡喜的結局，欣慰之情，自然不在話下。這時還有一段時間才天黑，我們見風和日暖，碧空如洗，便慢慢徒步落山，也好欣賞一下悅目宜人的山色。

行到半路，我才突然想起一件事情，便跟福邇說：「我還搞不清楚，白克萊上校是怎樣要挾夏小姐的。是不是他知道了夏小姐有亨利這麼一個哥哥，用來威脅她？可是這也不是甚麼不可告人的祕密啊！」

福邇道：「不錯，看他們兄妹情深，夏小姐絕不會引哥哥爲恥。白克萊用來威脅她的祕密，其實別有隱情。」他轉望我時的神情，似乎是看透了箇中玄機，但他卻道：「但姑勿論這是甚麼祕密也好，都關乎夏小姐的私隱，不足爲外人道，我們也不用深究。」

◀◀◀◁◁◁

幾日後，俾士校長夫婦代夏小姐請了福邇和我到書館吃午飯，出席的當然還有孟離婁和夏亨利。除了答謝我們之外，孟離婁和夏小姐還有要事宣布，原來他們訂婚了！我們聽了當然爲他們萬分高興，恭喜不絕。

飯後，校長夫婦要留在書館工作，福邇和我便陪了孟先生、夏小姐和亨利一起去附近散步，夏小姐還帶了她最喜歡的小女孩露絲。當孟先生和亨利陪了露絲去追蝴蝶的時候，夏小姐忽然跟我們道：「福先生、華大夫，謝謝你們給我保守祕密。」

我不明白她說甚麼，但福邇卻道：「夏小姐你太客氣了，不用言謝。」

夏小姐幽幽的道：「這事情，連校長也不知道的，但我告訴了孟先生。」她頓了一頓，才繼續道：「我本來猶豫了很久，但當他向我求婚的時候，我怎能再隱瞞他呢？他聽了之後，沉默了好一會，我的心跳得很厲害，等到他終於開口，我眞的以爲他會說以後也不想再跟我見面，想不到他卻捉著我的手，道：『那麼我們結了婚之後，便收養露絲吧。我們跟你哥哥，以後便是一家四個人。』」說罷，竟流下了兩行眼淚。

她的說話，我還是似懂非懂，見她突然哭了起來，一時卻不知所措。這時小女孩正在遠處玩得興高采烈，不知怎地察覺了夏小姐在靜靜流淚，馬上飛奔過來一把摟著她，關切的問道：「老師爲甚麼不開心？不要哭啊！」說罷鼓起雙腮，瞇起眼斜視我和福邇，好像懷疑我們欺負了她的老師。

夏小姐破涕爲笑道：「老師是開心才哭啊！露絲，老師快要跟孟先生結婚了。不如以後我不做你的老師，讓我來做你媽媽，你做我的女兒，好不好？」

露絲一時呆著，接著喜出望外，撲進夏小姐懷裡，呱呱尖叫：「好啊！好啊！媽媽！媽媽！」

這時孟離婁和亨利見狀，也笑吟吟的走了過來，摸了摸小女孩的頭頂。我和福邇再三向他們道賀，也不想再礙著一家人共享天倫，便告辭了。

回家路上，我便問福邇：「剛才夏小姐說，多謝我們爲她保守祕密，接著又說她和孟先生要收養露絲，到底是怎麼回事？」

福邇道：「你還不明白嗎？那小女孩是她的女兒。」

我聽了仿如晴天霹靂，驚道：「這……怎可能呢？」

福邇長長嘆了一口氣道：「華兒，你也記得俾士校長告訴過我們，夏小姐一家人七年前閩江水災時遇上土匪，父親便是那時候遇害。我不便詢問，但我相信亨利當時也是跟他們在一起的，被虐打至重傷，才會變成現在這個樣子。」

他不說，我也不會想到，但亨利當時應約是個十四五歲的少年，若慘遭毒打而損傷了肝臟和脊骨，的確可能因此生出黃疸病，及發育不健全而成爲駝子。

福邇又道：「試想，匪徒當年對夏小姐父親和養兄施此毒手，又怎會輕易放過她和母親兩個弱質女子呢？夏氏父兄倆一定是拚命保護，才一個被殺、一個被打成殘廢。」

我頓時胸口一寒：「你是說夏小姐……但她當時最多也只不過十三四歲……」

福邇道：「露絲看來也正好約莫六歲。你也見過她們在一起時的樣子，若非夏小姐年紀比較輕的話，難道你不覺得她們像兩母女嗎？」

我心裡又痛又怒，咬牙道：「畜生！要是給我遇著這些土匪……」氣憤之下，也說不下去了。我又不禁想到，若非夏小姐本身堅強剛毅，又是虔誠的基督徒，眞的未必能熬得過這樣淒慘的遭遇。假如換了是中國人，若不投井自盡，也不會讓孽種留下來，更不用說如斯珍惜這個孩子了。這個天眞無邪的小女孩，又何罪之有？但試問世上又有多少人，能有像夏小姐這般的愛心和胸懷？想到這裡，對她更是肅然起敬。

福邇又道：「亨利說，他是半年前由福建來香港的，那也正好是露絲進入日字樓孤子院的時候。我想他們兩兄妹在母親過身之後，決定了前來香港過新的生活，待夏小姐先來到安頓好之後，亨利便帶露絲過來一家團聚。」

我聽他這樣說，倒覺得合情合理，想了一想，便問：「那麼白克萊上校呢？他一定是知道露絲的祕密，便以此要挾夏小姐，對嗎？」

他道：「不錯。夏小姐生下了露絲，我想就算在她們福州老家，也一定不會是張揚的事情，卻不知怎地讓白克萊知道了，之後他在香港遇上了夏小姐，便用這祕密來要挾她。畢竟無論是中國人還是西人，一個年輕女人若給人知道了未婚產子，便無法在社會上立足；若非如此，她也不用忍痛一直騙著自己的骨肉，把她當作孤兒，不敢相認。但如今白克萊死了，孟先生和夏小姐結婚後又會收養露絲，一切都可謂完滿收場。」

◀◀◀◁◁◁

幾個月後，孟先生和夏小姐在聖約翰大教堂舉行了婚禮，福邇和我都應邀參加。因爲新娘子雙親已故，便由俾士校長代替父親，依照西方儀式領著她進入教堂，還有露絲打扮得像個小仙女一樣，給她撒花。除了幾年後我自己拜堂的時候，我一生中從未見過如此美麗的新娘子。

又過了大約一年，他們舉家離開了香港，去到廣西傳教。後來我聽說孟氏夫婦爲露絲添了弟妹，但可惜亨利不久亦因肝病惡化離世了，看不到小孩子們長大；聽說遺體送回了福建，安葬在養父母的墓旁。孟離婁和伊芙爲了紀念他，便以「亨利」作爲長子的名字。

光陰似箭，事隔十年，我們又再重逢。這個時候孟離婁已經正式成爲牧師，教會邀請他回英國主理某小鎮的教堂，他們舉家歸國時途經香港，便留了幾天來跟老朋友道別。其時我亦已有家室，便帶同妻兒和福邇一起去到俾士校長家裡跟他們相聚。孟離婁容顏已老了不少，但伊芙除了更見成熟之外，卻仍跟當年沒有多大的分別，根本看不出已是幾個孩子的媽媽；而記憶中的小露絲，更已長成一位婷婷玉立的少女了，和母親站在一起，真的讓人誤會是姊妹。

還可一提的，是俾士校長的書館，多年來在他悉心經營下，不但名望日升，不久前還分成了男女兩間學校，廣收門生，作育英才。唯一美中不足的是，由於俾士患有瘸足，本地人常戲稱他的學校爲「阿跛書館」，校長知道了，便拜託福邇給學校取一個得體的中文名字。福邇根據「俾士」的近音，便提議取名爲「拔萃書院」，乃取「出於其類，拔乎其萃」之意；從此之後，學校這個美名便不脛而走。[14]

---

14 創立於一八六〇年的「日字樓女館」（亦有寫作「曰字樓」），是香港名校拔萃男書院和拔萃女書院的前身，原為只收女生的學校，一八六八年結業後，次年改為男女兼收的「日字樓孤子院」，於一八七八年由俾士接管為校長。到了一八九一年，又改為男校及正式更名為「拔萃書室」（後作「拔萃男書室」），俾士留任為校長，女生則遷往附近的一家女校，直至一八九九年「拔萃女書室」另行成立。俾士校長在任三十九年之久，直至一九一七年才退休。

清宮情怨

回顧福邇一生，能讓他念念不忘的女子，唯獨一人而已。

垂閱過拙作的看官，想必知道我這位朋友恬淡寡欲，從來不爲美色所動，更甚而可說，絲毫不解溫柔。試問以他這樣的脾性，又怎會讓男女之情牽縈於心？可是居然有位女士，多年之後仍舊能讓福邇無法忘懷、耿耿不寐，卻並非因爲他們有過一段刻骨銘心的戀愛，而是因爲這位不讓鬚眉的巾幗英雄，竟然讓絕世神探栽了生平唯一的一次筋斗。

話說不經不覺，我在香港跟福邇同屋共住已有兩年半，時爲西曆一千八百八十四年，亦即大清光緒十年甲申。是年春，由於法國圖謀鳩占安南，屢次犯順，大清已經與之在該地交戰多月，但自西曆三月北寧失守後，我軍節節敗退，隨後再丟太原，到了四月中旬，法軍已進駐興化。慈禧太后遂黜退恭親王等軍機大臣，改由禮親王掌樞，派遣直隸總督李鴻章向法人求和。[1]

為此，我也與福邇爭辯過。我既為武進士出身，曾官至守備，自然主戰；若非三年前已經因傷退伍，此刻眞巴不得自動請纓，遠赴安南把敵人殺個痛快。但福邇卻道：「孫子有曰：『勝兵先勝而後求戰，敗兵先戰而後求勝。』可是在這場戰爭裡，先勝而後求戰的一方是法國，不是大清。法國蟠踞越南多年，已經可謂根深蒂固，只要能夠堅守在當地不走，可說已立於不敗之地。相反，大清卻被逼進了先戰而後求勝的境地。怎樣才能算得上打贏這場戰爭呢？以大清目前的國勢和兵力，難道眞的可以攻占整個越南、驅逐所有法國人、另立忠於我朝的新君嗎？現今與法人求和，未嘗不是明智之舉。」我聽了他剖析，心裡固然不快，卻不能否認說得很有道理。

一晚，福邇和我在家裡吃完飯之後，便坐在廳裡看當天的新聞紙。我關心中法議和之事，但翻遍報章也不見有新消息，便再無心閱讀；遊思了一陣，忽然想到某事，便隨口問福邇：「那條叫甚麼街，以洋人為名的，我一時記不起街名。我是說中環那……」

福邇不待我說完，便答道：「伊利近街。」

他竟一言說中，嚇了我一跳，我忙問：「香港這麼多街道都以洋人為名，你怎會知道我說的是哪條街？」我跟福邇朝夕共對已兩載有餘，本來早就應該習慣了他這種看透人內心的本領，但這次可眞教我匪夷所思。

他見我滿臉驚愕，便微微一笑道：「說穿了也沒甚麼稀奇。自去年歲末開戰以來，中英新聞紙的頭條，大都離不開中法兩軍在越南的得失，但自從開始議和之後，便沒有那麼多東西好報導。剛才看見你左翻右翻手上的《循環日報》，卻總找不到想看的新聞，不難看出你所關注的是甚麼事情。之後你放下報紙，情不自禁摸著幾年前在伊犁所受的舊戰傷，面露不忿之色，無疑是想到俄人當年侵占伊犁，最後還是不得不歸還我國，[2]但如今法國企圖把越南據爲己有，朝廷卻竟還低聲下氣去求和。接著你目光落在我昨天才用過的煙槍上，長長的嘆了口氣，應是聯想到四十多年前與英國人的鴉片戰爭。最後，你轉過來凝視著掛在牆上的戈登將軍肖像。本來戈登協助平定太平亂賊有功，又與我們朋友昆士幫辦有淵源，你應該和顏悅色的看著他的肖像才對；但我卻見你眉頭深皺，可見一定是想起戈登最初其實是隨英法聯軍來到中國的。[3]這

1 越南本為中國藩屬，但法國於一八六二和一八七四年與阮氏王朝簽訂的兩次《西貢條約》，先後割讓西貢一帶地區及承認法國為保護國。一八八二年，法國以國民遇山賊為理由，出兵侵占河內，次年再陷南定，八月攻入首都順化，逼使越南簽署《癸未和約》。十二月，法軍攻占清軍駐紮在越南紅河三角洲北圻的營地，中法戰爭正式爆發。

2 一八七一年，俄羅斯趁著同治回亂，乘機出兵占領了新疆伊犁地區，直到左宗棠軍隊終於在一八七七年底殲滅了阿古柏的穆斯林汗國，清朝方與沙俄交涉，在一八八一年初於聖彼得堡簽訂《伊犁條約》，重定國界和收復伊犁。

3 查爾斯·戈登（Charles Gordon, 1833-1885）最初於一八六〇年隨英法聯軍來到中國，曾參與攻占北京及火燒圓明園。其後成為上海「常勝軍」洋槍隊指揮官，協助平定太平天國，名揚中外。《香江神探福邇，字摩斯》系列裡經常出現的人物昆士幫辦，原為戈登在中國收養的孤兒，詳情請見本書首篇《血字究祕》。

時你忽然問我一條以洋人為名的街道名稱，驟聽好像風馬牛不相及，但其實跟你一連串的思路必定有關。伊利近是當年聯軍的英方主帥，更是火燒圓明園的罪魁禍首，而這條以他為名的伊利近街又在你坐堂的藥材店附近，所以我知道讓你聯想到問我的街名，必定是伊利近街無疑。」[4]

我失笑道：「要不是你按部就班的給我解釋，就連我自己也說不出為甚麼腦袋裡的念頭，竟會由中法議和跳到伊利近街。」剛才他提到前一天用過的鴉片煙具，這時我便頓了下來，有一番久已想跟他說的話到了嘴邊，但卻不知怎樣開口。

福邇見我欲言還止的樣子，又怎會看不穿我的心思？便道：「華兄，你一定又想勸我不要再服用鴉片了，是不是？」

我道：「福兄，鴉片這東西雖可通治虛寒百病、行氣斂肺，但多服上癮，有損身心……」

他嘆道：「我又何嘗不知道？但我這個人的腦筋，是片刻也不能停下來的，沒有案子給我破的時候，便要借助鴉片來摒除雜念，以免胡思亂想。這陣子我便待得太久，悶得快要發瘋了。不過幸好終於有人找我辦案。」他拔起壁爐案頭上用來插著書信的匕首，拿起疊在最上面的一封信遞給我看。「今天下午我倆都未回家時，有人送來了這封信函，鶴心代我收下了。你看看。」

我接過函件，只見是西式的橫信封，紙質看來頗爲名貴，左上角印著幾個英文字，但封面卻是用毛筆寫著「荷李活道貳佰貳拾壹號乙福邇先生台啓」兩行漢字。這時福邇已教曉我看一些簡單的英文字，於是便道：「上角印著的英文字是『香港酒店』，對不對？是酒店特地派人給某位貴賓把這封信送到這裡吧？」

福邇向我微笑點頭以示嘉許，我便滿心歡喜的從信封內抽出函件，打開一看，卻見寫的竟然不是中文，而是幾行彎彎曲曲的文字。我雖然看不懂寫的是甚麼，卻認得是在大內擔任監翎侍衛時見過的字體，便奇道：「這是……滿洲文？」

他道：「不錯。對方沒有道明身分，只給了香港酒店的房號，請我明天上午十一時過去，說有要事拜託。你有興趣陪我去一看究竟嗎？」

我猶豫道：「這不太好吧。對方看來必定是非富則貴的旗人，我只是個普通百姓，又是漢人，恐怕……」

福邇道：「怎會呢？我們也不知道對方是何方神聖，你便當作給我壯壯聲威好了。」

---

4 伊利近八世伯爵（8th Earl of Elgin）詹姆斯・布魯斯（James Bruce, 1811-1863），曾任牙買加、加拿大及印度總督，英法聯軍時擔任英方最高指揮官，一八六〇年下令火燒圓明園的人便是他。

我聽他這樣說，也就不再推搪。

◀◀◀◀◁◁

次日早上，我們在家裡吃過早點，既知要前往拜候達官貴人，便各自上樓回房換衣服。我已盡量穿得光鮮一點，但回到大廳，只見福邇換上了一襲淡青長衫，上面罩了件黑絲暗花一字襟馬甲，頭上又戴了頂鑲有一塊白玉的瓜皮帽，相比之下，我不禁暗暗自愧不如。

這個上午風和日麗，天朗氣清，我們出門又出得早，便索性不坐車子，由荷李活道行落大馬路，沿著海濱一直由上環漫步過中環。來到畢打街，過了鐘樓不遠便是香港大酒店，那時雖然還未增建巍然臨海的新翼，但宏偉壯觀的歐式建築，已足以傲視域多利城四周的樓房。福邇告訴過我，莫說是天津上海，或是橫濱東京，就算在倫敦或巴黎，也不會找到更豪華的酒店。

穿過兩邊花崗石拱托的大門，進入金壁輝煌的大堂，只見賓客全是衣冠楚楚的洋人，除了福邇和我之外，所有中國人都是侍僕打扮。福邇走到櫃面，跟一個穿著畢挺洋服的華掌櫃說話。所謂先敬羅衣後敬人，掌櫃看見福邇一身打扮，也不敢怠慢，一聽到所說的房號，更是頓時變得阿諛諂媚，道：「啊，那閣下一定是福先生了。金大爺已吩咐過我們，等您一到，便馬上帶您上去他的套房。請跟我來。」

我和福邇這時才知要見的人原來姓金。掌櫃親自引我們上樓，上到第四層頂樓向海的一邊，便帶我們去到一雙大門前面，敲了敲門，用官話朗聲道：「金大爺，福先生到訪。」門內一把洪亮的男聲回應：「進來。」雖只兩字，但也聽得出是字正腔圓的京片子。

掌櫃替我們開了門，欠一欠身，讓我們內進。房門才在福邇和我身後合上，只見西式套房的大廳內有五個穿著洋服的男人，頓時讓我不寒而慄——這五人竟然全都戴著面具，而每個面具都畫了不同的京戲臉譜！

雖然看不見臉孔，但五人腦後都拖著辮子，顯然是中國人。其中戴著灰銀色臉譜面具的一個，大剌剌的坐在廳子中間的一張皮椅上，餘下四人則恭恭敬敬的在兩旁站著，所戴的面具紅藍黑白不一。我對京劇一竅不通，也不曉得這些臉譜代表甚麼角色，但轉看福邇，卻見他眼神好像已有所領略。

福邇泰然自若的對坐著的人道：「請問閣下便是金大爺嗎？」

那人不答反問：「你帶來的這個人是誰？」

福邇道：「這位是在下的至交華笙大夫，經常助我一臂之力辦案。閣下若有事情拜託，有甚麼話可以跟我說的，也照樣可以跟他說。」

那人遲疑了一下，房裡氣氛頓時僵著。恭立在他兩旁的四個隨從之中，三個都是彪形大漢，光看站姿也看得出身懷武功；唯獨第四個隨從，身形最不起眼，也不像練過功夫，這時便似乎沉不住氣，忍不住輕輕乾咳了一聲。我再看清楚這人面具上的臉譜，兩眼和鼻子上畫了一個菱角形的白色豆腐塊，想來應該是某劇的丑角吧。

坐著的灰銀面具怪客終於道：「我要託你辦理的事情十分機密，不能讓你知道我的身分。事情過後，無論成功與否，你也絕對不能向任何人透露，明白嗎？」

福邇微微一笑，遊目環顧房內五人，竟忽然說起不著邊際的話：「據說三國時，曹操接見匈奴使者，卻使崔季珪假扮主子，自己則在旁拿著刀充當侍衛。事後有人問及使者，他便答道：魏王雅望非常，然床頭捉刀人，此乃英雄也。」說罷，他轉向剛才咳了一聲、戴著丑角面具的隨從，突然左腳前踏一步，右膝屈跪，隨即左膝也齊跪，不慌不忙的道：「草民福邇，參見多羅郡王。」

我聽了心頭一震，一時也不敢思索他說的是眞是假，連忙依樣葫蘆也向這人行跪安之禮。但情急之下，再加上幾年前在軍中所受的腿傷，自不免有點踉蹌，嘴裡更是說不出話來。待得我跪下，福邇已經左右腿先後再起，乾淨俐落的回復站立。

受跪那人怔了一怔，脫下豆腐塊面具，原來是一個二十六七歲、果眞是皇孫模樣的貴公子。

他將信將疑的道：「你眞的知道我是誰？」

福邇弓身道：「如果草民沒有看錯，在上的便是六王爺恭親王長子，多羅郡王澂貝勒。」

我這一驚更是非同小可——如福邇所言不差，這位貝勒便是當今聖上的堂兄載澂！[5]

多羅郡王哈哈笑道：「果然好眼力！不過讓這個狗奴才假扮主人，亦難怪戴了面具也瞞不過你。可是另外這三個，是賤肉橫生的侍衛，若叫其中一個來扮我，那豈非更加不像？是我剛才咳了一聲作爲提示，讓你看穿的吧？」

福邇道：「那咳聲確令我再無疑竇，但其實我第一眼看見各位所戴的面具，便已心裡有數。假扮郡王爺這位所戴的銀三塊瓦神仙臉，是玉帝的臉譜，而另外三位所戴的面具，則都是武生角色。如沒認錯，黑十字門花臉是《白良關》裡的尉遲寶林，紅元寶臉是《五人義》的顏佩韋，而藍尖三塊瓦臉則是《甘露寺》的蔣欽。四人之中，由文質彬彬的一位扮演主子，另外三位身形矯健的扮演武將，本來十分貼切，然而剩下來的一位所戴的面具，卻偏偏是鼓上蚤時遷獨特的武丑臉，便顯得格格不入了。」

---

5 載澂（一八五八—一八八五），恭親王奕訢長子，同治皇帝堂弟，右翼近支鑲藍旗第一族。同治十三年（一八七三）因與皇帝微服出宮嫖妓之事，曾被削除了郡王銜頭與貝勒爵位一個月。有詩集《世澤堂遺稿》傳世。

郡王問：「何以見得呢？」

福邇道：「其他四人面具上的臉譜，連假扮主子的玉皇大帝在內，在大戲裡都僅是配角而已，唯獨時遷卻是少有的武丑主角。再者，當年唐玄宗貴爲九五之尊也喜歡粉墨登場，而且專扮丑角，所以梨園子弟自此都以丑角爲尊。今天五個面具的背後，誰才是眞正的主子，也是不言而喻了。當初郡王爺選擇臉譜時，大概沒有想得這麼多，但有意無意之間總也難免配合了各人身分，所以才讓福邇有跡可尋。」

王爺翻起大姆指，格格大笑道：「妙絕妙絕！我當初確以爲只是隨意給各人選個面具而已，但你這麼一說，我才知道箇中原來竟有這麼多心思，連我自己也不以爲意。但你只解釋了如何看出誰主誰僕而已，我萬萬想不到竟連我的身分也會給你看穿。你是怎麼知道的？」

福邇道：「小民剛來到酒店，聽掌櫃說貴賓套房的客人叫『金大爺』，心裡便有端倪。大清皇姓正是『黃金』的意思，所以不難推想可能是皇族中人的化名。及至上樓進房，發現指向郡王爺身分的蛛絲馬跡，福邇便知道是澂貝勒無疑。」他稍頓了一下，才續道：「衣架上掛著的鑲裘領大衣價值不菲，自當是主子之物。然而這件大衣雖是洋服式樣，在針功細節上仍能看出乃出自中國裁縫之手。外面衣領鑲著青狐皮，裡面配月白緞裡，若然換了是端罩，依照大清朝服規矩，便是只有貴爲親王及世子郡王、貝勒貝子才能穿的式樣。既從昨天的來函，及剛才進門後的談吐，已可推斷各位是朝中人士，那麼這件大衣用料的配搭，當然也顯非偶然。接著我看出戴著時遷面具的才是眞正的主子，其中最重要的線索，是編在郡王爺辮子裡的熟絲練子[6]，綁了一段金黃縧子，又以珍珠和紅寶石爲墜飾。東珠紅寶石用於貝勒朝冠，而金黃縧子，更只有皇子、親王、親王世子及郡王方可佩帶；如果換了是石青縧子，那麼便是貝勒、貝子或國公了。」

郡王爺摸了摸腦後辮子，道：「我倒忘了這個。」

福爾道：「既然知道了主子的階級地位，雖看不到容貌也不難觀察年紀，若說是親王便太過年輕；當今親王世子、郡王之中，除了瀓貝勒之外，還有誰的作風會這麼灑脫超逸？」

多羅郡王拍案笑道：「久聞福爾有如諸葛再世，我本也不信，但今日一見，果然名不虛傳！看來我找對人了。聽說你也是鑲藍旗下人，那麼當然可以給我辦事。」他轉頭指著我又道：「但你帶來的這個人，信得過嗎？」

自進了房間，我一直噤若寒蟬，但這時聽他這麼一說，便鼓起勇氣道：「啓稟郡王爺，鄙

6 熟絲練子是用來加長及裝飾辮子之物，由黑絲線所製，和頭髮編在一起，辮梢上常加上五色絲線和穗子作點綴，王公貴族還會配以珠寶作墜飾，以示身分。

人姓華名笙，字籥瀚，祖籍福州，甲戌科同武進士出身，賜籃翎侍衛，後官拜陝甘綠營正五品守備，參與平定疆亂及收復伊犁之要務。現雖因傷退役，棄戈行醫，但報國之心不敢稍忘……」

郡王爺聽我沒完沒了的說個不停，不勝其煩的向我揮了揮手，道：「行了，行了。」

福邇道：「敢問福邇如何能爲郡王爺效勞？」

王爺道：「我要你給我找個女人。」

福邇聽了不禁爲之一愣，道：「找個女人？」

這時候我已偷偷多瞟了多羅郡王幾眼，看得出的當然沒有福邇那麼多，但見他印堂發黑、眼白帶黃，明顯是縱情酒色之象，所以他說要找女人，其實也不出奇；可是偏偏卻叫福邇給他牽線搭橋，卻眞是所託非人了。

多羅郡王看見福邇不知所措的表情，又哈哈大笑起來，道：「我不是這個意思。我是要你給我追查一個自稱艾愛蓮的女人下落，但絕不能讓她發現。」

福邇暗地鬆了一口氣，道：「香港人口雖遠遠不及京城，但叫我只憑一個名字去找人，恐怕難以勝任。」

郡王爺轉向之前戴玉帝面具假扮他的隨從，點一點頭，那人馬上拿出一個六七英寸長的銀製洋式鏡框，遞給福邇。我不禁湊近一看，只見鏡框裡載著一個穿著西服的中國姑娘的照像，年紀看來只有雙十上下，生得明豔動人，堪稱絕色，而且眉宇之間有一股懾人英氣，絕非一般庸脂俗粉所能比擬。但聽王爺剛才的口氣，相中佳人想必早已淪落風塵，又讓我不禁暗嘆紅顏命薄。

郡王道：「這幅是這個賤人的近照。她偷了我家一件東西，我們從京城一路追蹤她到上海，卻慢了一步，發現她已經乘了船來香港。我們隨後趕來，但這裡是英人地方，我不便表露身分，所以才要找你給我把她揪出來。」

福邇道：「請問郡王爺，這個叫做艾愛蓮的女子，到底是甚麼來歷？偷了的又是甚麼東西？」

多羅郡王道：「這些你不用理會，總之給我找到她便行。你一查出她的下落，不要打草驚蛇，馬上回來報告，自會重重有賞；其餘的事，我的人自會處理。」

福邇帶歉道：「那麼福邇恕難從命。」

各人想不到他會這樣回答王爺，那個剛才戴著尉遲寶林面具、身形最魁梧的侍衛便大聲喝道：「斗膽！」

福邇不卑不亢的道：「古語有謂：『君子之謀也，始、衷、終皆舉之。』但如今在這事情上，郡王爺卻要小民一問三不知，試問我又如何行事呢？」

那個侍衛正要再說甚麼，郡王卻舉手示意他閉嘴，不悅地向福邇道：「那我可以告訴你，這個女人是一個工於心計、無情無義的賤人，好吧？你還要知道甚麼呢？」

福邇道：「若草民找到這人的下落回來稟告，郡王爺又有何打算呢？」

王爺冷哼道：「還用說嗎？當然是派這幾位侍衛過去，不但要把東西搶回來，連人也要一併拿下，押回京城！」

福邇婉轉道：「這還須請郡王爺三思。郡王爺貴爲大清皇族，微服來到香港這個由英國人統治的地方，固然不便表露身分；若派遣手下私自搶回失物、捉拿賊人，萬一給本地巡捕發現，那又如何交待呢？」

在此姑且稱之爲「尉遲寶林」的侍衛，挺起了胸膛，道：「如果小人失手被擒，就算千刀萬剮，也不會招供一字半句！」

福邇道：「話雖如此，但就算你不招供，也難保這個艾愛蓮不會出來指證。這麼一來，非但不能取回失物，艾愛蓮說不定還會把她與郡王爺之間的恩怨全盤托出，豈不是賠了夫人又折兵？如今大清正與法國議和，若給香港新聞紙大肆渲染，說郡王爺在本地暗中指使手下擄人劫物，恐怕會有辱國體，影響我們大清在國際間的聲譽。」

多羅郡王似乎覺得福邇說的有道理，便問：「那你有何提議？」

福邇道：「郡王爺不能把這東西贖回來嗎？」

郡王嗔道：「不能。這賤人拿了東西不是爲了贖金，而是作爲把柄。」

福邇問道：「甚麼把柄？」

王爺道：「她要挾我說，若不放過她，便把東西毀了。」

福邇道：「既然這樣，更是萬萬不能強搶硬奪；唯一的辦法，便是智取。待小民查出艾愛蓮下落之後，便請讓我效勞到底，我自有辦法把失物送回郡王爺手裡，但有兩個條件。」

郡王急問：「甚麼條件？」

福邇道：「第一，我只能答應爲郡王爺取回失物，但若要把艾愛蓮也一併拿下，這個便請恕福邇無能爲力。」

王爺聽了好像心有不甘，我還害怕他要發作，不料他想了一想，竟勉爲其難的道：「好吧，我不管你是偷是搶，只要把這賤人拿了的東西交還給我，我便不再追究。第二個條件呢？」

福邇答道：「郡王爺不便透露事情眞相，必定是有難言之隱，但我既然要取回失物，總也需要知道是甚麼東西。這便是第二個條件。」

郡王爺猶疑了一下，道：「我所失之物是一把金鑰，長二寸，寬半寸，厚一分，上面鐫了幾個字。」他一邊用手比劃著，一邊續道：「金鑰本來是存放在一個這樣大小的紫檀木盒裡的，也給這賤人一併偷去了。」

福邇追問：「敢問金鑰上所鐫的是甚麼字呢？」

王爺道：「待你給我找到金鑰的時候，看見上面鐫了甚麼字，便自然知道絕對不會找錯東西。但若你找不到的話，我現在告訴你也沒有用。」

福邇深深一揖，道：「小民明白，不日自當有好消息回報郡王爺。」他拿起艾愛蓮的照像鏡框，又道：「這個請借我一用，方便查探。」

多羅郡王點了點頭，接著向剛才假扮主子的隨從打個手勢，隨從馬上掏出一大疊銀紙交給福邇，道：「你去明查暗訪，少不免會有所花費，這裡是一千圓香港錢，應該夠用的吧。」

那時在香港，年薪有數百圓已經算頗高的了，我當時還只是一間藥材店裡的坐堂醫，這疊銀紙已抵得上我好幾年的收入，所以看見郡王爺出手這麼闊綽，便不禁為之咋舌。

郡王爺看著福邇收起銀紙，又道：「事成之後，我不會待薄你的。」

我們向郡王告辭，從酒店一回到街上，我便急不及待跟福邇道：「福兄，你引用床頭捉刀人的故事，其實是暗暗諷刺郡王爺吧？」

他微微一笑，問：「為甚麼這樣說？」

我道：「《世說新語》這則故事我也讀過，如沒記錯，好像是因為曹操自覺形陋，不足以威懾匈奴使者，才叫器宇軒昂的崔季珪做替身的。」

福邇哈哈笑道：「知我者莫若華兄！」但隨即臉色一沉，又道：「那麼你也一定記得這個故事還有下文。曹操知道被識穿，便馬上派人追殺匈奴使者。我們對澂貝勒也不可沒有警惕之心。」

我道：「這個我可不擔心。若論謀略，他哪會是你的對手？剛才那些臉譜面具眞的把我嚇到，卻被你一眼便看破了！」

他忍俊道：「他玩的這個把戲其實破綻百出，但澂貝勒爲人自視甚高，我不便逐一指出，才只跟他說了幾個最重要的關鍵，但別的線索還多著呢。例如他們個個穿著洋服，但光看衣料及裁剪優劣，主僕之分已是一目瞭然。又如我常跟你說過，光看一個人雙手也可以看出很多東西，貝勒以爲戴著面具站在一旁便可以假扮隨從，但眾人之中，只有他一個留了長指甲，而且他連貴重的田黃扳指也忘了脫下，實在令人啼笑皆非。」

我聽了不禁汗顏，靦腆道：「你說來容易，但我卻全都沒有看出來。」

福邇道：「這是你還未熟習箇中竅門，不必介懷。但你身爲大夫，一定已看出了澂貝勒的身體有異樣吧？這個我還須向你請教呢。」

我道：「剛才我觀察郡王爺面色，明顯有縱慾過度之象，額角出現瘢痕，手背又有霉瘡，已患了一身不輕的楊梅結毒[7]。」

福邇道：「先帝穆宗年僅十九便駕崩，正史紀錄為天花所致，但上至宮廷、下至民間，都廣傳其實是因為經常微服私出尋花問柳，染上風流病。而帶著他縱情聲色的不是別人，正是他的堂弟、我們這位澂貝勒。」

同治皇帝死因的傳聞我也聽過，便道：「看來郡王當真是眼前作孽，目下受報了。」

他搖頭嘆道：「澂貝勒之父恭親王，多年來積極洋務、重用漢臣，對我國自強，功不可沒，賢王美譽當之無愧。可惜兒子卻沉溺酒色，不能踵武賡續，實在可悲。」

福邇之言，我自是同意：當年若非恭親王支持左公宗棠塞防之策，我也不會有幸隨綠營遠赴新疆，輔助湘軍肅清回亂、收復伊犁，為社稷盡一己之綿力；若非後來受傷退役，說不定我這時也會身在安南，與法軍對壘。然而世易時移，恭親王與西太后逐漸交惡，隨著大清在中法戰事不久前節節失利，慈禧便以「委靡因循」為由，借故罷免了恭親王軍機處及總理衙門大臣職務。[8]這個當兒，父王丟了官，長子竟然還為了一個女人由京城一路追落香港，真可謂混帳之極。

這時已是正午，我們邊說邊走，從畢打街行上就近的蘭桂坊，到有名的楊蘭記茶社吃點東西。坐下叫了一盅龍珠香片、幾味點心之後，福邇便拿出艾愛蓮的照像框，又從懷裡掏出放大鏡，遞給我道：「華兄，你看得出甚麼嗎？」

我拿起放大鏡細看照像，但左看右看也看不出甚麼，只好坦言：「歡場女子拍這樣的小照，無非爲了招攬生意，我在京城和津滬也見過不少，有甚麼稀奇呢？只不過艾愛蓮的照像比一般拍得好罷。」

福邇「唔」了一聲，顯然並不同意，卻又不作解釋，只道：「我也常說過，在釐清一切狀況之前，切忌妄自臆測。若是先入爲主，在心裡一早立定了錯誤的想法，那麼擺在眼前的事實便反而會視而不見了。」

我聽了有點不服氣，便道：「我有甚麼視而不見呢？」

福邇從我手中接過照像框和放大鏡，道：「我對西洋照相也有點認識，一般印製的方法，是把附上影像的紙，浸在蛋白與鹽水混成的溶液裡面定型；這樣製成的照像，表面比較光滑，但時日一久，便會變得焦黃。但你看艾愛蓮這幀照像，黑白分明，細緻清晰，印製所用的是一

---

7 楊梅結毒，即指梅毒。

8 恭親王奕訢（一八三三—一八九八），道光皇帝第六兒子，咸豐皇帝同父異母的弟弟。一八六一年與東西兩位太后合謀發動辛酉之變，鏟除咸豐臨終指派的八大顧命大臣，奪得政權，擔任領班軍機大臣和總理衙門大臣。奕訢是洋務運動的主要推動者，又重用漢臣應付內憂外患，漸惹垂簾聽政的慈禧猜忌，終於如文中所述，在一八八四年三月被革除職務，史稱「甲申易樞」。

種含銀的藥劑，這是近年才開始使用的新方法，昂貴得多，就算在歐美也不常見，在中國更是只有最高級的照相鋪才拍攝得到。[9]你雖然不懂照相技術，但也應看得出這幅照像絕非便宜貨。再看她一身的打扮，若如你剛才所說，這是一幀青樓女子拍來招攬生意的小照，她們要是穿上洋服也大都會借用照相鋪所存的衣物；但你卻沒有留意，艾愛蓮所穿的洋服不但衣料名貴，而且分明是量身訂做的。」

我哼了一聲，道：「偷人家東西遠走高飛的，就算不是歡場女子，也不會是甚麼好東西。」福邇滿有玄機的微笑道：「這個留給你推敲吧。」他掏出金錶看看，又道：「華兄你慢用，我失陪了，這便去追查艾愛蓮下落。今晚家裡再見，說不定到時已有甚麼發現。」說著也不待我答話，便起身離開了茶館。

◀◀◀◀◁◁

下午我回到荷李活道寓所，反覆思索，但也推敲不出甚麼新的想法，便索性上天台練拳打發時間，等待福邇回來。到了傍晚，果然如他所言，福邇一進門見到我，便得意洋洋的道：「我找到她的住處了！」

我奇道：「這麼快？」

他道：「這有何難呢？我先到港口查看輪船公司的乘客紀錄，幾天前果眞有一位名叫艾愛蓮的女士從上海抵港，但沒有她在本地的住址。」

我急問：「那怎麼辦？你總不可能一個下晝便問遍全香港的酒店客棧吧？」

福邇道：「當然不可能。不過我想到她可能早有安排，根本不用入住酒店客棧。我略施小計，冒充樓房經紀到各大銀行查問，發現她未到香港之前，已預先匯了一筆錢過來，租下了亞厘畢道下段一幢小洋房整個月。剛才我回家之前，便過去暗中觀察了一會，看見的確是艾愛蓮無疑，她還請了一個女傭打理家頭細務。」

我又問：「那麼你去不去給郡王爺報告？」

他好整以暇的道：「這個不急。若給澂貝勒知道已經找到人，難保他不會輕舉妄動，那便反而誤事。況且兵書也有云：『觀敵之外，以知其內。』我明天還要再回去好好看個清楚，方能想出一個萬全之策，奪回金鑰！」

9　法國人布蘭卡兒・埃夫拉爾（Blanquart-Evrard）約於一八五〇年發明的蛋清（胚乳）印相方法，一直流行至二十世紀初，但到了一八八〇年代，已出現了效果更佳的溴化銀及氯化銀印相技術。

◀◀◀◀◁◁

次日我不用回藥店坐堂，但起來時才知福邇大清早已經出了門。我吃過早點之後，又不知道福邇會不會突然回來找我幫忙，便不敢出外，乖乖的坐在家裡乾等。好不容易捱到差不多中午時分，我已悶得快要發慌，正當鶴心在廚房備飯之際，忽然聽見樓下街門開閉之聲，接著一陣快步走上樓梯，大廳的門一打開，進來的竟是一個紳仕打扮的洋人。

我正錯愕間，洋紳仕已向我開口說話，竟是福邇的聲音：「華兄，事情有變！」

我以前也領教過福邇的易容術，但若非聽到他的聲音，就算凝神注目也未必看得出是他。他脫下頭上禮帽，露出一頭梳理得一絲不紊的棕髮，只見他右眼架著一隻單片金絲眼鏡，唇上又有一大撇兩端蠟得起尖的髭鬚，根本便是活脫脫一個洋紳的模樣，哪裡還像中國人？

我忙問：「發生甚麼事？」

他除下假髮和眼鏡，道：「你猜也猜不到。艾愛蓮租住的小屋位於洋人聚居的地方，所以我今天一早便化裝成這個樣子，去到附近暗中觀察她的日常起居。到了十點鐘過後不久，艾愛蓮便獨自一個人出門。她穿著洋服，還戴了一頂有面紗的帽子，好像擔心被人看見容貌；我遙遙跟蹤著她，看她要到哪裡去。」

他一邊說，一邊又脫下假鼻子和貼在唇上的髭鬚，頓時回復了本來面目。接著又鬆開領帶，把辮子從後衣領內抖出來，走到壁爐旁的皮椅坐下，才繼續道：「我本來還以爲她會去銀行，因爲她可能把金鑰存放在銀行的保管箱內；要是這樣的話，便只有在她把東西提取出來之後，我們才有機會奪取回來。誰知我跟蹤她落到大馬路，一直去到噴泉廣場，她卻走進了大會堂。我馬上跟著入內，及時看見她行進一個小偏廳。我不敢貿然亂闖，只好在門前躊躇。過不了多久，一個二十來歲的中國男子從偏廳裡走了出來；這人雖然留著辮子，卻身穿洋服，一看舉止便知是海外華僑。他一見到我，便用美國口音的純正英語跟我說話，請我幫他一個大忙。」

我越聽越奇，問：「幫甚麼忙？」

福邇道：「這個也是我始料不及的。幸好我爲自己的假身分準備了名片，跟他交換之後，他自我介紹說姓郭，是來自美國金山的華僑律師，遠道來到香港，原來是爲了迎娶未過門的妻子！」

我吃了一驚，問：「艾愛蓮？」

他點了點頭道：「不錯。我跟著他入到偏廳，見艾愛蓮和一個註冊官已在等候。」

我想起和福邇去年參加過的一次洋人婚禮，便問：「西式婚禮不是在教堂舉行的嗎？」

福邇道：「教堂舉行的只是基督教儀式，但新郎新娘所簽的婚書才是具有法律效力的東西，這是可以在大會堂簽署的。不過這位郭先生和艾愛蓮安排得太匆忙，竟連一個見證人也沒有，所以新郎只好臨時跑出來找，第一個碰著的便正好是我。」

他遞了一張印了中英文的名片給我看，中文寫著的名字是「郭諾敦律師」。他又道：「名片上這地址，是在金山的唐人街。」

我道：「那麼艾愛蓮是要跟他回金山了？」

福邇點了點頭：「不錯。在大會堂簽署婚書也有簡單的儀式，我握手祝賀新郎，又依禮吻了新娘的手，順便和他們聊幾句，套一套話。想不到艾愛蓮英語也說得蠻好的，他倆告訴我，後天早上便一起乘船回美國。」

我大驚之下跳起了身，道：「後天便回美國？那麼我們還來得及奪回金鑰嗎？」

他道：「華兄你稍安勿躁，我們還有時間。我和他們從大會堂出來，大家互相告別，我當然不便繼續跟蹤。但奇怪得很，一對新婚夫婦竟然分道揚鑣，艾愛蓮行回亞厘畢道方向，郭諾敦則坐上了人力車，朝上環方向離去。他上車時我故意湊近，聽到他告訴車夫一個旅館的地址；看來後天上船之前，他便在那裡下榻。」

我道：「艾愛蓮會不會已經把金鑰交給了丈夫？」

福邇道：「這個不得而知，但我想不會。我看人通常都很準，這位郭先生是一位沒有心機的老實人，反而他的新婚妻子才深藏不露。艾愛蓮與澂貝勒之間的事，我相信他是不知內情的，而我也看得出艾愛蓮真心對待丈夫。但他們既然已結成夫婦，爲甚麼不馬上雙宿雙棲呢？我想，是因爲艾愛蓮害怕在上船之前萬一給澂貝勒找上，便會連累丈夫；若是這樣，她應該也不會把金鑰交給丈夫保管。」

我見他還是從容不迫的樣子，自己反而著急了，問：「我們只剩下一天半的時間，怎麼辦？」

福邇胸有成竹道：「剛才回家的路上，我已想出了對策。既然艾愛蓮後天早上便上船，無論她現在把金鑰藏在甚麼地方，臨行前必定會帶在身邊。我們明天晚上動手，我自有妙計奪回金鑰。」

我忙問：「甚麼妙計？」

他看了看壁爐台上的自鳴鐘，道：「時間迫切，我稍後再慢慢跟你解釋，我這便回房換件衣服再出去，還有很多事情要查明和部署。」

他匆匆上樓換過衣服，回到廳裡時，剛好鶴心端著飯餸進來。她看見福邇正要出外的樣子，便道：「公子，先吃飯吧。」

福邇道：「來不及了。今晚也不用等我吃飯，留些飯菜給我回來吃便行。」他轉向我又道：「華兄，我可能深夜才回來，你也不用等我門。你明天要回藥店，是不是？你便如常回去坐堂，待你回家時我再給你說清楚明晚的計劃。」說罷便一溜煙的出了門。

◀◀◀◀◁◁

這晚福邇果然深夜方歸，其時我已就寢，第二朝我出門時他又仍未起床，害得我這一整天在藥店如坐針氈，念念不忘奪回金鑰之事，給人看病時也心不在焉。

好辛苦熬到黃昏，便馬上速速趕回荷李活道寓所。說來也奇怪，這年的夕陽好像特別燦爛耀眼，這一天更是鮮紅如血，我雖不迷信，但也不禁暗暗擔心，可能是血光之災的先兆。回到貳佰貳拾壹號乙，卻見鶴心愁眉苦臉坐在街門門口。問她甚麼事，原來捱了罵。

她自小在京城長大，說話越急，京腔就越濃，這時只聽她委屈道：「公子又沒跟我好好說個明白，嘰哩咕嚕的叫我給他去買蘇打粉，買了回來才摔咧子，說不是這種，我又怎懂得蘇打粉原來還有不同種類的呢？」說著幾乎哭了起來。「人家老遠再跑了一趟，終於買對了，您猜公子怎麼著？他竟然拿來火燒！弄得滿屋烏煙瘴氣，還把我趕了出來，叫我怎生做飯呢？」

我安慰了她兩句才上樓，一進門入到大廳，果然聞到一陣異樣焦味，室內更尙存裊裊餘煙。福邇見我回來，便興高采烈的道：「華兄，你回來得正好，有好東西給你看。」

這時我才看見，在他放滿了奇形怪狀玻璃器皿和化學藥品的桌子上，有十個八個看來是用錫箔包著的灰銀色球形物體，大如孩童拳頭，每個上面還插了一短截粗繩，似乎是作爲導火之用。我暗暗一驚，心想：難道他造了炸彈？

福邇拿出火柴，擦著了火，點起一個球上的火引，隨即丟進壁爐。因爲有錫箔包著，燒起來不見火焰，但卻迅速冒出濃厚煙霧，壁爐煙囱太小，透不去那許多，大廳內瞬間烏霾瀰漫。我一時不愼，被濃煙燻著喉，咳嗽不已。福邇用手帕掩著口鼻，拿起一大瓶水潑進壁爐，弄熄了煙彈，接著打開騎樓門，拉了我出去。我用力吸了幾口氣，呼吸才回復正常。

福邇抱歉道：「華兄，對不起，我忘了提醒你閉一閉氣。你沒事嗎？」

我拍拍心口道：「沒事！你這煙彈好厲害！是怎樣弄出來的？」

他道：「把蘇打粉混了硝石和糖，我試了好幾個不同分量，才弄到這麼濃的煙。」[10]

10　碳酸氫鈉可分為俗稱「小蘇打粉」（baking soda）和「蘇打粉」（baking powder）兩種，前者是純碳酸氫鈉，混了硝石和糖可製成文中福邇所造的煙霧彈，但後者卻混了玉米粉之類的發酵素，不適宜作這種用途。

我嘀咕道：「那麼今天晚上我們便是用這個……」

福邇點一點頭，會心微笑道：「不錯。四個字：趁火打劫！」

這時鶴心在街上看見我們在騎樓，便抬起頭來忐忑問道：「公子，我可以上來做飯了？」

鶴心回到屋裡之後，福邇叫她做個兩碗麵，給我們略爲飽一飽肚子便行。待她進了廚房，福邇又對我道：「我還有別的東西給你看，你等一等，我回房拿。」

他回到樓上自己的房間，不一會便下來，手上捧著一疊綠色衣服，上面還放了兩根短棍和兩頂金字形竹笠，跟香港華差所配戴的一模一樣。他遞了一根短棍和一頂竹笠給我，又分了我一套衣服，我揚開一看，果然是綠衣差人的制服。

他道：「今天晚上我們穿上綠衣制服，暗中把煙彈投進艾愛蓮租住的屋裡。她以爲家裡失火，必定會帶著金鑰逃出來，那時我們便假裝巡更經過的差人，幫忙之間乘機從她手上奪回失物。」

我奇道：「你一夜之間，哪裡弄來兩套綠衣制服？」

福邇含笑道：「我昨天離開家裡之後，馬上趕去中環大差館，賄賂了他們洗衣房裡的一個雜役，叫他放工時順手牽羊拿兩件制服，今天一早送來這裡給我。之後我去了輪船公司查一查，證實郭諾敦的確已用自己和夫人名義買了明天航往美國的船票。本來我還想到郭諾敦所住的旅館看看，但又覺得還是盡快回到亞厘畢道，繼續監視艾愛蓮才對。她看來也是個夜貓子，直到深夜才就寢，所以我回來的時候已是凌晨。」

我問：「那麼我們今晚甚麼時候動手？」

他道：「艾愛蓮大約八點半鐘左右吃晚飯，我們這時乘機在廚房放煙彈，她一定會以爲是灶頭起火，不虞有詐。」他見我忍不住往自己身上比劃那件綠衣的長短，又道：「我昨天已跟洗衣房雜役說好尺寸，應該合身，我們先回房換上制服吧。」

在房裡換上制服戴上竹笠，往鏡子一看，果然是一個俗稱「大頭綠衣」的差人模樣。裝束雖然遠遠不及我身在綠營時所穿的軍服那麼威武，但也足以令我懷緬才不過幾年前馳騁沙場的風光日子。

落回大廳，福邇已換好衣服等著。這時鶴心正好從裡面端出兩碗香噴噴的炸醬麵，看見福邇和我怪模怪樣，雖滿臉疑惑，卻不敢說甚麼，給我們擺好位子便急急退回廚房。

我們吃完麵，是時候出發。福邇和我假扮成綠衣，不便坐人力車，只好徒步而行，幸好從我們所住的荷李活道西端行過去亞厘畢道也不太遠。這時天色已全黑，天上掛著一勾殘月，竟暗呈淡青之色，好不詭異，心裡禁不住生出一陣不祥的預感。[11]幸好福邇準備了兩個鐵皮燈籠，跟香港差人在夜裡所用的一式一樣，輕巧實淨，鑲在前面的鏡片聚光成柱，還有一個可以翻下來的罩子，讓燈光瞬間收放自如。福邇說，因爲這個設計不用熄滅火焰也可弄黑，所以英語稱之爲「暗燈籠」。

我本還擔心遇上眞的差人便會露出馬腳，但福邇卻道：「放心，要是碰上綠衣，跟他們互相敬個禮便行。」

行到來荷李活道東端，過了大差館不遠便是長街的盡頭，之後沿雲咸街而下，很快便到了亞厘畢道。這兒是個較爲僻靜的住宅區，疏疏落落的都是洋人喜歡居住的獨立小屋。沿途我們連一個行人也沒有遇上，很快到了亞厘畢道上下兩段的分叉。往上路繼續走便一直去到總督府，但我們所取的卻是下路。拐過了一個大彎，福邇便示意我和他一起翻下暗燈籠的罩子，關上燈光。

黑暗之中，他給我指出艾愛蓮所住的兩層高小洋房，屋子和馬路只有一個短短的小草坪相隔，故從街上可以直望進屋內。我們遙遙已隱約聽見音樂聲，這時看見樓下燈火通明的大廳裡，艾愛蓮頭上梳了一個簡髻，身穿一套輕便的中袖短襖和馬面裙，正獨抱琵琶彈奏。我雖不懂音律，也認得出曲子是〈十面埋伏〉。福邇聽了皺一皺眉，但沒說甚麼，帶我走近小屋，來到一旁的樹後，便藏身在漆黑的陰影裡。我們所處的位置剛好可以監視屋子，而街上就算有途人經過，亦不會察覺我們。

福邇眼力好，這時在暗處掏出懷錶也看得見時間，低聲跟我道：「女傭應該正在後面的廚房煮飯，待她把飯菜端出飯廳的時候，我便繞到屋後扔進煙彈。你在這兒等著，她們一見有濃煙冒出，必定大呼小叫，到時我便走到屋前拍門，你便過來接應。之後你只管讓我跟艾愛蓮說話好了。」

我低聲答道：「一切我唯你馬首是瞻。」

我們再等了約莫一炷香時間，還未見傭人端飯出來，福邇忽然輕輕捉著我手臂，向我耳語道：「別作聲。」他伸手指指亞厘畢道我們之前經過的大彎，依稀見到有三條人影，貼著暗處急步而來。我們屏息靜氣，待他們行近，我們看清楚臉孔，原來竟是前天在郡王房中見過的三個侍衛！

英人在香港施行宵禁令多年，華人在入黑之後必須攜帶燈籠方可在街上行走，而且過了十點之後，除非像福邇和我般持有許可證，更是嚴禁出外。這三人並未帶備燈火，雖可說也許初來甫到，未曾入境問禁，但又看他們皆穿著緊身黑衣，形跡鬼祟，其實必定是故意犯禁、意圖

---

11 印尼喀拉喀托（Krakatoa）火山於一八八三年八月爆發後，火山灰遍布全球大氣層，在之後一年除帶來反常天氣之外，亦產生不少奇異的氣象現象。華笙在文中先後提到夕陽和月亮分別呈現血紅和淡青的顏色，並非虛妄之言，當時世界許多不同地方亦有類似的記載。

不軌才對。

不一會，侍衛們已近在咫尺，我還害怕他們會選擇我們所在之處來藏身，但爲首身形最驃悍的「尉遲寶林」環顧四周，確定無人之後，便向其餘兩個侍衛打個手勢，那兩人馬上左右包抄，從屋子兩側迅速繞到洋房後面；而尉遲寶林自己則悄悄走到正門，在門旁蹲下靜候。

我忍不住低聲問福邇：「他們怎會知道艾愛蓮在這裡？」

福邇自怨道：「都是我失策。他們一定是暗中監視我們住處，昨天下午我離家之後，便跟蹤我來到這裡。他們也有幾下子，竟沒讓我察覺！」

我問：「那麼我們怎麼辦？要是給他們認出……」

還未說完，突然聽到屋內一聲尖叫，琵琶聲戛然而止。只見女傭從後面廚房驚惶失措的奔出大廳，之前繞到屋後的兩個侍衛隨後追出，其中那天戴著紅元寶臉譜面具、扮演顏佩韋的一個，竟然一掌劈向女傭後腦，女傭應聲倒地，不知是生是死。

福邇看見，勃然怒道：「豈可傷及婦女！」說著便拿起掛在腰間的短棍衝了出去。他打開鐵皮燈籠的罩子，把守候在洋房大門外的尉遲寶林照個正著，壓低嗓門變了聲音，用粵語大喝道：「差人！大膽賊佬！即刻投降！」

尉遲寶林想不到這麼快便有巡捕出現，猝不及防，福邇已搶步上前，向他迎頭揮棍。這人也反應得快，及時舉臂擋格，怎知福邇揮棍只是幌子，另一隻手裡的鐵皮燈籠才是實招；尉遲寶林萬料不到對方會用燈籠作武器，擋得了這邊的短棍，那邊的鐵皮燈籠已橫掃過來，重重砸中腦袋，燈籠頓時熄滅，竟還撞得變了形。這時我也趕了過來，還道福邇這一擊必定會把他打暈，誰知尉遲寶林異常硬朗，居然沒有倒下，反而怒吼一聲，奮力狂揮雙拳，看似是通臂劈掛的門路，虎虎生風，迫得福邇退後幾步。

我正欲跟福邇聯手對付這傢伙，但他卻向我喊道：「快入屋救人！」說著丟下爛了的燈籠，施展八卦掌身法跟尉遲寶林遊鬥。

我聽他這樣說，馬上直奔到洋房大門，卻發現是鎖著的。這時從窗子望進屋內，看見艾愛蓮在大廳裡竟已跟另外兩個黑衣侍衛大打出手。想不到她武功不弱，而且還不知從哪裡抽出了一把長劍，攻守自如，讓兩個手無寸鐵的對手埋不了身。

我急忙繞到屋後，洋房後面有個小園子，這時正好見到艾愛蓮提著劍從後門逃了出來，左手還抱著一個紫檀木盒，分明便是對方要搶的東西！說時遲，那時快，兩個黑衣侍衛緊隨著她也追進了後園。我手裡還提著鐵皮燈籠，便舉了起來直照侍衛，學著福邇的口吻，用廣東話喝道：「差人！即刻投降！」

爲首的侍衛是「顏佩韋」，這人反應奇快，右手向我一揚，我只見眼前有件暗器一閃，也看不清是飛刀還是飛鏢，及時用手裡燈籠一擋，只聽見「噹啷」一聲鏡片破碎，燈光熄滅。我怕他再放暗器，情急之下便把燈籠用力扔向顏佩韋，乘勢衝前揮棍跟他搏鬥。而另一邊廂，餘下那個戴過藍尖三塊瓦臉面具的「蔣欽」，亦已截住了艾愛蓮，死纏爛打，防止她脫身。

幾個侍衛所練的拳法都不同，跟我對敵的顏佩韋使用的是八閃十二翻的翻子拳，左擺右直，高竄低戳，教人難以捉摸。我雖有短棍在手，算是有點優勢，但礙於幾年前肩腿受過的戰傷，功力大打折扣，身法又不及對方靈活，所以占不到上風。

斜眼偷望蔣欽與艾愛蓮戰況，只見蔣欽所使的是善於近身埋戰的八極拳，連串挨靠擠撞、肘膝並用的闖步快攻，但礙於對方有長劍在手，始終搶不入艾愛蓮內門。反而艾愛蓮待得敵人招式已老，一聲嬌喝反守爲攻，連環出劍，蔣欽招架不及，臂膀上劃破一道深深傷口，頓時血流如注。可是艾愛蓮顧此失彼，攻勢太過凌厲，一擊得手之際，抱著的木盒卻不慎脫手，丟落地上。

這邊顏佩韋正與我激鬥當中，但一見木盒掉下，再無心戀戰，往旁一個閃翻避過了我，迅速從地上抄起盒子，也不理受傷同伴死活，發足便逃。我追著他繞過屋旁，只見福邇仍跟尉遲寶林打得難解難分。後者已被福邇打得鼻青臉腫，但仍然死撐下去，不肯罷休。我忙指著正奔往街上的顏佩韋，大呼：「他搶了木盒！追！」

福邇聽見，馬上一個擰身避開了尉遲寶林，尾隨顏佩韋便追。這時艾愛蓮亦已從後園追了出來，尉遲寶林可能聽見同伴已奪回失物，這時竟還念念不忘要給郡王拿人，一把攔著她去路，兩人隨即又打了起來。

我頓了腳步，一時猶豫不決：到底跟隨福邇追趕顏佩韋是好，還是留下幫助艾愛蓮對付尉遲寶林呢？這個時候，我們打鬥之聲已惹來左鄰右里注意，有幾個洋人還跑到街上，嘰哩咕嚕的議論紛紛，其中一個便終於用力吹響俗稱「銀雞」的哨子，召喚巡捕到場。這下子我不敢逗留，又見艾愛蓮遊刃有餘，足以自保，便不再遲疑，朝顏佩韋和福邇所跑的方向奔去。

三年前我在新疆作戰受傷，右腿折脛脫臼，這時雖已康復，但腳力已大不如前，奔了片刻也不見兩人蹤影。亞厘畢道越往東走，便越見荒蕪，不一會已來到聖約翰大教堂背後一片黑壓壓的樹林。我手裡已無燈籠，正心慌意亂間，忽聞一旁樹木後有動靜，急忙上前看個究竟，原來福邇正跟顏佩韋拳來腳往，打得十分激烈。

顏佩韋可能本想竄入樹林甩掉福邇，詎料弄巧反拙，在密麻樹木之間難以盡展翻子身法，兼之又一手抱著木盒，只能單臂作戰；反之福邇隨機應變，改用太極拳以靜制動，二人優劣之勢立見。福邇其實不用我幫忙，但我恨顏佩韋剛才在屋內向女傭施毒手，此刻便也不理會江湖規矩，伺機欺到他身後，以其人之道還治其人之身，一掌劈向他後頸與頭骨之間的天柱穴。顏佩韋中了我暗算，悶哼一聲，雙眼翻白，暈倒地上。

福邇道：「華兄，你來得正好！」他拾起紫檀木盒，又道：「我們不能循原路回去，跟我來。」

他領著我穿過樹木，不久來到大教堂一旁，再沿山路一直而下，落回中環海旁，再往西走，折返上環。一路上我風聲鶴唳，提心吊膽，生怕遇上眞正的差人，但福邇對他們巡更的路線瞭如指掌，帶著我往大街小巷左穿右插，果然一個綠衣也沒遇上，偶爾碰到途人，也當然沒有被識穿。

終於回到家裡，福邇馬上將紫檀盒放到桌上，這時我才看清楚上面掛著一把小銅鎖。這鎖實屬裝飾，福邇取出挑鎖工具，三兩下子便把鎖打開了；揭開盒蓋，只見裡面有一件用厚厚錦緞包著的東西。他道：「如我所料不差，這把金鑰上所鐫的三個字應該是……」但話沒說完，掀起錦緞一看，竟然是一塊石頭，哪有甚麼金鑰？

福邇臉色大變，道：「上了當！」但他雖吃了癟，卻不怒反笑：「哈哈！想不到道高一尺，魔高一丈，我們本想趁火打劫，反而中了她金蟬脫殼之計！」

我急問：「那我們怎麼辦？」

他道：「艾愛蓮夫婦明早上船，我們仍可以設法在港口截著他們……」他想了一想，又道：

「我們快換衣服，先回亞厘畢道看看。房子一定已經人去樓空，但說不定有蛛絲馬跡留下。」

我道：「但應該已有差人在場吧？」

福邇道：「唯有見機行事。」

我們匆匆回房脫下綠衣制服，但還未換好衫褲，便聽見鶴心上樓敲敲福邇的房門道：「公子，有個摩囉差求見。」

落到大廳，一個包著頭的印度綠衣已在等候，福邇跟他用英語談了幾句，叫他回到街上等候，才轉向我道：「我們還擔心怎樣向亞厘畢道的差人解釋，他們已先來找我們了。這個差人是葛渣星幫辦手下，他們正在那邊調查剛才的事情，請我們過去幫忙。」

我正想跟他一起出發，福邇卻道：「華兄，事情刻不容緩，我們還是分頭行事爲佳。我過去亞厘畢道看個究竟，麻煩你往郭諾敦下榻的旅館走一趟。艾愛蓮既然早有預謀，多半也不會讓丈夫在那裡久留，但也許還有線索可尋。」

我暗自擔心不能勝任，但福邇分身乏術，我也只好盡力而爲。他告訴了我地址，便落到街上和印度綠衣一起離去，我也隨即叫鶴心給我備燈籠，急急趕往郭諾敦所住的旅館。這地方也在上環，離我們家不太遠，我去到時便向掌櫃訛稱是郭先生朋友，發現一如福邇所料，他已退了房間。掌櫃說，郭諾敦本來說好住到明天上午，但今早有人留下了一封信給他，他看了之後便突然拿了行李匆匆結帳離開，不知去向。

我自是十分沮喪，只好回到荷李活道寓所，等福邇回來。這麼一等便是好幾個鐘頭，直到午夜過後，我早已心焦如焚，終於聽到他在街上開門上樓的聲音。他一進大廳，我便急不及待的告訴他在旅館撲了一個空。

福邇聽了，便嘆道：「我也一無所獲。回到亞厘畢道，葛渣星幫辦告訴我，他和手下到場時艾愛蓮早已不在場，澂貝勒的侍衛亦已逃之夭夭。他們救醒了被擊暈的女傭，聽了她的口供，又問了召喚巡捕的鄰居，也大概知道事情的經過。你我追逐那個拿著木盒逃走的侍衛之後，艾愛蓮和大個子的侍衛再打了一陣，這時最後一個侍衛又帶著傷從後園走了出來；兩人自知拿不下艾愛蓮，聽了哨子聲又怕巡捕到場，便狼狽而逃。艾愛蓮也隨即絕塵而去，在場的人以為她乘勝追擊，但依我看，是藉故避開差人才對。可憐了星幫辦，他見女主人多時未歸，還擔憂她可能遭遇不測。」

我道：「那艾愛蓮有沒有在屋裡留下線索？」

福邇搖頭道：「沒有。屋裡除了廳裡的琵琶、房內幾件衣服和一些雜物，便沒有留下甚麼東西，看來艾愛蓮早已預備隨時逃走。我當然沒有告訴星幫辦，他便把事情當作劫案處理，派綠衣周圍搜捕賊人。我在那裡跟他們待了這麼久，便是要看看抓不抓到人；但過了幾個鐘頭，三個侍衛應已回到澂貝勒身邊。」

我急問：「我們下一步怎麼辦？」

他道：「爲今之計，我們唯有明天上午在艾愛蓮夫婦上船前截著他們，設法奪回金鑰。時候不早，我們先回房休息，養好精神，早上再出發。」

◀◀◀◀◁◁

回到房裡，我也懶得換衣服，和衣就寢，但一直輾轉難眠。在床上反側了不知多久，好不容易終於有點矇矓睡意，卻又驚覺天色逐漸光亮，便匆匆下樓，只見福邇早已精神奕奕的在大廳等著。不久，鶴心便端出早點，福邇和我邊吃邊商量待會去到港口如何對付艾愛蓮的時候，忽然大門鈴聲響了起來，清晨裡分外刺耳。

福邇道：「大概是星幫辦來找我吧。我盡快打發他便是。」

我們聽見鶴心落街應門，不一會便帶著客人上樓梯，但大廳的門一開，我和福邇都嚇了一跳——鶴心引進來的人，竟然是艾愛蓮！

只見艾愛蓮已換上了一套雍容華貴的西洋衣裙，頭上戴了一頂連紗帽子。她待鶴心退出後，便揭起面紗，婉婉的道：「福先生，華大夫。」昨夜驚鴻一瞥，這時我才好好看清楚她容貌，果然美得不可方物，比那幀照像還要動人萬分。

這時福邇已回過神來，竟然像前兩日在郡王面前一樣，對她行個跪安，正色道：「小民福邇，參見和碩格格。」

我萬萬想不到艾愛蓮竟也貴爲皇族，吃驚之下正要下跪，她卻擺一擺手道：「免禮。阿哥竟然告訴了你我們的身分？」

福邇道：「他當然沒有，但我既然看得出他是多羅郡王澂貝勒，那麼格格您是他妹妹，當然位居郡主了。」

我聽到艾愛蓮不但是大清貴族，居然還是恭親王女兒、澂貝勒之妹，驚惶詫異之餘，想到自己先前竟誤把金枝玉葉當作野草閒花，又不禁暗自抱愧。

艾愛蓮對福邇微微一笑道：「居然給你看出我和阿哥是兄妹。不過你說錯了，我倆同父異母，我娘親是側福晉，所以我不是郡主，只是郡君。你是怎知道的？」

福邇拿起從郡王借來的照像，雙手遞給她道：「澂貝勒把格格這幀玉照給我看，我發覺兩位眉宇之間有相像之處，又見格格的西服跟您王兄所穿的手工相似，大概出自同一位裁縫師之手。還有，郡王微服入住酒店，化名姓金，是取大清皇姓的漢義；如是者，格格使用的名字姓艾，也當然是取皇姓的第一個音了。[12]」

艾愛蓮道：「你說得不錯。不過從今以後，我再也不會使用我原來的滿洲名字了。我本名舒宜爾哈，意即蓮花，所以自幼王府裡的僕人都喚我『蓮花格格』。後來我爲自己起個漢名的時候，想起濂溪先生愛蓮之說，便引用這兩個字爲名。」

福邇道：「『蓮，花之君子者也』，這個名字格格當之無愧。」

艾愛蓮噗嗤一笑道：「福先生省掉了『出淤泥而不染，濯清漣而不妖』兩句，我說你才君子呢。」

福邇欠身道：「草民不敢。」

艾愛蓮道：「我已經不當自己是大清郡君，兩位不必喚我格格、自稱草民。如今既爲人婦，你們就叫我郭夫人吧。」

福邇馬上改口道：「郭夫人今天到訪，不用說自然是因爲識穿了在下的身分。敢問我是哪裡露出破綻呢？」

---

12 大清皇姓「愛新覺羅」，正如福邇在故事較早前點破載澂化名「金先生」時所說，是滿語「黃金」的意思，艾愛蓮則取其第一個音節當作漢姓。福邇兩次都沒有直呼皇姓，當然是因為避諱之故。

艾愛蓮似笑非笑的盯著他道：「福先生的易容術出神入化，前天註冊結婚的時候，我眞的給你騙倒，沒有看出你並非西人。但回到家裡，我發覺手背你吻過的地方，留下了少許顏料和膠液的痕跡，才知你化了妝和貼了假鬚子。我知道暴露了行蹤，便馬上派人送字條給外子，叫他立即離開旅館搬到別處，以防萬一。」

福邇問：「但郭夫人又怎知道我姓甚名誰，今天竟能找上門呢？」

艾愛蓮道：「我和阿哥小時候早就聽父王說過，同文館裡有一個無所不曉的神童，姓福名邇，是百年難得一見的奇才。近年又聽他提起，你在海外學成之後，居然沒有回國爲朝廷效力，反而來了香港，成爲專爲人們排難解困的俠探。我料到阿哥追蹤我來到這裡，若要找人幫忙，絕不會另作他選，所以一到埗便打聽了你住處。」

福邇道：「我多年前曾跟恭親王有數面之緣，想不到他還記得，難怪瀓貝勒找上了我。但我只答應令兄，設法爲他尋回失物，條件是不許他越境擄人。只怪我一時大意，不愼被令兄手下跟蹤到府上，讓夫人昨晚受驚。」

艾愛蓮道：「我也猜到事情多半是你所說的那樣。我今天到來，除了多謝兩位昨晚給我解圍之外，還有一件事情拜託。」

福邇道：「夫人請吩咐。」

艾愛蓮不答反問：「阿哥有沒有告訴你們，我拿了的是甚麼東西？」

福邇道：「他只說是一面金鑰，但如果我所料不差，應該不是瀓貝勒自己的東西，而是您們父王之物。夫人從王府裡拿走的，其實便是本由六王爺掌管的軍機處金鑰，對不對？」

艾愛蓮嫣然一笑，從手袋裡掏出一件金光閃閃之物，拋過去給福邇道：「我待會便去上船，請福先生代我交還這東西吧。」

福邇一手把東西接著，也不用看一眼便向旁遞了給我。我接過一看，果然是一把金鑰，上面鐫有「軍機處」三個篆字。

福邇見我驚訝，便解釋道：「我雖身爲庶民，但對中樞運作也略知一二。軍機處所用之銀印，由內奏事處太監所掌管，要使用的時候，軍機大臣便會把這把金鑰交給值班章京，拿到奏事處領取銀印，蓋印完文件後再繳還。恭親王本爲軍機大臣之首，瀓貝勒一說到失物是金鑰，我便馬上想到必是此物。夫人父王被免職之後，一直以養疾爲由深居府中，一定也是爲了隱瞞失去金鑰之事。」

艾愛蓮嘆道：「也難爲了父王。禮親王接替了我爹的職務，金鑰應該馬上交給他才對，但我爹交不出來，便只好裝病拖延。那麼你也一定猜得到我爲甚麼要偷走這東西吧？」

福邇道：「瀓貝勒提過你偷了東西是作爲要挾之用。當我發現你來到香港，原來是爲了和尊夫註冊結婚，便明白夫人是用金鑰作爲把柄，以防父兄阻止你們私定終身。」

艾愛蓮搖頭微笑道：「你猜得不全對。父王和阿哥只知我離家出走，卻全然不知道有外子這個人，更不知我其實是跟他私奔。」她頓了一頓，又道：「自我及笄以來，父王已幾次想把我許配給人，每次我不依，他也總心軟下來。但去年我滿二十歲，他認爲婚事不能再拖，這時又有朝臣爲兒子提親，他便一口答應了。要不是大清突然跟法國開戰，父王無暇兼顧出嫁之事、又覺如此婚期不吉利，我早就過門了。但如今父王被罷黜，朝廷又向法國求和，我再不私奔，便更待何時？我留了信給父王，說只要讓我離開，日後自會送還金鑰，但想不到阿哥還是一路追來了。」

我聽到這裡，自是不明白她竟然有大清郡君不做、當朝大臣豪門不嫁，卻甘願屈身跟一個華僑私奔，但又怎敢開口相問？反而艾愛蓮看見我疑惑的表情，猜到我心裡想甚麼，便對我道：「華大夫，你一定覺得很奇怪吧。我大姊榮壽固倫公主十一歲便被老佛爺接了進宮，二哥過繼給了八王叔，二姊和三哥兩三歲又夭折，所以父王很疼我這個小女兒，但因此也惹來大阿哥妒忌。他娘親是嫡福晉，我只不過是側室所出，所以他從來便沒有當過我是親妹。我自幼又能文善武，深得父王歡心，爹也常嗟嘆道，可惜我不是兒子，這說話給阿哥聽了，對我自然更加恨之入骨。父王主持洋務多年，聘用過多位同文館老師來王府教我們外語和西學，阿哥毫無興趣，很快便停輟，但我卻樂此不疲，心想：要是我生爲男兒之身，出洋留學，觀天下之大，師夷興華，造福人群，有甚麼事情不可以做？但我生爲女子，雖然貴爲郡君，但除了嫁入官宦世家，相夫教子之外，還能有甚麼作爲呢？要我就此虛度一生，我不甘心。」說到最後，聲音已有些澀然。

待她顏色平服，福邇才再問：「尊夫是美國華僑，請問夫人跟他又是怎樣結識的呢？」

她道：「外子諾敦祖籍廣東順德，父親早年賣身到金山爲華工，苦幹多年後與人合作轉營金山莊[13]，終於發了跡，還從鄉下迎娶了妻子過去成家立室，外子便是在美國出生的。他自幼發憤圖強，考上大學修讀法律，立志成爲律師，以幫助當地華人爲己任。福先生你也許知道，美國人十分歧視中國人，不許已在當地定居的華人依歸美籍，兩年前更訂立了法律，完全禁止華人進入美國，害得他們既不能把家人從中國接過去團聚，又不能回鄉探望，否則便不能重返美國。[14]這是對任何他國所無的政策，不是存心欺負中國人是甚麼？」

---

13 「金山莊」是當時華僑在美國為同胞所設的店鋪，專門售賣中國貨品及提供匯款回鄉等服務。

14 美國一七九〇年的《歸化法案》（Naturalization Act）只容許外來的白種人歸化美籍，南北內戰解放黑奴後所訂立的一八七〇年《歸化法案》，亦僅讓非洲裔人加入可歸化人士之列，但卻不包括其他非白種人。而正如文中所述，一八八二年的《排華法案》（Chinese Exclusion Act）更全面禁止中國人移民美國，本來為期十年，一八九二再獲延續，一九〇二年更成為永久性法律，直到一九四三年才廢止。

我本來常聽聞，阿美利加在西洋諸邦之中，算是較有正氣的一個國家，但艾愛蓮這番說話，才讓我知道原來天下烏鴉一樣黑。雖然我始終不明白竟有中國人會甘願離鄉背井到美國寄人籬下，但心裡依然不禁憤憤不平。

艾愛蓮又道：「諾敦在美國多方抗議排華法案不果，去年便毅然飄洋過海，隻身來到北京，上書總理衙門，懇求朝廷跟美國交涉。你說這是何等的氣概！這時我早已化名艾愛蓮，經常從王府偷偷溜出外城，結識了許多朋友，都是以我郡君身分根本無法認識的。其中有個是幾年前召了回國的留美學生，碰巧是諾敦在大學時的同學，我便因此認識了外子。[15]外子和其他人一樣，至今仍不知道我的身分，只道我是個京城富家女兒。但我自認識了他，深深被他為同胞挺身而出的胸襟所打動，不覺情愫暗生。之後的事，不用我多說，福先生你也一定明白。」

福邇點頭道：「難怪您們要來到香港成親。我對美利堅法律沒多大研究，但尊夫既在美國出生，根據憲法便是土生美國公民，應該不受排華法律所限。他跟您在香港註冊結婚，有英國法律效力的婚書證明您倆是夫婦，那麼夫人隨他前往美國，亦不怕被拒門外。」[16]

艾愛蓮道：「福先生你說得不錯，我來到香港跟外子會合，無非是為了在英國殖民地註冊結婚。」她嘆了口氣，又道：「我們大清素有旗民不結親、滿漢不通婚的祖規，雖然民間早已不再嚴遵，但我是皇族，外子卻是賣洋苦力之後，實屬賤民，我除了跟他遠走高飛，還有甚麼辦法呢？」

福邇道：「有情人終成眷屬，福邇祝兩位永結同心、白頭偕老。」

艾愛蓮望著他，忽然幽幽的道：「福先生，你我沒有早一點相識，眞是太可惜了。」

福邇也嘆道：「的確可惜。」

兩人相視良久，卻再無說話。過了一會，自鳴鐘響起八點，艾愛蓮才道：「時候不早了，外子已在港口等我。今日一別，我想以後也未必再見，就此告辭，不必相送。」她到了門口，打開了門，原來在門外擺了一件長形物件，倚在牆角；她拿了起來，只見是一個錦緞劍袋，她從裡面抽出一柄長劍，正是她昨晚所用的兵器，向福邇道：「我託你送還金鑰，無以爲報，這東西是父王送給我的，是前朝之物，反正我今後也用不著，便轉送給你留爲紀念吧。」

艾愛蓮把長劍拋給福邇，他輕輕接著，隨手把劍從鞘中亮出幾寸，頓時透出一泓秋水般的寒光。我湊近一看，但見劍脊近鍔處竟刻有「尚方」二字，不由喝彩：「好劍！」17

---

15 清廷於一八七二至一八七五年間先後派遣過四批學生到美國留學，共一百二十人，以「求洋人擅長之技，而為中國自強之圖」為目標。留學期原定為十五年再加兩年遊歷，但因為受到守舊派堅決反對，總理衙門在一八八一年便把全部學生撤回中國。

16 福邇一語道中了美國最高法院後來在一八九八年《美國訴黃金德案》（US vs Wong Kim Ark）的判決：在美國出生的黃氏出國外遊後，回美時因為上述《排華法案》被拒入境，當事人告上法庭，最終獲勝，案例亦明定了美國憲法第十四條修正案內，任何美國本土出生的人皆為該國公民的原則。由於黃案是首宗案例，所以相信郭諾敦在一八八四年帶著新婚妻子回美國時，入境並沒有受到阻撓。

福邇趑趄道：「這份禮物太貴重了。」

艾愛蓮道：「福先生，請不要推辭。世上沒多少人配得起這把劍。」她正要轉身離去，忽又回過頭來，道：「人生若只如初見。福先生，保重。」

福邇深深一揖道：「夫人保重。」

一直到艾愛蓮下了樓，聽到街門關上，福邇還是怔怔的拿著寶劍站著。我不敢驚動他，過了好久，他才回過神來，放下長劍跟我道：「華兄，我們去跟瀫貝勒作個交待吧。」

我道：「那我回房換件像樣的衣服……」但話未說完，福邇已經把金鑰放到木盒裡面，開門下樓，我只好急急隨後。

福邇一路不語，落到中環入到酒店，向掌櫃交待了一聲，也不等他引路，便逕自上樓往郡王的套房。福邇甫一敲門，門便馬上打開，彷彿裡面有人一直候在門旁，等我們到來。

開門的是那天假扮主子的隨從，而三個鎩羽而歸的侍衛則站在郡王左右，每人都傷痕累累。他們當然認得出我和福邇便是昨晚從中作梗的假差人，這時都怒目瞪著我們，但福邇不加理會，快步上到郡王面前，這次也不再行跪禮，頭不低腰不彎便奉上紫檀木盒，道：「郡王鴻福，福邇幸不辱命。」

王爺一聞喜訊，也沒留意福邇逾矩，馬上接過木盒，打開瞇眼一看，見金鑰果然在裡面，隨即拿了出來不停把玩，展顏大笑起來。

福邇不待他開口，又道：「郡王有言在先，不會在香港越境捉拿艾愛蓮回國，但這三位侍衛不聽王爺命令，昨晚企圖私自抓人，還惹來本地巡捕注意，差點誤了大事。幸好草民奪回失物之餘，亦向巡捕隱瞞了事情眞相，王爺不必擔心會有所牽連。」

三個侍衛昨晚分明是遵照主人的意思行事，但郡王聽了福邇如斯得體的給他打圓場，自是點頭稱是。尉遲寶林幾人當面被逼揹了這黑鍋，雖然恨得咬牙切齒，但也只有啞忍的分兒。王爺把金鑰放回盒內，叫隨從收起，才問福邇：「那賤人呢？」

福邇道：「草民探得，舒宜爾哈格格已離開了香港，不知所終。」

郡王一怔，隨即哈哈大笑道：「眞有你的，連她的身分也瞞不了你。既已取回金鑰，這個賤人便由她自生自滅吧。」他脫下手上的田黃扳指，遞給福邇道：「我說過重重有賞。」

福邇不接，卻道：「這個扳指太貴重了，福邇不敢收下。之前郡王所借的格格照像，小民一時大意，忘了拿回來歸還，不如就當作賞賜，賜給小民留念吧。」

17　秦漢時朝廷設有「尚方令」，到唐代改稱「尚方署」，掌管製造皇室所用器物，故「尚方」一詞亦引申為「御用」的意思。有關「尚方劍」最早的記載，見於《漢書》朱雲上書成帝求賜劍以斷佞臣的故事，到了明代，已演變成皇帝授予特權給持有者的象徵，以至民間出現「先斬後奏」的傳說。

王爺滿不在乎的道：「那隨得你吧。」說著揮手示意我們可以離去。福邇和我告辭，正行到門前，郡王忍不住又道：「父王生此不肖豚犬，眞是家門不幸。」

福邇直視著他，冷冷的道：「不錯，生此豚犬，確是家門不幸。」說著轉身出門。我萬萬想不到他竟敢對郡王說出這樣的話，大驚之下也不敢看澂貝勒有沒有聽得出話中有骨，速隨福邇離去。

說起澂貝勒，前文也提到，第一次見到他便已看出他染了一身風流病；這天再仔細觀察，發覺他拿金鑰湊近眼前時，雙目瞳孔緊縮，窗外有陽光透入也無反應，是楊梅結毒上腦徵兆，恐怕已經時日無多。結果如我所料，次年載澂病薨，謚號果敏貝勒。

話說回來，福邇和我返到家中，他看了一眼自鳴鐘，道：「他們應已上了船。」他行過書桌，拿起艾愛蓮的照像，若有所得、又若有所失的看了一會，最後微微一笑，喃喃自語道：「若只如初見。」說罷，便在壁爐台上挪開空位，把銀相框擺放好。

越南譯員

光緒十年夏，即西曆一千八百八十四年六月，一度偃旗息鼓的中法安南之爭又再次大動干戈，戰況之激烈，較諸之前更是有過之而無不及。

是年，筆者所記述題曰〈清宮情怨〉一案了結之後不久，李鴻章大人與法人議和，本來已經簽定好和約，豈料過了一個月，法軍棄義背信，攻擊駐守於觀音橋的清兵，兩國因而烽火重燃。[1]

入秋之際，法國不惜把戰事伸延，竟派出艦隊遠赴台灣和福建，先炮轟雞籠港[2]，繼而突襲馬尾，一舉殲滅當地的我國海師，頓時惹起華南老百姓公憤，民間抗法行動不斷蜂湧。兩廣

1　一八八四年五月十一日，李鴻章本與法國代表福祿諾（François-Ernest Fournier, 1842-1934）在天津簽訂《李福協定》結束中法戰爭，但到了六月二十三日，法軍在中方尚未接受接防日期之前便到達北黎，駐守的清軍拒絕撤兵，雙方衝突交火，戰事因此重新爆發。北黎當時中文名為「觀音橋」，故該事件史稱「觀音橋事變」。

總督張之洞有見及此，不但懸賞格殺法國士兵，又因法國軍艦使用香港及澳門作爲補給站，更呼籲兩地華工拒爲法人服務，甚而暗中舉事，打擊敵人。果然，時至西曆九月，有法國軍艦來到香港，碼頭工人不但拒絕爲該船服務，連海港裡的其他船隻也受牽連，遭遇罷工，城中民眾反法之情越來越激烈。[3]

話說到了這個月中旬，一晚我和福邇在荷李活道家裡正等著吃飯，突然有人在街上不停拉門鈴，丫鬟鶴心正在廚房煮飯，嚇得慌忙奔下樓看個究竟。我們隱約聽見她在下面打開街門，來客是一個操粵語的男人聲音，跟她匆匆說了幾句話，也不等她帶他上樓便逕自跑上樓梯。廳門一打開，我還以爲必定是個粗魯的莽漢，想不到卻是個一表斯文的年輕人。他看來約莫二十五六歲，雖然留著辮子，卻身穿西服，頭戴一頂米白洋帽，手裡拿著一支手杖，神情高傲，一見到我們衝口便問：「你們哪一個是福邇？」

這時鶴心也趕了上來，這位唐突客人便隨手脫下了帽子，和手杖一起塞進她手裡。福邇向鶴心微微打了個手勢，示意她可以退下，便向客人道：「先生請坐。我便是福某，這位是我的好友華大夫。閣下來得這麼匆忙，一定是急事，難怪忘了自報姓名。」

他這麼一說，客人應該自覺失禮，致歉才對，不料這人反道：「閒話休說，我來找你，是因爲差人說你可以幫我的忙。」

福邇眉頭一皺，道：「那倒要看幫甚麼忙。我只看得出閣下姓陳，是越南華僑，受過西方教育，可能在法國留過學。你今天才剛坐船抵達香港，但馬上又要動身前往大清國境以內的地方，跟官府有公事要辦。可是你一到埗便遇上了困難，依我看是跟某人失去了聯絡，我說得對嗎？」

客人驚奇道：「我的確姓陳，今早剛下船。你是怎麼猜到這許多的？」

福邇淡淡一笑道：「我從來也不會瞎猜。既然是差人叫你來找我的，他們大概也告訴過你，我有一些見微知著的本領吧？不過你剛剛不是說，閒話休提嗎？還是請你告訴我們有甚麼急事要找我吧。」

這個姓陳疑神疑鬼的道：「我擔心我的朋友被人擄去了。你不告訴我怎樣知道我這許多事情，我又怎知道是不是你幹的？」

疑心這樣大的人，倒眞少見，福邇嘆了口氣，便解釋道：「你一進門，我便察覺你腳下飄

---

2 「雞籠」是台灣東北部港灣基隆的舊稱，名稱來由有說是因為地形有如雞籠，亦有說是來自原住民的地名發音。其實清政府於一八七五年已正式開始使用「基隆」的雅稱作為官方名字，但直到華笙撰寫本故事之時，顯然仍未完全取締舊名。

3 九月初，兩廣總督張之洞如文中所述，發表公告號召全中國人民反抗法國。文中提及其時駛進香港的法國戰艦，名為「拉加利桑尼亞」號（La Galissonniere），曾參與攻擊基隆和福州戰事。

忽，卻又並非醉酒，分明是坐了幾天船，習慣了海浪顛簸，上岸後才難免步履虛浮。通常睡了一覺，腳步便會穩下來，所以知道你一定是今天才抵達香港的。進門後，你想也不想便脫下帽子，跟手杖一併遞給小婢。雖然如今許多中國人都喜歡戴洋帽，但我們卻不像西人般有室內不能戴帽的俗例，可見你早已習慣了這種西方禮儀，就算不是在歐美生活過許久，也一定是受過西式教育。脫帽後，我看見你的頭是剛剛才剃的，辮子也是假的，髮尾僅僅夠長編上練子[4]而已，想必是一下船便馬上去找理髮匠的吧？很多你這個年紀、又受過西式教育的華僑，如今也不再剃髮留辮了，但你甫一到便趕著去剃髮編辮，當然是因為很快又要進入大清國境之故，因為若是只在香港逗留，根本不用擔心薙髮令[5]。再說，就算你在中國境內也繼續留著原來的洋式髮型，只要你不開口，任誰見到你穿著西服，都只會以為你是東洋人而已。所以，我才斷定你在國內要辦的事情，應該跟官府有關，你不想開罪他們才會這麼急著去剃頭。」

他思路太快，怕客人跟不上，便頓了下來，倒是我急著聽下去，便忍不住插口追問：「但你怎會知道這位先生姓陳，和來自安南的呢？」

客人不悅道：「不應該叫做安南，應叫越南。」

福邇也搭口說：「不錯。嘉慶年間，先帝冊封當地阮氏王朝時，已將國號由『安南』改為『越南』，如今若仍使用舊稱，當地人多視之為不敬。」

我本還以爲「安南」和「越南」兩個稱呼可以交替並用，但看見客人很是介意的樣子，便向他欠一欠首，道：「不知者不罪。」雖然「安南」這個稱謂至今依然廣爲流行於世，但古語亦有云：敬人者人恆敬之，所以筆者於本文往後亦遵從「越南」之國名。

福邇轉向這位陳先生，繼續解釋道：「你臉色較一般本地人更爲黝黑，但頭上新剃的地方卻蒼白得很，可見並非是你天生的膚色，而是久經日曬所致。像你這樣文質彬彬的人，應不會長期在烈日之下曝曬，而且就算是我們嶺南這邊，現在也早已入秋，所以敢斷定閣下一定來自比這兒更接近赤道的地方。你所戴的這款『巴拿馬』式樣帽子，在香港並不常見，但在南洋卻很流行，而你所持的手杖又是英國人稱爲『檳城師爺』的那種，所以我本以爲你多半來自星洲或馬來亞。可是當你把手杖遞給小婢的時候，我看見上面用拉丁字母刻著你的前名縮寫和姓氏拼音，但卻不是英語串法，而是用法文拼出來的『陳』姓越南話發音，所以便知道你的來歷。[6]接著你又說，是差人叫你來找我幫忙的，也即是說，你先去了差館，他們幫不了你的忙，才叫你來找我試試。你今天才剛下船，還會遇上甚麼事情要去差館報案呢？若是被人打劫、行

4 練子，亦作連子，即辮連子，是清代專供男人使用的假髮，用來加厚及增長辮子。
5 薙髮令，即滿清入主中原後，於順治二年（一六四五）所頒布的「留髮不留頭」法令，強逼漢人剃頭留辮，違者斬首。
6 陳姓，根據越南發音和法式串法，寫作「Tran」。

李被偷竊之類的事情，差人斷不會置之不理，所以最有可能的，便是找不到要找的人，或是跟同伴失散了。」

客人聽了，頓時茅塞大開，想不到卻死要挽回面子，嗤鼻道：「我還以為有甚麼了不起，原來這麼簡單。」

我剛才聽見這傢伙剪掉了辮子，厭惡之感已隨之而生；現在他有求於人，卻還要擺架子，我更是看不過眼，便忍不住對他道：「若眞是這麼簡單，為甚麼你自己又想不通，要問人呢？」

倒是福邇和和氣氣的跟他說：「好了，陳先生，我解答了你的疑問，你也應該告訴我，你和跟你失散了的朋友到底是甚麼身分，又為甚麼認為他被人擄走了呢？」

對方剛才被我搶白，仍面有慍色，但福邇這樣說，也不得不低聲下氣道：「我姓陳，名文禮，來自西貢，也即是你們所叫的『嘉定』[7]。我是和一位朋友一起過來香港的，他姓阮，名偉圖，以前一起在巴黎留學的時候便已經是好朋友，這次大家都要到香港辦事，便自然結伴而來。我們的船今天一早到達，我們到旅館置好行李後，因為我明天還要前往廣州，所以便丟下了偉圖一個人在房間，趕著去買船票，之後還要找理髮匠給我剃頭駁辮。誰知道回來的時候，他已經不在，旅館的人說沒有留意他甚麼時候離開。我連午飯也沒有吃，在房間等了幾個鐘頭，他也沒有回來。我擔心他被人擄去，便問路去差館報案，找到個華人幫辦，但他卻跟我說，朋友多半是去了甚麼地方吃喝玩樂，流連忘返而已。可是我很清楚偉圖的爲人，他明天也有自己的工作赴任，在香港亦沒有朋友，絕不會連話也不留一句給我便跑得無影無蹤，一定是被人綁架了。不過幫辦不聽我說，還嫌我麻煩，便給了我你的地址，叫我來找你幫忙。」

我和福邇相視一笑，他所說的華人幫辦，當然是我們熟識的王昆士了。福邇向陳文禮道：「你擔心朋友失蹤，其實是跟你們由越南過來要辦的事情有關，對不對？雖然你刻意含糊，但依我看，你們兩人各自的工作也許不盡相同，但都是爲法國人服務，所以不好意思說個清楚。」

陳文禮滿臉心虛，遲疑道：「我怕說了出來，你不會幫我。」

福邇道：「你且說來聽聽。」

陳文禮嘆了口氣，道：「我和偉圖在巴黎所讀的科目不同，我念法國文學，他念的卻是工程。我們這次由越南趕來，是因爲法國已經關閉了廣州的領事館，亦撤離了僑民[8]，所以急著需要一個既懂中文、又懂越南話的華裔翻譯員過去當地幫忙打點事情，而滯留在香港的法國海

7 「嘉定」乃西貢（今胡志明市）漢語舊稱，自十七世紀末納入越南版圖之後所用的地名。一八五九年法軍入侵後成為殖民地，法文遂把越南語地名「柴棍」音譯成 Saigon「西貢」，但「嘉定」這個中文叫法一直沿用至清末。

8 中法戰爭爆發後，兩廣總督張之洞先後頒布《嚴禁漢奸示》及《懸賞示》等數項諭示，警告華人不得為法軍服務和鼓勵國民共同抗敵，又下令法國駐廣州領事師克勤（Fernand Scherzer, 1849-1886）率領僑民離開廣東，所有物業由中國當地官員查封及保管。

軍，也正好急需一個會講中國話的工程師，協助他們修理戰艦上的機器。」

我聽他這樣說，自然心中不忿，怒道：「你們身爲中國人，居然還去爲法蘭西鬼做事，爲虎作倀，究竟知不知道羞恥？福兄，不要幫這些漢奸！」

陳文禮雙頰通紅，反駁道：「我早知你們會這麼反應。甚麼叫漢奸？我和偉圖是越南華僑，可不是大清國民。我出生之時西貢已經由法國人管治，在這之前，清朝有照顧過我們的上代嗎？你這麼愛國，爲甚麼又要住在香港，受英國人統治？」

我正要反唇相稽，福邇已和顏悅色道：「兩位請稍安勿躁。以目前的形勢，陳先生擔心他朋友安危，確是有理由的。」他轉向客人道：「你這手杖是棕櫚木所製，木質堅硬輕便，扶手部分造成圓錘形狀，可用作武器，戲稱『檳城師爺』也是指這東西在南洋常用來解決糾紛。[9]你上船之前，一定已聽聞香港和廣州有反法事件，所以帶了這支檳城師爺來防身。但你既非洋人，又已立心一到埗便剃頭結辮，若你不說，根本不會有人知道你的來歷，爲甚麼還自覺需要帶備武器自衛呢？所以我便知道，你由越南過來一定是爲法國人做事，才會害怕遇襲。可是你剛才說，你朋友來香港是幫忙法軍修理戰艦，會不會是去報到了呢？法國戰艦泊在紅磡船塢，說不定他過了對岸九龍，才這麼久也未回來。」

陳文禮堅決的搖頭答道：「不會的。他跟我約定，今晚大家在旅館好好休息，明早送了我上船才去報到。況且他也不會把所有行李留在旅館，也不會連字條也不寫一張給我。」

福邇忽問：「你朋友阮先生有沒有留辮？」

陳文禮道：「有。我在法國留學時便已經剪掉了辮子，但偉圖他家裡思想守舊，所以一直留著辮子。」

福邇道：「那根本不用擔心啊。只要他不說，光看樣子，誰會知道他是爲法國人辦事的越南華僑呢？你有沒有去過旅館附近的店鋪茶居等地方查問，看看有沒有人見過他？」

陳文禮道：「我問過幾個地方，都說沒有見過他，之後我便去了差館報案。」

福邇嘆道：「若你把花在報案和過來找我的時間，都花在查訪旅館附近的地方，說不定現在早已找到他了。如今我只能建議你回旅館吧，他可能已經在房間裡等著你。要是他仍未回來，也多半不是迷了路，便是如差人所說，到了甚麼地方找樂子，一時流連忘返而已。」

陳文禮惱道：「那你是不肯幫我的了？」

福邇見他這般態度，也不再跟他多說，冷冷道：「福某無能爲力。」說著站了起來送客。

陳文禮氣沖沖的跟福邇走到門口，忍不住低聲用洋話不知道說了甚麼，但似是咒罵的語

---

9 「檳城師爺」或「檳城律師」，英語「Penang lawyer」。在維多利亞時代，這種木手杖也從殖民地傳到英國本土，曾經流行一時。

氣。福邇聽了不以爲忤，淡然也用洋話回了他一句，陳文禮頓時滿面通紅。福邇不再理他，打開門呼道：「鶴心！客人要走了！」須臾，鶴心出現，把帽子和手杖還給了客人，陳文禮拿了，頭也不回便拂袖離去。

福邇閒時有教授我英文，雖然只學懂了一些皮毛，但也聽得出他們剛才嗯嗯唔唔的，滿是鼻音，講的是另外一種截然不同的歐洲語言。待他坐下，我便問：「剛才說的是法文嗎？」

福邇點頭道：「不錯。他說了一句不雅的話，我便告訴他，我也留過洋，還不止一個國家，日子一定比他長，懂得的外國語也比他多。」

我哈哈笑道：「說得好！這小子目中無人，挫一挫他的氣焰才對！你留洋是爲了師夷技以興華，但他卻認賊作父，自甘做洋人走狗，我越看他便越氣，巴不得賞他兩記耳光，把他摑醒！」

福邇道：「華兄你不必動怒。我沒給他找朋友，也非因他爲法國人做事，只是覺得事情確無可疑之處。他擔憂朋友被擄，只不過是杯弓蛇影、疑心生暗鬼罷。」

次日清晨，我和福邇正在家裡吃早點的時候，突然樓下的門鈴又像昨天一樣響個不停。鶴心到樓下開門，不一會便領了兩個人上來：一個是我們的老朋友王昆士幫辦，另一人卻是個年約二十五六、一臉徬徨的陌生男子。幫辦一進門便喊道：「福先生，不得了！」

福邇問：「甚麼事？」

昆士幫辦道：「昨天那位由安南來的陳先生有找過你吧？這位便是他的朋友阮偉圖先生，原來他昨天眞的被人擄去了，幸好今早逃了出來！」

福邇素來神機妙算，很少有事情會讓他出奇不意的，但這刻他卻霍地站了起來道：「甚麼？」

昆士幫辦急道：「不止這樣，現在卻輪到陳先生不見了！而且還有人想火燒法國戰艦！」

福邇忙請兩人坐下，道：「請把事情由頭說起。」

昆士道：「今朝清早，銅鑼灣碼頭有戶艇家聽到有人大喊救命，跟著發現有人在水裡掙扎，連忙把他救到船上，便是這位阮先生。他說昨天被人綁架，囚禁了一夜之後，又被帶到海上丟進水裡。艇家聽了立即把他送上岸，陪他到最接近的一號差館報案。差人聽到他原來是昨天在中環的旅館被擄的，便把他送回去，好讓他可以換上一套乾的衣服，同時又派人到大館找我接手這件案。」

他說的「大館」，即是位於荷李活道東端的巡捕房，亦即是整個域多利城的總差館；而王昆士又是全香港唯一的華人幫辦，所以凡有涉及中國人的大案，通常都少不了他的分。

昆士幫辦繼續道：「我趕到旅館問清楚，才發現這位先生，便正是昨天陳先生報案說失了蹤的朋友阮偉圖，但這個時候，卻又輪到陳先生失蹤了！阮先生回到旅館不見他，本來還以為他已經上了船去廣州，但接著卻發現所有行李和船票還在房間裡面，而床亦不像有人睡過的樣子。」

福邇自責道：「陳先生昨天來找過我，都怪我當時以為阮先生只不過走丟了，沒料到事情竟然這麼嚴重！看來多半是有人在旅館附近埋伏等候，所以陳先生未及回房便被擄走了。但你剛才說，還有人想火燒法國戰艦，這又是怎麼一回事？」

昆士道：「是阮先生未脫身之前聽到綁匪說的，他們趁法國戰艦還泊在紅磡，準備夜裡偷偷去放火把它們燒掉！我聽到大吃一驚，馬上派人通知差頭。」他所說的「差頭」，即是指揮香港所有差人的總巡捕官，是一位中文名叫田尼的英國紳士，福邇和我都認識。[10]幫辦又道：「但我心想，這麼早差頭一定未回到大館，所以我便先帶阮先生來這裡找你幫忙。」

福邇轉向阮偉圖道：「阮先生，幫辦已經把事情大略說過，但我想詳問你一下細節。昨天你朋友陳文禮來找我時，已經告訴過我你們下船後去到旅館下榻，接著便分道揚鑣。請你說說被擄的過程。」

阮偉圖還是一副六神無主的樣子，聽福邇這麼說，便道：「昨天文禮趕著去找理髮匠，本來跟我約好，待他回來便一起吃午飯的。他走了之後，我見還未到十一點鐘，又在船上呆了這麼久，便走到外面逛逛，鬆一鬆筋骨。誰知一出了旅館門口，便有個人拿著一根香煙迎面走過來，我本也不以爲然，但他經過我身邊的時候，竟然一口煙噴到我面上，我便突然感到天旋地轉，腳下一軟，但他已經把我扶住，又再向我吹多一口煙，接著我便失去知覺了。」

我望了福邇，道：「悶煙！」

福邇點頭，問阮偉圖：「向你噴悶煙的人是甚麼樣子的？」

他不好意思道：「我只看了他一眼，也沒看得清楚。只知道長得跟我差不多高，不瘦不胖，約莫三四十歲吧；但若是再給我見到，恐怕也未必認得出。」

福邇嘆道：「這個也沒辦法。之後又怎樣？」

阮偉圖好像猶有餘悸，怯道：「也不知過了多久，我漸漸從迷糊中醒來，感覺身體依然搖搖晃晃的，耳中聽到的聲音也越來越清晰，但不知道爲甚麼眼前卻一直看不到東西。待記起發

10 田尼（Walter Deane, 1840-1906），當時香港警察的最高長官。在此之前，曾出現於本書〈黃面駝子〉。

生了甚麼事，心中一驚，才猛然發覺原來被人用黑布袋蒙在了頭上，嘴裡塞了不知甚麼東西，喊不出來，手腳又被綁著，動彈不得。這時聽到海浪聲和聞到鹹水味，才知道原來躺在一條船上，難怪搖晃得那麼厲害。」

福邇問：「請仔細想想，是怎樣的一條船。如果搖晃得厲害，便不會是太大的船。他們把你綁著手腳又蒙了頭，應該不會公然把你留在甲板上面。你是在船艙或貨艙裡面吧？」

阮偉圖點頭道：「不錯。我感覺到身在一個陰涼的地方，沒有太陽曬在身上。」

福邇又問：「你有沒有聞到別的氣味，例如魚腥、煤臭之類？這可以讓我們知道是漁船還是載甚麼貨物的。有沒有聽見機器聲或其他特別的聲音？」

阮偉圖想了想，道：「沒有聞到甚麼特別氣味，也聽不到機器聲，倒聽到有帆布在風中獵獵作響的聲音，所以這條應該是帆船。」

福邇再問：「那麼船上的人呢？有沒有聽到他們說話？有多少個人？」

阮偉圖道：「船艙外有兩三個人呼呼喝喝的在駕船，艙裡面還有兩個人看守著我。他們沒有發覺我醒了，不時交談一會，但可能不想船艙外面的人聽到，所以都是低聲說話，說甚麼我大都聽不清楚。我唯一記得的，是其中一人問另外一個道：『知不知道老大爲甚麼要捉這個安南仔？』但另外一人說：『別問那麼多，總之把他送到客人那裡便行。』」

我道：「他們知道你是越南人，那麼分明是衝著你而來的。」

昆士幫辦道：「他們聽起來似乎是黑道中人，受所說的這位客人委託，綁架阮先生。」

福邇「唔」的應了一聲，繼續問阮偉圖：「你有沒有聽到他們提及的老大或客人，姓甚名誰？」

阮偉圖搖頭道：「沒有。」

福邇沉思了片刻，忽然靈機一動，問：「船在航行的時候，你有沒有聽到炮聲？」

阮偉圖道：「你這麼一說，我倒記起來了。船到岸之前也不太久，我想大概一炷香左右的時間吧，我的確聽到突如其來的一聲炮響，震耳欲聾的嚇了我一跳，連看守我的其中一個人也說，『把這傢伙嚇醒了。』之後我想假裝昏迷也不行，他們也再沒有在我面前說話了。你是怎麼知道會有炮聲的？」

福邇道：「香港每日正午，銅鑼灣岸邊都會發炮一響報時，本地稱之爲『午炮』。[11]你上午在中環被擄，昏迷中醒來之後花了好一段時間在船上，所以我想到問你有沒有聽到午炮。如

---

11 「午炮」（Noonday Gun）是香港一個歷史悠久的傳統，如文中所述，每天正午鳴炮報時，至今依然由怡和洋行負責執行，不過現已轉為使用體積小得多的禮炮。請亦見本書〈買辦文書〉。

果聽到，便證明船仍在香港島與九龍之間的域多利港，但要是聽不到，那麼除非你是午後才醒過來的話，便表示船已駛離域多利港，不是前往大嶼山或西邊其他島嶼，便是南繞往香港島的背面。」

阮偉圖恍然大悟道：「原來如此。我聽到炮聲時還害怕，不知大清是否跟法國人在香港開戰了！」

福邇道：「那尊用來報時的大炮，的確是可以上戰場打仗的，只不過鳴炮時不用實彈罷了，不然的話，炮聲也不足以傳遍整個海港。」他稍頓，又道：「好了，阮先生，請你細心想清楚，你聽到的炮聲是在船的哪個方向？是船頭還是船尾？左舷還是右舷？」

阮偉圖愕然道：「我眼睛被蒙了，怎會知道哪裡是船頭或船尾？」

福邇解釋道：「憑著船身的顛簸便可以知道。一條船前進時遇浪，船頭會先拋起來，接著才到船尾，而且船頭會拋得比船尾高。你身處的船不大，這情況應該很容易感覺得到，請你仔細想想。」

阮偉圖依言閉目細想，道：「你說得對。炮聲是在船尾的左方，不會有錯。」

昆士幫辦道：「船尾方向？那即是說，船是向著九龍方向行駛吧？」

福邇道：「不錯。我們還可以斷定，目的地不會是油蔴地、尖沙嘴或紅磡。」大廳裡一邊牆上，掛了幅英人所製的香港九龍勘察地圖，這時他便行了過去，一面在地圖上給我們指示，一面解釋道：「阮先生上午十一點前在中環被擄，若是用船把他送往油蔴地或尖沙嘴，兩處地方海程都不遠，理應在聽到午炮前便早已到達彼岸。我們不知道阮先生昏迷了多久，所以不能確切估計綁匪花了多少時間才把他弄到船上，但縱是這樣，發午炮的地點是銅鑼灣東角，而油蔴地和尖沙嘴卻在東角的西北方向，所以就算午炮響起時船仍未到達這兩個地方其中之一，炮聲也會在船尾右方，而不會是左方。如是者，船若是駛往紅磡的話，紅磡灣位於東角正對岸，所以午炮的聲響也會不偏不倚的在船尾正後方。既然阮先生說，炮聲位於船尾左方，而鳴炮之後大約一炷香時間船便到達目的地，所以綁匪把他送去的地方，只可能是位於東角東北的九龍灣。」

昆士道：「九龍灣？那會不會是……」

福邇打個手勢阻止他說下去，向阮偉圖道：「船到了岸之後呢？」

阮偉圖道：「船到了之後，看守我的那兩個人便把我抬上岸。起初我忍不住掙扎了幾下，但其中一個人在我肚子上重重打了一拳，痛得我腰也伸不直了，之後我便乖乖的不敢動彈。他們把我放入一個剛好容身的木箱，抬了好一段路，但我隱約聽得出周圍都有些來來往往的人聲。他們把我抬到一個室內地方，把我從箱子裡倒了出來，這時才終於給我鬆綁和除去頭上的布袋。我被蒙著頭這麼久，一時也看不清楚抓我那兩個人的容貌，但其中一個好像便是向我噴悶煙的傢伙。他們退出了房間，鎖上了一道厚厚的鐵門，我才發覺他們把我關在了一個牢房裡面，地上鋪了稻草，只有一個安了鐵枝的小窗，窗口開得高高的，根本看不到外面是甚麼地方。

「我被關在牢房裡面，不用說心裡害怕得要死，但過了不知多久，越來越肚餓和口渴，又開始擔心他們就此丟下我不顧，於是便去到門邊，大呼：『有沒有人啊！放我出來！』叫了一會，不見有反應，我想到綁匪大概也是想用我來勒索金錢，便改喊：『我的名字是阮偉圖，是來香港幫忙修理法國戰艦的。』還叫他們想要贖金的話，便盡快通知法國領事。也不知是否這樣呼喊才奏效，但大叫了好久，叫得喉嚨也沙啞了，終於有人來到，打開了鐵門上的一個小窗口，向我問話。隔著鐵門我看不到有多少人，但聽起來少說也有四五把聲音，但綁架我的那兩個人似乎已經不在其中了。除了一個人之外，所有人都是講廣東話的，而且都講得字正腔圓，沒有那兩個綁匪那麼市井氣。」

福邇眼睛一亮，馬上問：「那麼另外一個人講的是甚麼話？」

阮偉圖尷尬道：「中文我除了廣東話之外便不懂別的方言，這人說的好像是官話，但我們越南那邊很少華僑會說官話的，所以我不敢肯定。所有人之中，這個人似乎地位最高，其他幾個人輪流盤問我，每次問完我一句話，都轉用我想是官話，恭恭敬敬的像是報告給這人聽；但這個人說話卻不多，頂多回答一兩句，都是發命令般的語氣。」

福邇聽了若有所思，半晌才道：「他們盤問你甚麼？」

阮偉圖道：「他們先叫我重複一次我剛才大喊的東西，接著又好像不信我說的話，一再盤問我的姓名來歷、跟甚麼人來香港做甚麼，還不斷挑一些細節來問，就似是生怕我信口開河、亂編謊話一般。我求他們起碼給我一點水喝，但他們也不理會，問完話便走了。」

福邇接著問他：「之後又怎樣？」

他說：「之後我等啊等的，直到天也一早黑了，但仍沒有人給我送飯來。這時我已經一整天沒有東西下肚，又飢渴又累，終於忍耐不住睡著了。不知道睡了多久，突然鐵門『砰』的打開，把我驚醒。這時天還未亮，漆黑之中有兩三條人影衝進了牢房，二話不說便把我按在地上，好像之前一樣綁起我手腳，塞住了嘴巴，然後又把布袋套在我頭上。他們趁著黑夜，也懶得把我裝進木箱，直接把我抬出去了外面。抬了好一段路去到海邊，把我拋到一條船上，這次也不把我放進船艙了，而是讓我躺在甲板上。

「最初我還心存僥倖，希望他們是送我回去的，但轉念一想，他們又怎會這麼快便聯絡到法國領事、收到贖金呢？我越想便越害怕，難道他們想殺我滅口？船上看守我的幾個人也好像不在乎我聽不聽見，肆無忌憚的自顧自說話。果然，其中一個便埋怨說：『昨天才把這人弄到手，爲甚麼天還未亮又叫我們把他幹掉？』我聽了，當然嚇得魂不附體，若不是給堵著了嘴巴，便一定會又哭又喊，求他們饒我一命。接著他們又開始討論，晚上如何去偷襲停泊在紅磡的法國戰艦，談得興高采烈的，說要一把火把它燒掉！」

昆士幫辦插口道：「待會我便帶阮先生回大館，把他聽到歹徒所說的火燒戰艦計劃，詳細記錄下來呈交上頭。福先生你想的話，不妨跟我們一起來，田尼先生一定很高興你幫忙的。」

我滿以爲福邇必定一口答應，不料他卻道：「這個我看不必了。我倒想聽聽阮先生是怎樣脫險的。」

阮偉圖聞言便道：「我知道死期將至，當然希望船行得越慢越好，哪怕能多活一時三刻也是好的，但偏偏這次海程卻比之前短得多，不久便聽到一個人說：『這裡可以了。』接著便感覺船停了下來。兩個人把我按住，另一人用刀子割斷了手腳上的繩子，我不禁驚喜，難道到了最後關頭，他們竟然大發慈悲？可是割繩那人卻冷笑道：『不是放了你，若有人發現你浮屍的話，要讓他們以爲你是自己掉下海裡淹死的。』說著拉掉我頭上的布袋，幾個人合力把我拋進海裡去。

「被水一浸，頭腦也頓時清醒起來，只知道必須奮力求生，便馬上手足並用，盡量不讓海浪把我沒頂。這時天色已經微亮，但我看不見岸，唯有設法游回船邊，但我一游近，船上的人便用一支長櫓把我推開，還哈哈大笑。我掙扎了一會，開始乏力，爲首的人見狀便道：『這傢伙不行了，我們回去吧，還要向翰林大人報告呢。』說著便叫船夫揚帆。」

福邇一聽，愀然變色，急問：「他眞的說『翰林大人』，你不會聽錯？」

他這樣問，我們當然覺得奇怪，但阮偉圖斬釘截鐵回答道：「不會聽錯，他的確是這樣說的。」

我見福邇神情凝重，忙問：「福兄，甚麼事？」

他嚴顏厲色道：「我知道對方是誰了。」

昆士幫辦急問：「翰林大人是誰？」

福邇面有難色，嘆道：「我有隱衷，請恕不能奉告。」幫辦熟識他脾氣，知道再問也沒有用，便不再出聲。福邇轉向阮偉圖問：「阮先生，那麼你是怎樣從海裡獲救的？」

阮偉圖道：「也是我命不該絕，他們的船折返之際，我看見船後水面竟然有一塊浮木。這時我的手腳已經軟了下來，但出現了一線生機，又怎會放過？便竭盡氣力游向浮木，心中暗暗祈求上天保佑不要讓船上的人發現。幸好我游到浮木時，船已經遠去，我便拚命抓著浮木不放，總算不用淹死。但我水性本已不佳，更餓了一日一夜，此刻已經筋疲力盡，那還有能耐游向陸地？唯有死命攬著浮木隨波漂流，支撐得一時便一時。要是水流把我沖出大海，還是必死無疑的，但謝天謝地，我越漂卻是越近岸邊，不久便漂到泊滿了大小船隻的海灣。我大難不死，興奮得好像又重新有了氣力，便不停高呼救命，很快便有一家艇戶聽到，過來把我救起。之後的事，剛才幫辦也告訴過你了。」

福邇聽罷不語，沉思了片刻才道：「阮先生，我答應你，一定盡我所能把你的朋友找回來。幫辦，若眞的有人想對法國軍艦不利，你還是快快帶阮先生到大館，向田尼總巡捕官交待清楚，讓他能夠及時安排防範吧。陳文禮失蹤的事，便包在我身上。」

幫辦聞言，謝過福邇，便帶著阮偉圖告辭了。待他們一走，福邇便跟我說：「華兄，你怎麼看？」

我道：「陳阮兩人結伴由越南而來，先是阮偉圖被擄，九死一生撿回性命逃脫，卻又輪到陳文禮失蹤，哪有這麼巧的事情？我看分明是有人本來想綁架陳文禮，卻捉錯了阮偉圖，所以便把阮偉圖丟進海裡殺人滅口，同時另外派人去抓了陳文禮！」

福邇點頭道：「我的推測跟你大同小異，剛才沒有說出來，是爲了避免阮先生擔心。」

我又道：「但我不明白，既然都要燒戰艦了，還綁架一個人作甚？而且若是要找法國人的晦氣，那麼乾脆綁架一個法國鬼好了，爲何要向越南華僑下手呢？」

福邇答道：「這是因爲對方另有目的之故。不過這不重要，如今最重要的是救回陳文禮，我怕時間拖得越久，他的凶險便越大。華兄，今天你不用回藥材店坐堂，可以麻煩你陪我去救人嗎？」

這個姓陳的小子雖然討厭，但罪不至死，我又怎能坐視不理呢？當下便拍拍胸口道：「人命關天，我當然奉陪！」

福邇看了壁爐台上的自鳴鐘一眼，嚴肅道：「那我們馬上出發。」

我見他凝神聚氣、如臨大敵的模樣，不免有點擔心，便問：「要帶兵器嗎？」在香港這地方，當然不能公然攜帶武器，但福邇送了我一支內藏利劍的手杖，他自己又有一把鐵骨扇子，每當辦案時預知會有危險，我們都會帶備這些東西防身。

不料福邇卻搖頭道：「不用帶兵器。你放心，我們不會有危險的。再說，若要硬來的話，單憑你我兩人之力也不夠。」

◀◀◀◀◀◁

我隨福邇落到街上，行過到水坑口沿坡而下，不一會便落到大馬路。我問他：「我們這便去找這位翰林大人嗎？」

他搖頭道：「綁架阮偉圖的人提到一位老大，我們先去找這個人。這個鐘點，他通常都到皇后大馬路上的茶樓喝早茶。」我們沿途經過一兩間茶樓，福邇都走進去問「黃大爺有沒有來」，但掌櫃都說沒有。福邇解釋道：「這人名叫黃墨洲，在香港黑道上地位顯赫，本地江湖裡的事情，就算沒有他的分兒，也逃不過他的耳目。當前這件失蹤案，我相信便是黃墨洲爲翰林大人安排的，我是要他給我向對方報個訊。」

來到文咸街交界，我們走進水車館[12]對面的得雲居再問，終於問到黃大爺正在樓上喝茶。上到樓上，只見有個大剌剌的花甲老翁占了窗邊一張桌子，正跟圍坐左右的幾個大漢若無旁人的大聲高談闊論。不用福邇告訴我，也知道這人必定是黃墨洲。老翁身旁還放著一個鳥籠，裡面養了一隻鷯哥，他邊談邊用手挑逗，弄得鳥兒吱吱喳喳的吵個不停，他便嘿嘿大笑。

我跟著福邇來到桌子前，老翁左右的大漢個個馬上站了起來，兇神惡煞的瞪著我們，一副護駕的模樣。福邇不以爲然，向老翁拱一拱手，溫文的道：「黃大爺。」

黃墨洲並不站起來回禮，也不請我們坐下，只道：「福先生。好久不見，有甚麼貴幹？」

福邇道：「黃大爺這是明知故問了。我今天來到，是想請你給我帶個訊息給請你辦事的人，請讓他知道，我今天便過去跟他要人。」

黃墨洲裝傻充愣道：「請我辦事的人可多著呢，我怎知你說的是哪一個？」

福邇道：「當然是那位翰林大人。」

黃墨洲打了個哈哈，道：「我讀書沒有你多，但也知道翰林院遠在北京，就算我認識這個翰林大人，又怎麼通知呢？拍電報嗎？」說著大笑起來，仍站著的幾個大漢見狀，也馬上陪著他一齊大聲哄笑。

福邇靜待他們笑完，和氣道：「既然我說下午便去找他，這位翰林大人當然不是遠在北京，而是近在咫尺。請黃大爺行個方便，給我傳個訊吧。」

黃墨洲怫然作色，怒道：「姓福的，你我有過節，我沒有找你算帳已是你走運，還不快給我滾？」

福邇不慍不火的跟他說：「若說算帳的話，我也有一筆帳可以跟你算，但只要你給我傳這個訊，大家的帳便一筆勾銷，如何？」

黃墨洲面有疑色，但還要嘴巴硬，道：「廢話。我有甚麼帳可以讓你跟我算？」

福邇微笑道：「你眞的想我在這麼多人面前說出來嗎？我在耳邊悄悄告訴你，你便知道我所言不假。」

---

12 水車館，即消防局。

黃墨洲略爲遲疑，便向大漢們點了點頭。他們讓福邇繞過身邊，去到黃墨洲座位旁，福邇便俯首到他的耳畔低聲說了一句話。黃墨洲聽了，雖然盡量不動聲色，但卻禁不住眼角猛烈跳動，顯然福邇的說話讓他大爲震驚。他瞪著福邇良久方道：「你要我告訴翰林大人，你今天過去跟他要人。就是這樣？」

福邇道：「就是這樣。之後你我之間的帳便一筆勾銷。」

黃墨洲鐵青著臉道：「好。我回去便馬上給你傳訊。」

福邇道：「打擾了。」說著便轉身和我一起下樓。

回到街上，我忍不住問福邇：「剛才你在黃墨洲耳邊說了甚麼？」

他道：「我還未認識你之前便已經跟他交過手，之後我便暗中查出了一些他不可告人的祕密，以便日後若有需要，可以用來作把柄。」

我又問：「那麼他又如何跟翰林大人聯絡呢？我們要去的地方在九龍對岸，雖曰事不宜遲，但若我們現在便動身，黃墨洲又怎可能趕在我們前面把訊息發過去呢？就算眞的拍電報也來不及吧，除非他們有互相連著的電報機！」

福邇道：「這個應該沒有，但還有一個不會慢多少的聯絡方法。」

我奇道：「甚麼方法？」

福邇笑笑道：「你沒留意黃墨洲喜歡養雀嗎？除了鷯哥之外，他還養了另外一種鳥兒。」說著，我們行到在大馬路一旁排隊等客的人力車夫之處，一人坐了一輛車子，福邇吩咐車夫前往位於下環的銅鑼灣。

我們的車子一路沿著海旁往東走，由中環途經英人的兵營和海軍船塢，不久又過了眾稱「灣仔」的小海灣，上到一條去年才建成的新石堤路，直往銅鑼灣。石堤路通往的海灣形狀有如銅鑼，故名，但這時有一部分剛填過海，已不復原貌。而洋人因爲開闢了堤路來便利交通，卻喚這地方爲「高士威卑」，即英語「石堤灣」的意思。

我們在東角之前下了車，福邇掏出金錶看看時間，道：「差不多十二點鐘了，來不及帶你過去海皮看他們發午炮。」

我想不到這個時候他竟還會這麼優哉游哉，不禁責道：「我們趕著去救人，你還有心情去看午炮？」

他道：「欲速不達，我們總要給黃墨洲一點時間來向翰林大人通風報信。」說著又開始準備調校金錶上的指針，道：「應該隨時發炮了。」

果然，他說罷片刻，便隱約聽到不遠處的東角有人「噹噹、噹噹」的連續敲銅鐘，接著便傳來轟隆一聲巨響。福邇調好金錶，解釋道：「洋人的航海技術依靠精確計時，正午鳴炮是以便停泊在海港裡的船隻，都能把鐘錶調校得一致無誤。不過聲音其實也有速度的，大約是每秒五分一英里，我們平時身處上環，離這裡有三四英里，所以就算是對準炮響來把鐘錶調正十二點，其實已經慢了十來二十秒。」他便是這樣的性格，凡事都喜歡掌握得分毫不差。

接著我們沿著大街過了東角，行到海灣一帶，途經一個樣子不錯的食檔，匆匆一人吃了一碗貓仔粥飽飽肚子，便到碼頭找船載我們到九龍灣。不用多久，便找到了一艘蜑家人的小帆船，正好閒泊在岸邊，未有載貨，於是跟他們講好價錢，渡我們過對岸。

◀◀◀◀◀◁

揚帆後，福邇站到船舳，眉頭深鎖，凝望海港彼端。此刻臨敵在即，我心裡自有百般疑團想解開，但見他這樣子，又不想打擾。倒是我不用開口，已被他洞悉底蘊。他回過身來向我道：「華兄，你一定揣測了很久，這位神祕莫測的翰林大人，到底是何方神聖。」

我道：「你一直避而不談，必定有你的原因。既然有難言之隱，我又何必多問？」

福邇嘆道：「我也不是故意讓你打悶葫蘆，只是……」他沒有說下去，卻突然反問：「『黏竿處』是甚麼，你有沒有聽過？」

我答道：「我做過籃翎侍衛，當然聽過。『黏竿處』便是雍正年間俗稱『血滴子』的大內密探，對不對？但這只不過是坊間說書先生憑空杜撰的故事罷。」

福邇道：「呂四娘刺殺世宗的故事當然純屬虛構，血滴子這種奇門兵器應也是子虛烏有，不過黏竿處卻是一個確實存在的機關。它原是尚虞備用處的別稱，隸屬內務府，表面上處理宮廷庶務，但暗地裡卻藏著一班大內密探。他們專門收集情報，偵查機密，甚至暗殺敵人，有點像明朝的錦衣衛，只不過行事較之更為隱祕。如今，黏竿處亦早已不再直接效忠皇上，而是最終受命於軍機大臣，或甚至太后本人。」[13]

我越聽越驚奇，道：「那麼說，這位翰林大人其實是個密探頭子了？」

他點頭道：「如今大清的密探，雖然照舊使用『黏竿處』作為代號，但已經不再限於僅用尚虞備用處這一個地方來掩飾身分。我們現在去找的這個人，表面上是一位從四品的翰林院侍讀學士，兼任總理衙門章京，官職雖然說高不高、說低不低，但都只不過是掛名的虛銜；他真正的身分，其實是黏竿處總管，負責管理大清所有密探和間諜！」

13　黏竿處，亦作粘杆處，如文中所說，是雍正帝所設的祕密特務機關，原為陪伴皇帝遊玩、出巡的貼身侍衛。「黏竿」是指末端纏著黏布的長竹竿，用來除去樹上的蟬和其他昆蟲，以免牠們騷擾聖上。也可能因此暗喻這些密探專門為統治者清除心腹之患。

我聽了難免心中忐忑，忙問：「那麼我們此行，豈不是跟朝廷作對？」

福邇凜然道：「朝廷行事苟不自正，又何以正天下？古諺有云：『法者，治之端也。』又曰：『所以決疑而明是非，百姓所懸命也。』庶民固然要遵守法律，朝廷更是要匡正綱紀，怎可以反過來胡作非爲？我正是因爲堅信法治，才成爲偵探，爲人排難脫冤；也堅信唯靠法治，大清方能鞏邦定國、飭政安民。可是黏竿處密探悖逆不軌的所爲，非但罔顧法治，根本便是跟法治背道而馳！無論是根據大清律例，還是香港的英式制度，他們這次殃及無辜的暴行皆不容於法，你叫我怎能不插手？」

我憂懼道：「那麼我們怎樣對付這個翰林大人呢？」

福邇道：「我們此行，只可智取，不能力敵。此人智珠在握、算無遺策，若論智謀，我與他相比，自問還稍遜一籌。今日對決，我自當全力以赴，但委實沒有十足把握。」

我與他相處數年，還是第一次聽他說這種話，心裡惴惴不安之情，自是不在話下。不久船已進入九龍灣，只見西邊有座背山臨海而建的圍城，牆堞有炮壘防護，正是我們要前往的地方。此處名曰九龍砦城，位於割讓給了英國的九龍半島南端邊界之旁，乃大清大鵬協屯兵鎮守的陣地，亦派駐了與香港英人外交的我國官員。[14]其實我和昆士幫辦一樣，早上一聽見福邇推斷出阮偉圖被擄往九龍灣，便馬上想到地點必定是砦城；但因爲福邇示意不要在阮偉圖面前透露，所以才沒有說出來。如今福邇告訴了我翰林大人的身分，我才明白是以免事情節外生枝，火上加油。

很快接近岸邊，有條長長的石砌棧橋伸延至海裡，艇戶便把船靠在橋的一旁。福邇額外打賞了他們，命他們在這裡等著送我們回去，便和我一起下船。行到石橋盡頭，有座頗有氣派的雙層方亭，亭內有幾名男子正襟危坐，一見我們來到，便走了出來恭立迎接。他們雖然身穿便服，但一看便知道並非尋常百姓，而且個個身懷武功。

爲首一人三十來歲，相貌堂堂，上前向我們作揖道：「在下方博，奉翰林大人之命，在此恭迎福先生、華守備。」

我自從退役之後，已好久沒有聽過人稱我爲「守備」，既然他知道我當年在綠營中的軍階，想必是已把我的底細查得一清二楚，黏竿處的密探果然不可小覷。

方博又道：「兩位請跟我來，大人已經等候多時。」

---

14 九龍砦城，或寫作九龍寨城，後又稱九龍城寨，其歷史可追溯到康熙年間所設的九龍汛。鴉片戰爭後，清政府將之擴建成砦城，並將原駐守大鵬灣的大鵬營調動到這裡。到了一八六〇年割讓九龍半島南端，大清國界便退到砦城邊緣。在本故事之後十五年，中英簽訂一八九八年《展拓香港界址專條》租借新界，此處更成為一塊被英國殖民地包圍的外飛地。華笙在文中提到的惜字亭和巡檢司衙署，現保存於香港的九龍寨城公園。

我還是第一次來到砦城，好奇之下，臨行不忘瞥一瞥亭內情景，看到碑文，才知這座是接官亭，而橋則名叫龍津橋。不遠便是砦城一角的東門，方博幾個人一半護送、一半監押的把福邇和我引進城門，兩旁把守的士兵顯然認得他們，不但沒有截停我們查問，更是馬上挺起胸膛，肅然立正。

入到城內是一條狹長的石板大街，左邊有商號店鋪，右面又有一座亭子，規模比之前的接官亭小得多，原來是個焚燒棄紙的惜字亭。過了一小段路，方博等人帶我們折右，眼前豁然開朗，只見東面有座宏大的官邸，門口有對石獅，門匾寫著「大鵬協水師副將府」，西面斜對著又有一處光看格局便知道是衙門的地方，匾書「九龍巡檢司衙署」，方博便引了福邇和我進這裡。

一進之後，經過庭院便來到公堂，方博朗聲道：「大人，他們來了。」

只見公堂上已有一個人坐著，年紀沒有我想像那麼大，約莫只有四十上下，體型豐碩，器宇軒昂，就算身上不是穿了官服，也自有一股懾人的威嚴氣度。他向方博等人擺一擺手，他們便鞠躬退下，站到庭院外面聽候。這人站了起來，才知原來是個高個子，比坐著時更顯得龐然。這時方看清楚他頂戴青金石，胸前補子繡著一隻雲雁，果然是章京及翰林侍讀學士的四品官職。

他繞過桌案，來到福邇前面，兩人相視片刻，翰林才道：「好久不見，你瘦了。」

福邇道：「你卻發了福。」

我本道他們兩個一碰面，勢必劍拔弩張，萬萬想不到竟然會如此熟絡地互相問候。翰林轉向我，微微欠一欠首道：「華守備，幸會。本官福邁，字皋德，翰林院侍讀學士、總理衙門承發庶務總辦章京。」他略為一頓，又道：「這幾年來承蒙你照顧舍弟。」

我大吃一驚，一時說不出話來，轉頭望望福邇；他似乎有點疚愧，道：「這位正是家兄。」

◀◀◀◀◀◁

我做夢也不會想到，對手竟然會是福邇的兄長！難怪他不想讓昆士幫辦知道。

福邁不再理會我，轉向其弟道：「只怪我用人不善，先是探子情報有誤，不知道陳文禮原來並非隻身由越南前來香港，接著黃墨洲的手下又抓錯了人。不然的話，根本不會引得你干預。可是一出了亂子，我只好將錯就錯，把計劃改弦易轍。你看出了多少？」

福邇答道：「我看得出昨天你們發覺捉錯了人之後，所發生的事情全部都是做戲給阮偉圖看的。若眞的要殺他滅口，省氣省力的方法多得是，又何必這麼大費周章把他丟到海裡呢？就算眞的要僞造成他掉下海裡淹死的樣子，何不先把他在這邊海濱淹死，之後再棄屍海裡，豈不更乾淨俐落？所以，那塊救了阮偉圖一命的浮木，其實是船上的人故意留在水裡給他的，而水流沒有把他沖出大海，反而讓他漂到對岸銅鑼灣，當然也是在你計算之內。」

福邁點頭道：「黃墨洲給我們找來的船家，不但守口如瓶，對海港裡的水流也瞭如指掌。」

福邇道：「既然你根本沒有殺害阮偉圖的意思，爲甚麼要做這場戲給他看呢？很明顯，船上幾個人談及要夜裡偷襲紅磡、火燒法國戰艦，這些話都是說給阮偉圖聽的，爲的便是讓他報案時告知差人，騙得香港英方和法國海軍加緊戒備。其實火燒戰艦，又談何容易？若是眞的實行，更是愚不可及，因爲香港是英國殖民地，是個中立地方，在這裡燒毀法國戰艦，萬一變成英人參戰的藉口，豈不弄巧反拙？」

福邁道：「你說得不錯，我非但不會這樣做，要是知道有人眞的要在香港偷襲法艦，一定還會設法阻止。張之洞大人已公開呼籲同胞以武力對抗法軍，若法國軍艦眞的在香港遇襲，英方便可以順理成章歸咎中國政府，出師有名了。輕者攻占整個九龍半島和大嶼山，以砦城這裡的兵力，根本無法抵擋；重者則與法國結盟，聯軍再侵掠我國，後果更是不堪設想！」

若不是聽了他倆這樣分析，我倒不會考慮到事情居然這麼牽連重大，甚至可能影響國家安危，一時不禁額汗，暗暗心驚。

福邇接道：「所以我敢肯定，夜襲戰艦之說，只不過是個幌子。英法兩方忙著守護戰艦，終於沒事也只會歸功於自己及時做好防備，但其實中了你聲東擊西之計還懵然不知。你其實是要讓英法方面無暇兼顧陳文禮失蹤之事，因為把他拿到手，才是你的眞正目的！」

福邁嘉許道：「很好，都給你看穿了。但我為甚麼要把陳文禮拿到手，你又知道嗎？」

福邇道：「先不談這個。你抓了陳文禮，會拿他怎樣？讓他沉屍大海嗎？」

福邁嘆道：「你當為兄是怎樣的人了？不錯，讓他沉屍大海確是最乾淨俐落的做法，但你眞的以為我會濫殺無辜嗎？我只是準備關他三兩天，再製造一個機會讓他自己逃脫，這樣所有人都只會以為這是一宗普通的綁架案，就算懷疑別有隱情，也無法揭露背後眞相。」

福邇道：「你眞的會放人？」

福邁答道：「人我當然會放，可是現在不能把他交給你，還要多委屈他三兩天才行。你們放心，我沒有拿他怎樣，再過幾天便放他，決不會食言。」

福邇好像還要爭論，但欲言又止，終於還是點頭道：「好的，就依你。」他稍為思索，又道：「既然這樣，我大概知道你為甚麼要綁架陳文禮了。」

福邁道：「願聞其詳。」

福邇道：「我本來以為他可能知道某些軍事機密，所以你要把他抓來套取情報，但再想想又不像。他剛到埗，連法國人都還未聯絡上，大概也不會知道甚麼機密。而且當你們抓了阮偉圖，又未發現弄錯他身分的時候，也沒有對他拷問逼供。現在如假包換的陳文禮到手了，但你剛才卻說，沒有拿他怎樣，只是把他關了起來。這表示你綁架他必定另有目的，唯一的可能，便是要防止他上廣州為法國人辦事。」

我聽到這裡，忍不住問：「陳文禮只不過是區區一個翻譯員，就算讓他上到廣州又如何？法國人連領事館也關閉了，還有甚麼事情要辦這麼重要，竟讓福大人花這麼多功夫去阻撓？」

福邇答道：「法國雖然關閉了廣州的領事館，但在這種情況下，一般的做法是委託友邦在當地的領事館擔任代理，或讓大清境內別處的法國領事館兼顧廣州的事情。若他們只是需要一個精通中法兩文的翻譯員，廣州應該有不少可以效勞的人選，但連越南話也懂的譯員卻不會這麼好找，所以才要老遠從西貢請陳文禮過去。」他轉向兄長道：「法國人急著要在廣州聘用一個精通中、法、越三語的譯員，不用說要辦理的事情必定與中法戰事有關。依我看，你防止陳文禮往廣州赴任，不是為了阻撓法方的工作，而是要逼他們另覓人選，而這個替代陳文禮的翻譯員，其實便是你的人，對不對？」

福邁道：「不錯。我不能向你們透露詳情，但法國人急著要聘用一個精通三語的譯員，確是與中法戰事有關。我有先見之明，早已在廣州安排了適合的人選，表面上是個由越南歸國的華僑，但暗地裡卻是我的間諜。可是法方爲策安全，竟然擺在面前的人選不要，寧可從越南找一個過來，所以我唯有出此下策，把陳文禮綁架，逼使他們不得不聘用我的人。」

我又問：「但你不是說，再過幾天便放了陳文禮嗎？他一回復自由，一定會聯絡香港的法國領事館，那麼你的計劃豈不還是前功盡廢？」

福邁答道：「華守備你說得對。若要毫無破綻，我眞的應該把陳文禮幹掉才對，只要僞裝成劫殺或意外，便一了百了。可是我也說過，絕不會濫殺無辜，所以只是綁架了他。幸好法方在廣州急需翻譯員辦理的事情，幾天內便會完成，一待我的間諜探得敵方機密，我便可以釋放陳文禮。陳文禮也只知道被人綁架了數日而已，到時就算法國人懷疑別有蹊蹺，也爲時已晚。」說罷，他轉向福邇又道：「說了這麼久，你還沒有告訴我，怎會知道來這兒找我？中午突然收到黃墨洲飛鴿傳書，的確令我大感意外。」

福邇答道：「我聽了阮偉圖陳述被擄經過，推斷出他被帶到九龍砦城，便已起疑。砦城是大清監視香港的基地，而朝廷之中，除了黏竿處密探，還有誰會幹這種勾當呢？我知道黃墨洲多年來都是黏竿處在香港的間諜，便馬上去找他給我向你報個訊。」

福邁道：「但你又怎會推斷出阮偉圖被帶到這裡呢？雖然迷煙的藥力不夠，他還在船上便已經醒來，但他頭上一直套著布袋，根本不會知道被帶到甚麼地方。」

福邇得意道：「既然阮偉圖身在船上，我便想到問他有沒有聽到午炮。」

福邁恍然大悟，翻起大拇指讚道：「佩服！佩服！」兩兄弟都是絕頂聰明的人，不用福邇多作解釋，他自已明白。

福邇又道：「不過之後得到的線索，可就純屬僥倖了。你的手下把阮偉圖扔進海裡的時候，帶頭的人，我想應該是方博吧，一時漏了嘴，對其他人說要趕快回去向翰林大人報告，這樣我便知道是你無疑。」

福邁臉色一沉，不悅道：「失於忽微，不容再犯。」他的語氣雖然沒有威喝怒罵，但不知怎地，卻教我為他的手下暗叫糟糕。他惋嘆了一聲，又向福邇道：「方博是我最出色的密探之一，但與你相比，自是望塵莫及了。其實你又何苦在此屈居一隅，埋沒自己的才幹呢？跟我回京，一定可以大有作為！」

福邇道：「人各有志，你我道不同，不相為謀。在你眼中，香港只不過是割讓給了英國人的遐方僻壤，是國家民族之恥；但我偏偏看中這地方，卻正是因為它華夷雜處，歐亞合璧。我決意留下，便是為了體驗香港洋為中用的種種制度，取長棄短，以備日後為我國自強維新之要務另闢蹊徑。」

福邁聽了，悵然若失道：「都這麼多年了，為甚麼你還要這樣固執，不肯回來？」

福邇不答，只道：「好了，來找你的事情已經辦妥，我告辭了。」向兄長欠一欠首，又說：「請替我問候娘親。」接著便轉身離開。我無可奈何之下，連忙向福邁作揖，隨福邇而去。

當我們正要踏出庭院之際，背後忽聞福邁言短意深的道：「我日斯邁，而月斯征。弟，保重。」

福邇停下腳步，卻沒有回頭，道：「哥，你也保重。」接著昂然闊步走出了衙門。

◀◀◀◀◀◁

方博幾個沒有送我們出砦城，直到上了船，駛出了九龍灣，福邇還是怏怏不樂，一直不語。我不知怎麼開解他才好，只想到說：「你說令兄智謀比你猶勝一籌，但我看是不相伯仲才對。這個回合，更是你贏了他！」

他苦笑道：「是我贏了他嗎？我連陳文禮也沒有救出來，是家兄本來便會放他的。反而家

---

15 黃墨洲（一八二二—一八九二），十九世紀時香港有名的江湖人物，背景撲朔迷離，開埠初期已被傳為清廷間諜，但據說亦曾為太平軍招募過士兵，又暗中勾結海盜。一八五七被控藏有賊贓，判處充軍婆羅洲，但一八六九年獲赦回到香港，此後便缺乏官方記載。

兄要做的事情，他卻全都做到了，只不過是給我看出來罷。但這又如何？他明知我一定不會揭穿他的計劃，揭露出來又有甚麼用？不但於事無補，更只會有害無益。所以我說，是他贏了才對。」

當日我們回到中環，便馬上前往大差館，也沒有撒謊，只說找了江湖上的老相識傳話，跟綁匪的頭子聯絡上，對方保證不出幾天便會釋放陳文禮。巡捕總管田尼以為有人準備夜襲法國戰艦，已匯報了香港總督，這時正忙著指揮下屬跟法軍配合，安排防範措施，已無暇兼顧其他案件，當然樂得聽到福邇說已經把事情搞定了。倒是難為了阮偉圖，之後還要在旅館提心吊膽的苦等幾天，直到朋友真的被放了回來，才終於放下心頭大石。

說到陳文禮，他在牢房裡關了多日，當然不好受，但起碼脫身的時候沒有像阮偉圖一般，被人丟在海裡。他被囚禁的最後一個晚上，所吃的飯裡想必是下了迷藥，到他早上一覺醒來時，已經躺在中環一條後巷之中。事後，他聽到原來是福邇把他弄出來的，竟然一改故態，來到荷李活道向我們負荊請罪，感激得涕淚交橫，差點還要下跪叩頭謝恩，弄得福邇和我大感尷尬之餘，又暗覺好笑。

這時香港的反法民情越來越激烈，阮陳兩人有此經歷之後，也不敢久留，匆匆乘船回到越南。泊在紅磡的法國戰船雖然始終沒有遇襲，卻一直請不到工人幫忙修理，最後被拖到日本。

至於法方在廣州要辦理的到底是甚麼事情，及最後有沒有發覺被間諜充當譯員混了進去探聽機密，那就不可而知了。不久，因為有拒絕為法國人運貨的船主被香港政府罰款，城內上至華商、下至碼頭工人和挑夫等，都全面罷市罷工，街上更發生騷亂，政府一度要出動差人和士兵來鎮壓暴動，但終於還是要讓步，退還罰款和釋放被捕的華人。直到一兩個月後，民憤才慢慢平息。

買辦文書

光緒十一年乙酉仲夏，即西曆一千八百八十五年，我在香港跟福邇同住已差不多三年半光景。是年春，大清於鎮南關大破法軍後，又連克敵方文淵、諒山等多處據點，遂乘勝求和，西曆六月，終於與法蘭西簽訂和約，在越南歷時一年有多的戰事亦隨之休兵息帥。[1]然而結局卻一如我朋友福邇所預料，我國雖捷猶敗，還是不得不承認越南宗主權歸法國所有。中國又一個朝貢了千年的藩屬，便這樣丟了。

話說其時夏至已過，雖未入伏，但尚有一個禮拜便到小暑，天氣已炎熱非常。這天是禮拜二，我如常要回到石板街藥材店坐堂，不過這鋪頭的慣例，卻是端陽一過，便午後才開門做生

---

1 一八八五年三月，法軍進攻位於中越邊境的鎮南關（今友誼關），清朝老將馮子材（一八一八—一九〇三）率兵奮勇擊退敵人，之後又連逐攻陷對方幾處陣地。六月，清政府與法國簽署《中法會訂越南條約》，結束了中法戰爭。

意，所以這個早上也不急著出門。我起床後到天台練完功，梳洗完畢落到大廳，不覺有點肚餓，本還想邀福邇跟我一起出外喝早茶，但原來他已正在享用丫鬟鶴心備了的西式早餐。

福邇見我下來，便道：「華兄，今天有空跟我到銅鑼灣走一趟嗎？」說罷拿起杯子，呷了一口叫做「磕肥」的熱飲。這種東西福邇又跟從日文的叫法，喚作「珈琲」，聞之刺鼻、入口苦澀，我試過一次之後便不敢再領教，也不明白他怎可以喝得津津有味。

我在他對面坐下，問：「有新案件嗎？」

他說：「昨天有人送來一封短函，請我今早過去銅鑼灣，謂有事拜託，卻沒說是甚麼事情。」

天氣悶熱，下午又要幹活，我當然沒多大興趣陪他老遠跑到下環。福邇見我遲疑，又道：「你不是說過很久沒吃家鄉菜，十分懷念嗎？銅鑼灣那邊多福建人，我們找一間好的閩菜館，我請你吃午飯。快吃早點，人家約了我十點鐘見面，遲了出門便來不及。」

福邇留洋多年，不時也會像今天這樣，叫鶴心為他做個英國早餐。但我看了一眼飯桌上的煎蛋、煙肉香腸、烘麵包甚麼的粗糧，就覺胃口全消。

我們在荷李活道所住的這棟房子，是福邇數年前購置的物業，樓上留來自住，樓下租了給一家中西合璧的糕餅店作為街鋪，所以只要他想吃，都隨時可以買到新鮮出爐的洋麵包。這時鶴心已把麵包切成一片片，烘成英語叫做「多士」的東西，我勉爲其難拿起一塊，但又怕肥膩，便不敢學福邇那樣塗上牛油。待我乾咬了兩口，他已離座落樓，我只好匆匆尾隨。落到街上，多士仍拿在手裡，但嫌它乾巴巴的味如嚼紙，實在難以下嚥，便趁福邇不覺時掉在街角給狗吃。

這一兩年間，舊款的雙座人力車已漸漸少見，但這天我們卻走運，馬上便招到一輛。並排坐上之後，我才問他：「我們去銅鑼灣見甚麼人？」

福邇道：「你聽說過何東這人嗎？他是個精通中英文的混血兒，才不過二十來歲，已廣被譽爲商界奇材。他十八九歲時進入渣甸洋行，一兩年間便晉升爲買辦，如今更主理洋行的保險業務，以他這個年紀便有此成就，簡直是前所未聞。」

我道：「那麼他想請教你的事情，大概是與洋行有關吧？」

他答道：「也許吧。以前也有洋行找過我辦案，條件還很優厚，不過我對商業案件沒多大興趣，除非案情別有蹊蹺，否則一律不會接手。今天此行，無非是爲了結識何東這位人物。」[2]

---

2 何東（一八六二—一九五六），字曉生，香港十九世紀末二十世紀初首屈一指的富商及慈善家。他是中西混血兒，漢姓來自荷蘭籍父親 Charles Bosman 的中文譯名「何士文」。一八八一至一九〇〇年在渣甸洋行先後任職買辦及華總經理，其後致力發展個人生意，對社會貢獻良多，一九一五及一九五五年兩度獲得英王頒授爵士勳銜。何氏後人至今仍是港澳兩地的顯赫家族。

我們住在荷李活道西端的上環，離位於香港島域多利城東端的銅鑼灣有好幾英里路程，炎夏天氣裡可辛苦了車夫，雖然早上太陽未算猛烈，但不一會他已經拉得汗流浹背。

福邇告訴我，自香港開埠以來，這一帶便是五口通商的航運要樞之一，所以各大洋行在此處都置有物業，其中以渣甸洋行為表表者：左一條渣甸街、右一條渣甸坊，旁邊的山崗也叫做渣甸山；就連伸延進海灣的海角，雖然正式名稱叫「東角」，但因為盡是渣甸洋行的倉庫、廠房及寫字樓，本地人大多乾脆呼作「渣甸倉」。福邇又道：「我們現在行上的這條街，也是以他們為名的，叫『怡和街』。」

我問：「怡和？那不是以前廣州十三行其中之一嗎？」

他道：「不錯。他們在鴉片戰爭之前，便已經和廣州怡和行密切合作，所以中文名也順理成章叫做『怡和洋行』；不過直到現在，多數中國人仍依照他們英文名喚作『渣甸洋行』。」[3]

說著車夫把車子停在一幢寫字樓前面，福邇見他勞累得大汗淋漓，便額外打賞多一點錢。我隨福邇上到樓，只見門口旁邊有一面銅牌，用中英文寫著「香港火燭保險」和「廣東保險」的字樣，想必是渣甸旗下由何東管理的公司名字。進得門來，原來保險公司的規模可不小，在偌大的地方裡，眾多書記文員正埋頭苦幹。這時大堂裡的老爺鐘剛好敲響十點，福邇跟一個主管模樣的中年人說明來意，不久便有人出來引我們到何東的辦公室。

來到辦公室，見房間雖大，卻樸實無華，像福邇的家一樣布置得中西合璧。甫一進門，一個身材修長、儀表不凡的男子便從寫字檯後站起來，過來迎接我們。雖然我早知何東是混血兒，但見他碧目挺鼻，長得起碼七八分像洋人，要不是穿了長衫馬褂、又剃了頭留了辮的話，根本很難看得出有中國血統。看他既冠未幾之年，雖比我和福邇總也小上十載，卻很是老成持重，沒有絲毫稚氣。

何東也沒有像洋人般跟我們握手，而是拱一拱手，用字正腔圓的粵語道：「久仰福先生大名，今日有勞您大駕光臨，有失遠迎。這位一定是華大夫了？幸會幸會。」

待他招呼我們坐下，命人備茶之後，福邇便隨口道：「何先生眞是日理萬機，今天一早便已經往鰂魚涌走了一趟，是去祕密視察一下太古洋行的糖廠吧？」

何東面色微微一變，驚問：「你怎會知道的？」

3 粵語俗稱「渣甸」的洋行（Jardine & Matheson）是原於一八三二年在廣州成立的英資洋行，最初主要經營茶葉和鴉片生意，因為與廣州十三行的怡和行（見註8）關係密切，中文也取名為「怡和洋行」。鴉片戰爭後，轉設總行於香港，至今依然是當地數一數二的老字號公司。除了文中提及以這洋行為名的幾處地方之外，香港銅鑼灣還有一條紀念另外一位創辦人詹姆士・馬地臣（James Matheson）的「勿地臣街」。

福邇笑笑，侃侃而道：「何先生你膚色白皙，略為一曬便會馬上變紅，所以剛才見面時，我第一眼便看出你今天一早便已經在太陽下待了一會兒；要是昨天曬的，現在已經不會是這樣的色澤。然而你額角以上卻沒有曬紅，可見是戴了帽子來擋太陽。但為甚麼戴了帽子，卻依然會曬紅面頰呢？只有是坐在艇子上，水面反映陽光，照到臉上才會這樣。若要從域多利城西過來東邊，陸路方便得多，沒理由取水路，所以我本以為你是從對岸九龍坐艇過來銅鑼灣的，因為若是面向船頭的話，那麼你今早在艇上時便正好對著旭日。可是你轉身帶我們坐下時，我又看到你後頸也一樣曬紅了，所以除非你在艇上坐了一會便轉過身來背著太陽，那便表示你今早其實已經坐了兩次船，一次朝東、一次朝西。」

何東道：「今朝我的確坐過船來回，但你又怎知道是去甚麼地方呢？」

福邇又道：「這個更簡單。當你坐下之後，蹺起了腿，讓我看見你鞋底沾上不少白糖。若只看這線索，我知道渣甸洋行在銅鑼灣這裡的東角設有糖廠，你又是他們買辦，一定會以為你剛去了巡視；但我既已看出你早上坐過艇子來回，而東角糖廠卻近在咫尺，所以知道這不會是你去的地方。香港另外只有一間糖廠，屬於太古洋行所有，設立在這裡以東的鰂魚涌。由銅鑼灣過去鰂魚涌水路最快，而且早上一來一回，剛好夠時間讓你回來寫字樓接見我們。」

何東越聽他解釋，臉上表情便越驚訝，待福邇說罷，便不禁拍大腿讚道：「聽聞說福先生料事如神，今日一見，果然名不虛傳！」

這時傭人捧上了茶盤，上面放著一個茶盒、三隻玲瓏瓷杯子和剛燒好的一壺水。傭人在我們面前擺好杯子後，何東便親自倒水，但見水溫熱而不沸；再打開茶盒，頓時芬香襲人，一聞便知道是上好的洞庭碧螺春。何東用小杓把茶葉放入杯中，待翠芽在水中綠雲翻滾，春染碧水，幽芳四溢，才招呼我們飲用。茶一入口，果然清醇回甘，鮮爽生津，連一向講究品茗之道的福邇也不禁連聲讚道：「好茶、好茶。」我想不到何東外貌雖像西人，卻懂得碧螺春先注水、後投茶的「上投」之法，不由得對他另眼相看。

等到福邇和我品嘗過茶後，何東才繼續道：「我今天早上去過鰂魚涌的事，還請福先生不要說出去。洋人常言道：商場如戰場，太古在那兒不但設立了船塢，去年又開始製糖，分明是要跟渣甸搶生意。我過去一探底細，雖然沒有甚麼不對，但若給他們知道，卻始終不太好。」[4]

福邇道：「何先生請放心，我自當守口如瓶。你今天請我到來，說有事情拜託，不知是否

4　太古洋行（Swire）原為一八六六年設立於上海的英資公司，四年後於香港開業，一八八三年開始在鰂魚涌（今寫作「鰂魚涌」）設立船塢、糖廠及汽水廠。據說中文名字的來由，是其中一位創辦人早年於春節期間途經中國農村，看見家家戶戶張貼寫著「大吉」字樣的揮春，便抄了下來作為洋行的中文名稱，但因為不懂漢字，誤寫成「太古」。

與太古糖廠有關？」

何東搖頭道：「我只是碰巧今早去了鰂魚涌而已。我冒昧請福先生遠道而來，想拜託你給我查探的事情，其實跟太古沒有關係，而是涉及另一間洋行。」

福邇問：「是甚麼事情？」

何東道：「我也許應該先解釋一下我的業務，才會更容易明白。我想兩位也知道，我們這些做買辦的，主要是給洋行與華商做中間人，幫兩邊完成交易，從中抽取一點佣金。但我跟老一輩的買辦不同之處，是老買辦大多替洋行處理一般的貨物商品生意，靠的其實是多年建立下來的關係，所以就算英語說得馬馬虎虎也無妨。但像我這樣的新一輩買辦，卻多數受過中西合璧的新式教育，英語說得更流利，也更了解西方社會的辦事方法。近年洋行在華發展的新興生意，許多都是中國傳統裡沒的，若叫上一代的老買辦來經營，他們大多數根本不會懂得如何入手，但換了是我們這些年輕的新買辦，卻勝任有餘了。兩位也看見，我這個寫字樓便是替渣甸洋行處理『燕梳』保險生意的。」

他所說的買辦，粵語也常俗稱爲「江擺渡」或「金必多」，福邇告訴過我說是葡萄牙文原字的音譯。我在香港住了三四年，對這些華洋仲介的工作本也略知一二，但還是頭一趟有人給我解釋得這麼詳盡。[5]

何東繼續道：「因爲我這邊的燕梳生意發展得很快，人手不夠用，最近看中了一個叫葛申的人，他是渣甸另一位買辦那裡英語最好的文書，我開出了更高的薪金，請他過來幫我忙。另外的那位渣甸買辦姓馬，是個老行尊，大家都叫他馬老闆。我跟他雖然同爲渣甸洋行服務，但我挖走了他的人，總也得給回他一些面子，所以便答應先給他找一個適合的人選接替葛申，才讓葛申過來我這邊。

「碰巧我以前在中央書院[6]有位學弟有意投身商界，於是便推薦給了馬老闆。我這位學弟比我小三歲，姓賀名佩珏，讀書時總名列前茅，英語也非常出色。畢業之後他留在書院教了一兩年書，但希望轉一份收入較高的工作，不久前便來找過我商量。我一向很欣賞小賀，老實說要不是他還沒有工作經驗的話，我也一定肥水不流別人田。我代他把履歷遞給了馬老闆，馬老闆看過也非常滿意，也不用先見一見面便決定錄用。我轉告訴了賀佩珏之後他當然十分高興，我便告訴他馬老闆那邊自會跟他聯絡，在葛申離職前約他上寫字樓簽聘用書和交代一下職務。

「這是上個禮拜的事情。我滿以爲一切就緒，誰知過了兩天賀佩珏又來找我，說收到馬老

5 「江擺渡」和「金必多」，都是葡文 comprador（買辦）的中文音譯。

6 於一八六二年由英殖政府成立的中央書院（Government Central School），是現在香港名校皇仁書院（Queen's College）的前身，在本書〈黃面駝子〉故事裡也有提及。

闆的信了，但剛又另外有人給他開出更好的條件。原來他之前也曾把履歷寄給好幾間洋行，其中上海的顛地洋行[7]便剛發了電報給他，說有意聘用，竟還給他一倍有多的薪金。這已經夠奇怪，因爲任何洋行也不會給一個普通文書如此優厚的待遇；但更奇怪的是，顛地洋行還說，要是有別的公司也有意聘請賀佩珏的話，不但叫他不要接受，還吩咐他萬萬不能向對方透露顛地跟他接觸過。」

福邇一直細心傾聽，這時便問道：「賀佩珏有給你看這封顛地洋行的電報嗎？」

何東答道：「他倒沒有帶給我看，但我這位學弟的爲人並不世故，我相信他是不會瞎扯的。不知道兩位知不知道，顛地原是一間設立在香港的大洋行，自開埠以來一直跟我們渣甸洋行是商場勁敵。雖然他們差不多二十年前已搬到上海，但雙方在生意上依然不斷爾虞我詐。兩位都是外省人，但想也聽過我們廣東話一句俗語：『邊有咁大隻蛤乸隨街跳？』意思即是，世上哪有這麼便宜的事情？顛地居然出這麼高的價錢聘請一個新丁，還叮囑他千萬不能透露，肯定別有用心，所以我便勸賀佩珏最好還是便宜莫貪。他也一定覺得我說得有道理，因爲昨天下午葛申過來找我，說賀佩珏早上已經去了馬老闆寫字樓簽署聘書，還約好了今天再回去，讓葛申給他交待一下要接替的工作。明天正好是西曆七月一日，所以今天他們在馬老闆那邊安排好一切之後，明天賀佩珏便可以正式到那裡上班，葛申也可以過來給我做事了。」

我奇道：「那問題不是已經解決了嗎？你為甚麼還要找福兄呢？」

他道：「賀學弟和葛申兩位文書就職的問題確是解決了，但顛地洋行發給賀佩珏的電報卻令我憂心。賀佩珏雖然沒有給我看那封電報，但聽語氣，顛地似乎已經知道馬老闆有意聘用他。不過顛地又怎會知道這消息呢？難道馬老闆那邊有人給他們通風報信？雖然這次只不過涉及聘用文書這種小事，但假如下次洩漏的是某項大交易的內幕消息，那便非同小可了。」

我還是不明白：「就算出了甚麼亂子，也只會是馬老闆那邊有事吧，你把情況照直告訴他，讓他自己處理，不就行了？」

何東道：「華大夫，這沒有你說的那麼簡單。我和馬老闆不但都是渣甸洋行的買辦，他為渣甸所經手的生意也全都是跟我這裡保險公司做燕梳的，所以如果出了亂子的話，我們保險公司也許亦會受池魚之殃。我也考慮過跟馬老闆直說，但我一來沒有真憑實據證明他寫字樓有內鬼，二來也不想讓他對賀佩珏有偏見，所以實在難以啓齒。」他轉向福邇道：「福先生，我自問也算得上是個精明的人，但這次眞的看不出顛地洋行葫蘆裡賣的是甚麼藥。今天請你過來，

---

7 顛地洋行（Dent & Co.）的正式中文名稱其實是「寶順洋行」，但當時的中國人多以其創辦人的姓氏音譯稱之。十九世紀初，顛地洋行在鴉片貿易上跟渣甸洋行平分秋色，欽差大臣林則徐禁煙時曾一度下令緝拿老闆蘭斯洛特．顛地（Lancelot Dent, 1799-1853）。一八六六年，顛地洋行因為英國 Overend Gurney 銀行倒閉而受到牽連，次年結束香港業務，把總行遷往上海。

便是希望能夠拜託你替我查明眞相。」

我想起在路上福邇跟我說過，洋行的案件很少能惹起他興趣，滿以爲他一定會婉拒，不料福邇竟一口答應：「那事不宜遲，既然賀佩珏今天會到馬老闆寫字樓，我馬上便過去跟他和葛申談談。」

何東喜道：「那便拜託了。但事情未有結果之前，最好不要驚動馬老闆，也請叮囑葛申和賀佩珏不要跟馬老闆亂說話。」

福邇道：「請放心，我自有分寸。」

何東走到寫字桌，寫了一張字條遞給福邇道：「馬老闆的寫字樓叫『馬惠記』，離這兒不遠，這是地址。」

我聽了覺得奇怪，問：「洋行的公司竟會叫『馬惠記』，這麼中國化？」

何東笑了一笑，道：「馬惠記並不是渣甸旗下的公司，而是馬老闆自己的商號。很多人聽了都以爲『馬惠』是馬老闆的姓名，但其實是他以前有個姓惠的合伙人，不過聽說已經去世多年。我們做買辦的雖然受雇於洋行，但只要不妨礙洋行業務，是可以自立門戶的。好像我爲渣甸管理保險等業務之餘，也和弟弟成立了公司搞自己生意。對了，言歸正傳，福先生之後大概要往上海調查這件事情，船票及其他一切開支，當然由我來支付。」

福邇道：「這個不急。先讓我了解一下情況，說不定根本不用到上海走一趟。」

何東道：「那便由福先生決定吧。至於閣下的顧問費用……」

福邇素來不喜歡討價還價，只道：「這個待事成之後再談不遲。你放心，我除非費用全免，否則收費是不會因人而異的，絕不會像顛地洋行那樣漫天開價。」

這時茶也喝至三泡，我們便跟何東道別，他還親身送我們到門口。

◀◀◀◀◀

一落到街上，我便忍不住問：「福兄，你不是眞的接辦這案件吧？這些又渣甸、又顛地的洋行，不就是當初引發鴉片戰爭的罪魁禍首嗎？我們痛恨他們遺禍中國還來不及呢，就讓他們互相勾心鬥角好了，你幹嘛還要爲他們操心呢？」說著我自己也不覺有點憤然。

福邇淡然道：「你說得不錯，渣甸和顛地當年都確是鴉片貿易的始作俑者，但若沒有見利忘義的華商跟他們勾結，又怎會成事呢？我們之前也提起廣州十三行的怡和行，林則徐大人禁煙時，富甲天下的怡和行商伍浩官其實便包庇洋行走私鴉片；若非關係匪淺，渣甸也不會明正言順的用了他『怡和』之名吧。」8

聽他說到這裡，我不禁暗暗爲他惋惜，事緣福邇自己實在也身受其害。幾年前我成爲他房客之後，隨即發現他吸食大煙。起初每當他想服用鴉片，還會回到寢室，但如今，他早已不再避嫌，就算在我面前也照吸可也。

福邇也一定看出我心裡想甚麼，卻若無其事，自顧自繼續道：「不過俗語也有云：發財立品，這兩間洋行都早已不再染指這門傷天害理的勾當，多年前便已轉營正業。就以何東現在爲他們經營的保險生意爲例，其實是對我國百利而無一弊的新興行業。我們大清自強維新的要務，不能缺少了像何先生這種能師夷技以興華的人材。」

我覺得他說的也有道理，便點頭同意，又問：「但話說回來，當前的事情，又爲甚麼會引起你興趣呢？」

他道：「我覺得兩間洋行之間的挖角戰並非關鍵所在，這事其實還另有隱情。既然我們已經老遠來到銅鑼灣，便不妨過去馬惠記一走，看看有甚麼發現。」

說著來到一個突出港口的海角，便是上文提過渣甸洋行設廠立倉的「東角」。福邇找到了何東寫給他的地址，是海旁一幢較舊的大廈，馬惠記便在其內。我們上到樓，看見地方比何東的寫字樓還要大一些，卻沒那麼新淨。我們道明來意，一個年紀老邁的打雜便給我們找來了一位職員，年紀才三十上下，卻已鳶肩傴背，正是我們要找的葛申。

葛申請了我們到一旁坐下談話，福邇也不跟他寒暄，解釋了我們是由何東委託之後，便單刀直入，詳問他的職務細節。我本來就不懂洋商業務，他們又越說越複雜，更不時夾雜英語，聽得我一頭霧水。唯一讓我記得的，是馬老闆習慣每天上午十一點半鐘左右回到寫字樓，到時葛申便會帶同當天所需的文件陪他進入辦公室，一直工作到十二點半鐘馬老闆便讓葛申出來用膳。

福邇似乎對此深感興趣，問：「你十二點半鐘出來吃午飯，那馬老闆呢？」

葛申道：「馬老闆每天都是喝完早茶才回寫字樓的，所以喜歡午膳時候留在辦公室處理文件。除非有特別事情，他通常三四點鐘便會離開。」

福邇又問：「那麼午飯時候，整個寫字樓豈不是只剩下馬老闆一個人？」

葛申搖頭道：「我們這裡分兩班吃午飯，一班是十一點半鐘到十二點半鐘，另一班是十二點半鐘到一點半鐘，所以一直也有人在寫字樓。馬老闆說這樣才夠體面，也不會浪費辦公時間。」

8 伍秉鑒（一七六九—一八四三），又名伍敦元，字成之，嘉慶道光年間廣州怡和行老闆及十三行公行總商；「浩官」是他跟外國人做生意時所用的名字。由於五口通商之前，廣州十三行壟斷了清朝出入口貿易，伍秉鑒成為當時中國首富，更是英國東印度公司最大的債權人。

我聽了不由得爲之咋舌，這個姓馬的眞是好一個錙銖必較的刻薄老闆。

葛申跟福邇再談了一會，見到有個人入到寫字樓，便道：「賀佩珏來了。」

只見賀佩珏原來是一個身材矮瘦的小伙子，雖然看似弱不禁風，生得倒算眉清目秀，唯獨神情卻有點靦腆。葛申給我們互相介紹，我正要拱手說句「幸會」，福邇竟已搶先用英語問好，跟賀佩珏握手久久不放，嘰哩咕嚕的交談起來。

這幾年間，我跟福邇只學過一些簡單英文句語，根本聽不明白他們說甚麼，但想必是問及賀佩珏即將過來馬惠記接替的職務。也不知賀佩珏是否一時不知所措，還是本來就不擅詞令，在福邇面前僅能支吾以對。

他倆談不了多久，一個年約五六十的胖子大搖大擺的走進寫字樓，葛申一見，急忙跟福邇道：「馬老闆回來了，我們失陪。」說著便拉了賀佩珏匆匆上前迎接。

我雖然不喜歡以貌取人，但「相由心生」這句話也是不無道理的，不然福邇的閱人之術也不會這麼準了。馬老闆雖也可謂衣冠楚楚，但穿金戴玉的十分俗氣，態度更是目中無人，一副鼻孔朝天的嘴臉教人看不順眼。

正當葛申給馬老闆引見賀佩珏之際，我無意中瞥見福邇悄悄把右手送到鼻前嗅了一嗅，不禁奇怪他爲何竟會如此失儀。

這時忽聞馬老闆衝著福邇和我，大聲問葛申：「這兩個人是誰？」語氣很是傲慢。葛申正要回答，福邇已搶先道：「我們只是從何東那邊過來傳個口訊而已，告辭。」馬老闆也不屑跟我們說話，冷哼了一聲便走回辦公室，葛申和賀佩珏連忙跟著進去。福邇和我也轉頭下樓，在梯間我便忍不住跟他道：「這個姓馬的，換了是我也不會想跟他說話。」福邇道：「我要知道的都已經知道了，所以不用跟他說話。」我也不明白他是甚麼意思。回到街上，看見地上的影子已縮到最短，知道時近正午，頓覺有點兒肚餓。我早上出門得太匆忙，只來得及吃了兩口麵包，這時便老實不客氣，告訴福邇要找間福建菜館，讓他請我吃飯。

他掏出懷錶看了一看，道：「時候還早，我們不急吃飯。還有不到半個鐘頭便放午炮了，你來了香港這麼久也沒看過，我先帶你過去看看。」每日正午，銅鑼灣海旁都鳴炮一響報時，炮聲在整個域多利城和對岸的九龍都清晰可聞。大半年前，這炮聲便有助於我們破解一宗離奇的綁架案。[9]

福邇領著我盡量避著太陽，沿岸再行不遠去到海角尖端，便是放炮的地方。海角以西斜對

---

9 詳情請見本書〈越南譯員〉。

著一個荒涼的近岸小島，但那門洋炮卻遙遙指向彼岸的九龍。炮身比我原本所想的還要大，足有三英尺長，看樣子眞的用來打仗也行，難怪燒起來可以響遍全港。大炮旁邊還築了一個木架，架上掛了一個黃銅鐘。

我們走到一處騎樓下的涼蔭，福邇遊目四顧，指給我看道：「馬惠記寫字樓便是在那邊的大廈裡面。如果我沒有看錯，樓上向海的其中一個窗口便是馬老闆的辦公室，可以望到午炮。」

正等候間，他便告訴了我午炮的故事，想不到原來跟渣甸洋行也有淵源。原來開埠之初，渣甸一位大班乘船回到香港，洋行便依照外國習俗，在岸上鳴炮向他致敬。但總督得悉事情之後，卻認爲洋行大班非官非貴，此舉實嫌僭規越矩，便下令渣甸從此之後，必須每天正午鳴炮報時，以作懲罰。[10]福邇又道：「但還有一個說法，是英國人持之以恆每天放炮，其實是爲了向駐守對岸九龍寨城的大清官員耀武揚威，提醒他們英軍隨時可以攻過去。」

說著，已差不多到正午。兩個穿著制服的印度侍衛從一棟樓走了出來，操著步過到海旁大炮，一個站在鐘架前，另一個站在大炮後。

站在銅鐘前的侍衛從衣袋裡掏出懷錶，專注地看著；這時福邇也拿著自己的金錶，準備調校。鐘前侍衛看準了時間，有節奏地「噹噹、噹噹、噹噹、噹噹」敲鐘八聲，另一個素有默契的侍衛隨即發炮，砰然一聲巨響傳遍整個海港。幸好我及時記得掩著雙耳，但仍覺得震耳欲聾；再看福邇，只見他面不改容的調好金錶，徐徐放回口袋裡。

這時我以爲終於可以吃飯了，不料福邇卻向東指了一指，道：「我們在再往那邊逛一逛。」烈日當空，肚子又餓，試問我哪還有興致再陪他？但他不待異議，便逕自邁步走開，我只好急急跟隨。

放炮之處的東角，位於這個形如銅鑼的港灣西端，我們沿著海濱往東走，一路經過灣內大大小小船隻起卸物件，貨如輪轉，好一片興旺的景像。也正因爲銅鑼灣是貨物轉口的要地，多年來不少從福建過來香港做洋貨生意的人便在這兒定居下來。當初我來到香港時，若非機緣巧合成爲福邇的房客，大概也會住到這個老鄉雲集的地方。而福邇知我嘴饞，這天便正好借請我吃家鄉閩菜爲藉口，說服我陪他到來。但這時他自顧自搖著扇子越行越遠，好不瀟逸，卻害我跟得大汗淋漓，苦不堪言。

銅鑼灣算是香港島域多利城四環九約的盡頭，再往東走便是北角和鰂魚涌，俗稱「環尾」，其實已屬城外地區。我們一路走向港灣的另一端，人跡便漸少，去到盡頭更有一些樹木，福邇

10 文中福邇提及有關午炮起源的軼聞，至今仍為香港人所津津樂道，但真實性早已無從稽考。怡和洋行原本所用的午炮，一如華笙所述，是一門可以用於實戰的大炮，但在第二次世界大戰香港淪陷期間被日軍奪走。戰後，英國海軍贈送了可射六磅炮彈的大炮給怡和使用，直至一九六一年，才因為噪音問題而改換為沿用至今的三磅炮彈小型炮。

來到林蔭底下便終於停了下來。只見他聚精會神的前瞻後顧、左看右望，彷彿搜索甚麼的樣子。

起初，福邇不斷查看每棵樹的樹幹，但找來找去，似乎也找不到想尋找的東西。他沉吟了一會，便開始來回觀察地面，終於在一棵樹底有所發現。他彎身拾起一節指頭般大小的褐黃色物件，細看了幾眼，又湊到鼻子嗅了一嗅，便遞給我看，問：「華兄，你看得出這是甚麼東西嗎？」

我拿過一看，原來只不過是一小截吸剩的煙頭，便道：「這個顏色的香煙紙，應該是呂宋煙吧？看來總也丟了在這裡有兩三天，倒很少見捲得這麼幼細的。」

福邇聽我這樣說，微微一笑，也不答話，低頭再視察地面，但好一會也再找不到甚麼，便道：「我們回去吧。」

返回原路之際，我見他神色凝重，便忍不住追問：「拾到呂宋煙頭，只不過表示有人來這兒抽煙吧，有甚麼大不了呢？」

福邇也不知是否故意打謎，道：「的確有人到過這兒，不過卻並非為了抽煙，而是另有目的。」

我捱飢抵餓陪他跑了半天，見他這時還故意賣關子，難免心中有氣，便道：「是否抽煙也好，跟渣甸和顛地兩間洋行之間的明爭暗鬥又有甚麼關係呢？」

福邇道：「一點關係也沒有。事情根本並非何東所擔心的那麼一回事，而是嚴重得多。可幸我及時發覺，否則便後果堪虞！」

我見他不像說笑，正想問他一個究竟，他卻已見到一輛停在對街候客的人力車，便舉手招了過來。這年頭，大多數的車子已像這輛一樣，只得一個單座，福邇二話不說便坐到上面，轉向我道：「事態危急，恕我不能陪你吃飯了。」說著便跟車夫說：「中環。」絕塵而去。[11]

這下子我可被他弄得啼笑皆非，明明說好請我到福州菜館我才陪他過來的，但如今他卻棄下我一個人在銅鑼灣。這時已經差不多一點鐘，我下午還要回去藥材店坐堂，無可奈何之下，只好胡亂找個地方塡一塡肚子，再匆匆坐車回中環。

這天直到黃昏，我在藥店爲人診病之際，總是念念不忘早上的一切。雖云：「明者見危於無形」，但我絞盡腦汁也想不通，爲甚麼當天我和福邇所見所聞都一模一樣，何以他可以見禍於未萌，而我卻絲毫未察呢？我在心裡把事情翻來覆去，想完又想，也只想到顛地洋行對賀佩珏開出如此優厚的條件，無非是想把他支開。他們這樣做，大概是希望派自己的人應徵做馬老

11　香港在一八八〇年初才開始有公共人力車，初期的車子有分單座及雙座，但因為結構笨重，不但車夫拉得辛苦，一般用木製的車輪亦容易損壞路面。到了一八八二年末，便開始以設計較輕便、使用橡皮或充氣輪胎的單座人力車取代舊款車子。

關的文書，到馬惠記潛伏。但為甚麼福邇又說，事情跟顚地與渣甸兩間洋行的勾心鬥角沒有關係呢？至於去看午炮，和樹底下拾到的煙頭，到底是怎麼一回事，更是令我莫名其妙。

返到荷李活道寓所，不用說福邇自是不見人影，我吃過飯後，一直等到差不多半夜他也未回來，便只好索然就寢。

◀◀◀◀◀◀

次日早晨，鶴心說公子晚歸未起；我一想到昨天的英式早餐，猶有餘悸，也不等他，自己落到大馬路喝早茶。在茶樓遇上朋友，不覺閒談了好久，待回到家裡，已快十一點鐘。一問鶴心，才知道原來我離開之後不久，福邇也起了床，甚麼也不吃便趕著出門，還留下了一張字條給我。字條寫著兩行字：

見字速來馬惠記

務必正午前趕到

我看了不禁大奇，心想：我連怎麼一回事也未弄得清楚，難道福邇卻在一夜之間便破了案不成？於是急忙回到街上，找了一會才招到人力車，馬上趕往銅鑼灣。

來到馬惠記那棟大廈之際，已差不多正午時分，我便匆匆跑上樓，不料竟撞上了五六個攔著梯間的綠衣差人，而帶領著他們的不是別人，正是福邇和我的老相識王昆士幫辦。

他一見到我，便命綠衣讓我通過，低聲向我道：「華大夫，你來得正好，差不多到時候了，福先生正在樓上『碌碌』寫字樓甚麼情形。」昆士幫辦說話常夾雜一兩句英語，「碌碌」便是「看看」的意思。

我正想問昆士到底發生甚麼事，他卻把食指豎在嘴唇前，示意我不要作聲。我雖然滿肚子疑惑，也只好乖乖的陪他等候。過了一陣，福邇忽然在樓上梯口探頭出來，向我們招一招手，我們便躡手躡腳的上去。

入到寫字樓，原來何東及葛申也和福邇在一起，三人一定是已經跟寫字樓內職員交待過，眾人看見一班差人進來，雖然個個都面露不安之色，卻沒有驚慌喧嚷。昆士幫辦也不用福邇提點，馬上指派兩個綠衣過去看著眾職員，保持安靜。

福邇看了看金錶，低聲跟我和昆士道：「差不多時候了。我們在門邊守著，一見我開門，便一起衝入去。」接著又告訴何東和葛申：「可能有危險，兩位請不要站得太近，以保安全。」

他說罷走到馬老闆的辦公室門前，一手輕輕搭在門把上，側耳傾聽門內動靜。昆士幫辦和我及幾個差人也悄悄過到門口兩旁，屏息以待。這時整個寫字樓內鴉雀無聲，落針可聞。我雖仍不清楚是怎麼一件事情，但依然不禁提心吊膽。

過了不久，忽然聽見街外銅鐘響起，表示快要放午炮了。「噹噹、噹噹、噹噹……」敲了六聲，還差兩響便要發炮的時候，福邇突然打開辦公室門，衝了進去，我和幫辦及差人馬上尾隨而入。我比其他人稍快一步，一進門只見福邇已經牢牢抓著賀佩珏的手腕——而賀佩珏手裡竟然握著一把手槍！

說時遲，那時快，窗外最後一下鐘聲響完，接著便是「砰」的一聲巨響，我剎那間還誤會是賀佩珏的手槍走火了，但其實只不過是午炮發射。馬老闆早已抖縮一旁，此刻自是嚇得面無人色。就算是從我身後衝進辦公室的昆士幫辦和綠衣，也都頓住腳步，當場愕著。

賀佩珏口裡大喊著甚麼報仇雪恨的，發了狂般還想跟福邇扭纏，但像他這樣一個手無搏雞之力的文弱書生，又哪會是福邇對手？我正想上前幫忙，但福邇精通擒拿，一扳賀佩珏手腕，便讓他手槍脫手，接著又反手一翻，輕而易舉把賀佩珏摔到地上。昆士和差人一擁而上，立即制伏了兇徒。

我身為大夫，縱使馬老闆多麼討厭，也馬上走過去　看他是否無恙。這時幫辦和綠衣正把賀佩珏押出去，忽聞何東在門外大聲驚呼：「咦？這個人是誰？他根本不是賀佩珏！」

◀◀◀◀◀◀

昆士幫辦和綠衣把犯人押回位於銅鑼灣的一號差館，花了整個下午來落案問話、記錄口供，直到黃昏時分才完成。馬老闆這天雖然有驚無險，但已嚇得魂不附體，早由下屬送了回家休息。這時何東便請福邇和我吃晚飯，選了一間叫「玉群林」的地道閩菜館，同來的還有葛申和昆士。

我好久沒吃家鄉菜，終於可以大快朵頤，便老實不客氣，點了荔枝肉、七星魚丸、醉排骨、雞茸魚唇、南煎肝等福建名菜，當然還少不一人一盅佛跳牆。待大家方丈盈前，酒酣耳熱，福邇才終於有暇向所有人解釋整件事情的來龍去脈。

他道：「首先啓人疑竇的一點，是顛地洋行怎會高薪聘請一個完全沒有工作經驗的新丁呢？何先生也是因此擔心，這個商場勁敵可能暗地裡對渣甸有甚麼不軌企圖，所以才找我幫忙。但除此之外，還有更可疑的一點，便是對方爲何要從上海發電報給賀珮珏，而不寫信呢？電報當然比信件快得多，但無論顛地如何求材若渴，也總不會這麼急不及待，彷彿連一天也不能拖延吧？何先生便因此懷疑，對方其實是知道馬惠記已經有意聘用賀佩珏，所以才這麼著急。」

何東道：「不錯，我正是思疑馬惠記那邊有人向顛地洋行通風報信，所以才請你調查。」

福邇道：「不過我另外還有一個想法，便是：對方會不會根本不是顛地洋行呢？因爲使用電報還有一個可疑之處，便是較諸書信，電報更容易讓發信者冒充他人身分。大家試想，如果你要冒充顛地洋行寫信給一個像賀佩珏這般精通英語的人，若要騙得過他的話，必須先設法取得印有顛地徽章和字樣的信紙信封，然後英語內容又要寫得像樣。最後，如果你其實身在香港的話，還要想辦法把這封信從上海寄出，才會有正確的郵票和郵戳。但假如改用電報的話，這些難題便迎刃而解了。使用電報不但不需要洋行的信封信紙，又因爲內容較書信短得多，文法也從簡，所以就算英語造詣不深也沒那麼容易露出馬腳。」

我問：「但又怎樣安排從上海發出電報呢？」

福邇道：「這也是有方法的，我待會再解釋。我一想到電報可能是別人冒充顛地洋行發給賀佩珏的，事情便說得通了。縱使賀佩珏如何有才能，也始終是一個初出茅廬的新丁，像顛地這樣的大洋行，是沒理由會高薪聘用他的。但假若有人冒顛地之名，以高薪厚祿利誘賀佩珏，背後的目的便顯而易見了。類似的詭計我和華兄以前也遇過，說穿了便是要把賀佩珏引到上海去。爲甚麼呢?他又不是有錢人家,不會是綁架勒索。既然對方又叮囑他絕不能向馬惠記透露,唯一的理由,便是把他支開之後,再冒充他到馬老闆寫字樓上任。」

何東驚嘆道:「你這麼一說,事情又的確好像很明顯,但若不是給你一言道破,我便是做夢也不會想到。」

福邇道:「這是你先入爲主,一早認定是顚地洋行的陰謀之故。你說聽聞賀佩珏後來還是上了馬老闆寫字樓簽署聘書,但我想到,自從幾日前他跟你說過電報的事之後,你和他便沒見過面了,而馬惠記那邊,一直跟賀佩珏都是素未謀面的,那麼我們又怎能確定上門簽聘書的眞是賀佩珏呢?昨天我立即過去馬惠記看個究竟,便是要一探這個賀佩珏的眞僞。」

何東問:「那你爲甚麼不叫我跟你一起過去呢?我一見到是假的賀佩珏,他的陰謀便敗露了。」

福邇道:「我當時仍不能確定這個賀佩珏是眞是假。如果是眞的固然沒事,但如果是假的,就算給你當場識破,那又如何呢?只要他堅稱白撞,就算把他送官究治,所犯的亦只是一條小罪而已,但這麼一來,我們便再也很難查出他的眞正目的了。況且我自信不用何先生在場,也能試探出眞僞,若發現賀佩珏眞的被掉了包,我便可以不動聲色,將計就計誘他露出狐狸尾巴。」

何東點頭道：「原來如此。福先生你考慮得眞周詳。」

福邇欠一欠首道：「過獎。果然，我在馬惠記見到自稱是賀佩珏的人，一眼便看穿他是冒名頂替的。我故意用英語和他交談，發現他根本沒有何先生所說的那麼流利，只能算中規中矩而已。但令我意想不到的，是我跟他握手時，察覺他右手皮膚有些異樣，細看之下暗裡大吃一驚。他手背在虎口之間有輕微燙炙的傷痕，姆指甲縫又殘留一些黑色粉末，我拉完他的手之後，悄悄嗅了一嗅自己手掌，果然沾了少許火藥氣味，分明便是不久前燒過手槍！」

昆士幫辦插嘴道：「手槍我燒得多，怎會燒傷手背的？」

福邇說話時不喜歡別人打岔，皺了一皺眉頭，道：「這個我容後再解釋。」頓了一頓，才繼續道：「到了這地步，眞相已經昭然若揭了。我本來以爲這人假扮賀佩珏，無非是要混進馬惠記商行，偷取機密文件或貴重證券之類。但這時候我看了他手上的火藥痕跡，又知道他即將接任的工作，讓他每天上午跟馬老闆獨處一室，便明白他眞正目的，其實是要把馬老闆置諸死地！」

大家聽了，連連點頭稱是。昆士又問：「但你怎知道他會今天中午動手呢？」

福邇笑笑道：「既然有手槍，殺人固然不難，但殺了人之後又怎樣脫身呢？馬惠記的員工分開兩班出外用膳，所以就算午飯時分，寫字樓也一直有人。這人大費周章來假扮賀佩珏，可見心思何等細密，一定早已想出了掩人耳目的殺人方法。假若你跟他易地而處，暗殺馬老闆時會怎樣掩飾槍聲呢？」

何東和我不約而同脫口道：「午炮！」

福邇點頭道：「不錯。渣甸洋行每天正午所放的炮，便正好用來掩蓋槍聲。神不知鬼不覺地殺了人之後，兇手便可以等到十二點半鐘，如常地從馬老闆辦公室出來，假裝出外用膳，當然是一去不回了。非到下班的時間，也不會有人發現屍體，而到時也只知道指證一個名叫賀佩珏的人。待眞正的賀佩珏從上海回來，發現原來他被兇手冒名頂替，將是幾日後的事情了，到時兇手亦早已遠走高飛。」

我仍有一個大惑不解的疑問，便道：「我還是不明白，昨天在海邊拾到的呂宋煙頭是怎麼一回事呢？」

何東奇道：「甚麼呂宋煙頭？」

福邇道：「華兄是說我們昨天在銅鑼灣東端樹下發現的東西，但那並非呂宋煙頭。」他轉向我道：「要是煙頭的話，地上也應會找到用過的火柴吧？」

我想想他也說得對，便問：「那麼是甚麼東西？」

他道：「是子彈殼。」

我將信將疑問：「子彈殼哪是這樣子的？」

福邇道：「華兄，你在軍中時燒過的洋槍，是十多年前才開始普及的新式設計，所用的子彈，是連火藥一起裝在銅製的外殼裡的。但兇徒所用的，卻是幾十年前的舊款手槍，那個年代還未發明銅殼子彈，彈頭和火藥是包在紙卷裡面的。據說香煙的發明，便正是因爲士兵們想到其實煙草也可以像彈藥般用紙包著，這樣吸起來便比煙斗方便得多。」

我還是不明白：「但兇徒爲甚麼要用一把這樣的舊槍呢？」

他道：「香港對軍火管制得很嚴，要弄一把洋槍到手絕非易事，看來這位假的賀佩玹只能找到一把幾十年前的陳年舊物。而說到彈藥，則更是困難，因爲現在就算在歐美，也很難買得到現成的紙包子彈，所以假賀佩玹唯有自己動手捲製。」

我奇道：「子彈也可以自己動手做？」

福邇解釋道：「以前燒槍的人也是大多自己捲彈藥的，這個假賀佩玹大概也請教過把這手槍賣給他的人。包紮子彈可以用香煙紙，火藥也很容易從炮竹取得。就算是彈頭，要自己製造亦非難事，這些舊款手槍很多都是連彈頭模子一起賣的，只要把鉛燒溶灌進模子裡便行。唯一難以自製的，是子彈裡用來引爆火藥的『火帽』，但這些東西通常也是跟舊款手槍和彈頭模子一併出售的。當然，做好子彈之後，依然須要試驗一下，這便是爲甚麼他手背會燒傷。」他轉向昆士道：「剛才我也說過，我一看到假賀佩珏手上的痕跡，便知道他練習過燒槍；不僅如此，燒槍竟會炙傷手背皮膚，必定是自製舊款紙包子彈時未能掌握好分量，用得太多火藥之故。如果是用新式銅殼子彈的話，便不會這樣。」12

聽他這樣說了，我還是有些疑問：「我明白他假扮賀佩珏是為了接近馬老闆，但為甚麼還要花那多功夫用洋槍殺人呢？趁馬老闆不覺時，一刀插進他心窩不就行了？」

福邇微笑道：「華兄你身懷武功，自然會這麼想，但你看看假賀佩珏腰瘦不勝衣的樣子，又怎敢用刀子殺人呢？就算他夠膽子，也難保必定一刀致命，或衣服不會沾上鮮血。要是讓馬老闆呼喊求救，或者自己身上染上血跡，便無所遁形了。」

我想想又是，便追問：「但你又怎會知道去那裡找彈殼呢？」

他道：「既然他準備使用午炮來掩蓋槍聲，槍開得太快太慢都會讓事情敗露，所以必須事先練習。放午炮之前先有八響鐘聲，所以他要練習的，便是憑鐘聲來判斷開槍的一刻。為此，

12 最早期的火槍，是直接把火藥和彈頭塞進槍管的，但很快便有人想到可以預先用紙包紮起來，簡化程序；到了十八世紀，一般彈藥已經演變成文中所述的紙包子彈模樣。現代形式的銅殼子彈在十九世紀中葉出現，到了一八七〇年代由於機械化生產科技日益成熟，很快便完全淘汰了舊式紙包子彈。美國南北內戰（一八六一——一八六五）時的槍械仍未使用新式子彈，故事裡兇徒的手槍應不會是晚於這個時期的武器。

他只能到附近的地方練習，因爲雖然午炮的巨響遠近可聞，但放炮之前的鐘聲卻範圍有限。這裡港灣沿岸往東一帶人跡較少，我便朝那方向找尋線索。我本以爲兇徒會以樹木作靶，但樹幹上找不到子彈洞，看來他一定是怕留下痕跡，所以便向海開槍。幸好給我發現了一個沒有燒過的彈殼，看來是因爲包紮得不好，彈頭掉了出來，於是便丟棄在地上。找到了物證，當下便再無疑問了。」

我這時飽餐了一頓，想起之前一日沒能好好吃午飯，便問：「那麼昨天你從這裡匆匆趕回中環，又是調查甚麼呢？」

福邇道：「到了這個地步，我也不能再顧及追查假賀佩珏的眞正身分，以及他到底怎樣知道馬惠記這麼多的內幕。當前的急務有二，其一是阻止他暗殺馬老闆，其二便是查明眞的賀佩珏的下落。我知道馬老闆在今天正午之前不會有危險，所以擔心的反而是眞的賀佩珏的安危。若他終於受不住利誘被騙到上海，那也還好，但若他聽了何先生的話而留在香港，那麼很可能已經遭遇不測。於是我趕回中環，追查電報這條線索。大家應該記得剛才我說過，就算假賀佩珏人在香港，也可以冒充上海顛地洋行之名發電報給眞的賀佩珏。你們知道他是用甚麼辦法嗎？」

何東腦筋動得最快，道：「他可以從香港發電報給一個身在上海的人，叫那人再從上海把電報轉發到香港給賀佩珏。是不是這樣？」

福邇點了點頭道：「這當然可以，不過他所用的方法其實更簡單。昨天我去到電報局，自稱是顛地洋行的代表，找到了處理這封電報的職員。我見他有點心虛的樣子，便嚴詞套問，嚇得他一五一十的全部招了出來。原來電報根本不是從上海發過來的，兇徒只是花了點錢買通這個電報局職員，僞裝一封上海發的電報送去給賀佩珏。兇徒假稱是捉弄朋友的惡作劇，那職員收了他的錢，也無意深究，不過卻幸好留下了副本。」

何東問：「電報副本是不是有甚麼線索？」

福邇點頭道：「我看了電報原文，才發現你的學弟其實對你有所隱瞞。這封假電報除了訛稱有意高薪聘請賀佩珏之外，原來還說已經給他預訂了往上海的船票，請他盡早過去顛地洋行就職。」

何東聽了，一副不知好氣還是好笑的表情，道：「大洋行哪會這樣辦事的？」

福邇道：「賀佩珏入世未深，再加上利益當頭，上當也是情有可原的。我接著便到輪船公司詢問，往上海的乘客名單上果然有他的名字。他搭的那班船是在賀佩珏去找何先生之後的一天啟程的，而預期到埗之日也正好是今天。我知道眞的賀佩珏安然無恙，當然鬆了一口氣，而輪船到埗的日期，亦讓我鎖定了假賀佩珏行兇的時間。今天不但是假賀佩珏正式上班的第一天，也是眞賀佩珏到達上海之日，兇手若不馬上動手，之後便可能再無機會了。」

昆士幫辦問：「何以見得呢？」

福邇道：「因爲明天一早，身在上海的眞賀佩珏便會去顛地洋行報到，當他發現被騙的時候，說不定會發電報回香港給何先生或馬老闆，到時兇徒移花接木、張冠李戴的把戲，便會立即揭穿。我趕到大差館找昆士幫辦，部署好一切今天到馬惠記緝兇，還找了何先生和葛先生兩位過來幫忙和見證。之後發生的事情，你們也在場，不用多說。」

何東問：「但爲甚麼等到假賀佩珏動手才拉人呢？他一回到寫字樓便抓他，便不用冒這麼大的險了。」

福邇嘆道：「我也是逼不得已才行這險著的。因爲若非如此，便只能控告他欺騙罪而已。就算在他身上搜出手槍，他也可以推說是用來防身，頂多是加一條非法持械的罪名。唯有在他出手時當場把他擒獲，才能定他蓄意謀殺之罪。」

葛申一直默不作聲，這時才道：「我算是跟這個人接觸得最多，可是萬萬想不到他竟會做出這種事情。可惜我們依然不知道他是何許人，爲甚麼跟馬老闆有此深仇大恨呢？」

福邇道：「這便有勞昆士幫辦慢慢調查了。還有，到底是馬惠記哪位員工，透露馬老闆的日常習慣，以及聘用賀佩珏的消息，遲早也會水落石出的。不過我倒有一個仍待印證的想法：

我們衝入辦公室救人的時候，兇徒在混亂之中喊了一句話，不知華兄你有沒有聽得清楚？」

我道：「我一時之間確沒有聽清楚。他喊了一句甚麼話？」

福邇道：「他向馬老闆大喊：『你欠我們惠家的，今天便要你血債血償！』多年前，與馬老闆一起創業的人便是姓惠的，所以商號才會叫做馬惠記；我想這個冒充賀佩珏的人，其實便是這位合伙人的兒子。」

◀◀◀◀◀◀

後來經昆士幫辦證實，一切果如福邇所言。

兇徒姓惠名世廉，其父正是早年與馬老闆一起合辦馬惠記的老搭檔。惠父爲人侃直老實，又不懂英文和法律，多年來馬老闆背著他把所有資產利益轉到自己名下還懵然不知，及後發覺已經爲時已晚，弄得傾家破產，終於積怨成疾，一病不起。

惠世廉幼年喪父，寢苦枕幹，一直不忘戴天之仇，如今到了及冠之年，便發誓洗雪逋負，以償夙願。他向一個美國海員購得手槍，還學識了自製子彈的方法，幾個月來暗中伺機刺殺馬老闆，但又不敢在街上動手。正苦無對策之際，卻打探到馬惠記聘用賀佩珏，於是便靈機一觸，想出了偷天換日、殺人於無形之絕計。

而向惠世廉透露消息的，原來便是我和福邇第一次上馬惠記寫字樓時遇見過的老打雜。他在馬惠記爲僕多年，因受過惠父恩惠，視惠世廉爲少主。蟄伏公司之內多年，終能爲恩人後代一盡綿力，也算結草爲報了。

我聽福邇說了事情始末，不由嘆道：「『無奸不成商』這句話，用在馬老闆身上當眞貼切得很。你不後悔救了這樣一個人的命嗎？」

福邇惋然道：「縱使馬老闆不義於人在先，但也罪不當誅，難道你叫我見死不救嗎？但對惠世廉而言，我倒有點後悔。他若非報仇心切，走上了歪路，以他的聰明才智應該是一個大有作爲的人。可惜這件案子情況太過急迫，我來不及查明惠世廉到底跟馬老闆何仇何怨，不然的話，我也許不會設下圈套讓他自投羅網。」

我問：「那你會怎麼辦？」

他道：「我會在他動手前找到他，告訴他陰謀已經敗露，勸他懸崖勒馬，回頭是岸。」

至於眞的賀佩珏，眞可謂賠了夫人又折兵。原來賀佩珏到了上海發現被騙，果然發了電報向何東求救。他連返回香港的盤川也沒有，若不是何東馬上匯錢過去給他，也不知道要流落異鄉多久。經過這一番波折，也難怪馬老闆再無意錄用他，眼看便要乖乖的回到中央書院繼續教書。最後還是何東心軟，雖然已經聘用了葛申，但也硬在保險公司騰多一個文書職位出來給賀佩珏，不過薪金卻當然遠遠不及顛地假電報內所提出的那麼優厚了。

附錄

寫給香港與福爾摩斯的情書——莫理斯的寫作 Q&A

香港作家莫理斯的第一部短篇小說集《香江神探福邇，字摩斯》，魔改新編歷史上最經典的偵探小說系列——柯南．道爾的《福爾摩斯探案》，將故事場景從十九世紀末的英國倫敦，挪移到晚清時期英國殖民統治下的香港，不只時空氛圍與風土民情迴變，書迷們耳熟能詳的主角們，更因此有了全新的身分與經歷。

莫理斯為何有此創意發想？字裡行間蘊藏甚麼樣的情懷？寫作過程中又經歷了哪些挑戰？編輯部特地以書面訪談方式，引領讀者，直入小說家神祕如謎的創作之心。

■ 可以與我們分享您對柯南·道爾《福爾摩斯探案》系列作品的最初記憶，以及之後閱讀與觀看相關改編小說、影視、動畫、遊戲等的經驗嗎？

第一次接觸到柯南·道爾的作品是小學上英語課時，老師讓我們圍讀文字簡化了的兒童版福爾摩斯故事，每個同學輪流朗讀一頁。可能我好奇心比較強，又沒有耐性，當別人朗讀的時候我總會不知不覺地看到幾頁後的情節，所以輪到我朗讀時便往往接不下去而被老師罵。由於上一堂閱讀課的時間不夠看完整篇故事，讀本又不能借回家看，我唯有挑戰家裡書架上碰巧藏有的那本給成年讀者看的福爾摩斯選集。對一個小學生來說，正版福爾摩斯故事裡所用的維多利亞時代英文非常艱深，看不懂的地方便自己查字典。結果不但愛上了柯南·道爾筆下這位神探，無意之中亦令自己的閱讀能力突飛猛進。

上到中學，又開始接觸一些經典的福爾摩斯仿作，印象最深刻的是 Nicholas Meyer 寫於一九七四年的小說 *The Seven-Per-Cent Solution*，及一九七九年電影 *Murder By Decree*。前者中譯作《百分之七的解決》，但其實英文原書名一語雙關，亦可解作「百分之七的溶液」，所指的是福爾摩斯在早期故事裡爲自己注射的古柯鹼溶液分量。小說講述華生醫生爲了幫助好友戒除毒癮，帶他到維也納拜訪心理學之父佛洛伊德，過程中福華兩人不用說當然遇上一宗奇案。至於後者，由 Christopher Plummer 和 James Mason 飾演神探和華生，當年在香港上映時中文片名好像譯作《午夜追殺》，應該是第一部以福爾摩斯與眞實的殺人魔開膛手傑克對決作爲橋段的改編作品。

■ 為何會投身偵探推理小說的創作？書寫《香江神探福邇，字摩斯》的動機？

我自小已很喜歡創作，尤其是寫故事，直到去了英國讀大學和後來做講師的時候，也依然沒有放棄，閒時繼續寫作，可惜在那邊摸索不到出版的門路。後來回到香港轉投影視製作，本來的想法是，趁著年紀還不算太大的時候可以先把時間放在這種群體性的創意工作上，至於寫書和畫畫那些可以自己一個人完成的，可以留待退休之後慢慢再做不遲。可是一轉眼十多年過去了，所監製或以其他方式參與的影視項目盡是別人東西，便驚覺不能再一路都只爲他人作嫁衣裳而忽略了自己的理想。於是幾年前把心一橫，盡量少接工作，專心發展屬於自己的影視項目，寫作方面也不再等了，一口氣便把已構思了一兩年的「中國版福爾摩斯」寫了出來。

意想不到的是，先是香港爆發了二〇一九年的社會動盪，接著新冠肺炎又肆虐全球至今，本來剛開始有點眉目的影視項目都全部擱置了，反而被小說的進展趕過頭。二〇一七年在香港面世的《神探福邇，字摩斯》印刷量不多，卻慢慢有點迴響，去年初在大陸出版了簡體版，如今又有幸得到遠流重新以《香江神探福邇，字摩斯》的名稱在整個華語圈發行繁體版，明年更會在日本推出第一個外語翻譯版本。我不禁奢望可以在不久的將來，把福邇和華笙的故事拍成電影或劇集，跟觀眾見面。

■ 請問在魔改新編的過程中，最具挑戰性的部分是甚麼？最享受的又是甚麼？

一般來說，在寫作推理小說的過程裡，構思詭計的部分通常都是最絞盡腦汁的。但假如所寫的是一部魔改新編的話，我覺得更具挑戰性的部分卻是如何掌握原作的神韻。福爾摩斯的同人小說非常受讀者歡迎，可說已經成爲偵探文學裡的一個次類型，但模仿原作的程度也是有不同等級的：一部正式的仿作（pastiche），必須讓讀者產生幾可亂眞的感覺才稱得上是成功，不然的話便只能算是次一等的戲作（parody）而已。我看過不少向柯南・道爾致敬之作，因爲掌握不了他那種維多利亞晚期的文筆，基本上用了現代英語（或甚至現代美式英語）來寫福爾摩斯故事，這樣姑勿論橋段的好壞，在眞正福迷的眼中已馬上大打折扣了。

《香江神探福邇，字摩斯》有別於一般同人仿作之處，在於這是一部「魔改」性質的二次創作，把故事、人物和場景徹底改動得符合新設定之餘，卻又必須保留原著的神韻。福爾摩斯和華生醫生由十九世紀末的英國人變成光緒年間的中國人福邇和華笙大夫，角色的本質雖然不變，但在言語、思維和心理等方面卻必須作出適當的調整才能符合他們在魔改版裡面的身分。尤其在言語上，本書像原著故事一樣採用第一人稱敘述，便必須把敘述者華生醫生的維多利亞晚期英語改爲華笙大夫在晚清年代會用來撰寫故事的半文半白中文，才能滿足上述那種仿作（pastiche）的要求。可能有少數讀者會覺得這種寫法是多此一舉，但我相信絕大多數讀者還是覺得這樣才夠原汁原味。

■《香江神探福邇，字摩斯》的時空背景是十九世紀末的香港，小說中對於當時當地的社會文化與風土民情有深細的描繪，包括援引了許多黑道幫派、江湖規矩，請問在寫作過程中做了哪些研究考證工作？

最初構思《香江神探福邇，字摩斯》的時候，其實也有考慮過以十九世紀末上海租界作爲背景，但一來我對自己土生土長的地方的歷史和文化當然更爲熟識，二來亦覺得若用上海來做偵探故事場景的話，反而會是晚於福爾摩斯的一九二〇、三〇年代上海灘會有更大的發揮空間，所以不妨留待日後用來另外再寫一些仿效那個「黃金時期」推理名家如阿嘉莎．克莉絲蒂或約翰．狄克森．卡爾風格的偵探故事。

決定把福邇塑造成一位香江神探之後，考證當年的社會狀況和風土人情的工作比想像中更爲艱鉅，結果我花了超過一年時間搜集資料才動筆寫故事。幸好我在英國從事過十多年學術研究，本世紀初回到香港時又做過幾年紀錄片編劇和監製，所以對於這方面的工作頗有經驗，亦非常慶幸中文互聯網發展速度驚人，很多在二〇〇〇年代仍需跑到圖書館花上一天半天搜尋的東西，到了二〇一〇年代只要按幾下鍵盤便可以在線上找到，省下不少功夫。

■ 小說所設定的香港背景，可謂正處於一個重大的轉折點，請問如何看待香港的歷史發展脈絡？

我寫這部書的時候，其中希望能夠做到的一點，便是向歷史借鑑，以古喻今，不過想啓發讀者思考的不僅限於香港的地方性歷史，而是希望從香港擴展到整個中國的近代史。雖然《香江神探福邇，字摩斯》的地點設定是香港，但我在書裡除了講述本地歷史之外，也嘗試利用這個城市來做一面聚焦鏡，在一些故事裡面把焦點放在國家性或甚至國際性的歷史事件上。最明顯的手法，便是像之前提過的《百分之七的解決》和《午夜追殺》那樣，引入一些眞實的歷史人物，跟書中主角發生互動。另外，當年的重要史實如中法戰爭，及美國的排華法案，亦構成其中一些故事的背景。

晚清時期的中國，和現在的中國，都同樣地處於一個重大的轉折點，便是：如何面對整個世界？所不同的是，晚清時期的中國是非常弱勢地和被動地逼著要面對世界，但現在的中國卻是非常強勢地和主動地去面對世界。但即使是這樣，許多相關的問題，特別是大國之間的利益衝突，至今依然存在。我計劃在整個《香江神探福邇，字摩斯》系列裡面陸續加入更多的歷史大事，便是希望探討這些對全球所有華人都依然有切身關係的問題。

■ 從小說敘事中，可以看出您對諸多傳統典籍的涉獵與熟稔，請談談您的閱讀習慣與偏好？

正如《福爾摩斯探案》是我小時候對英語大眾文學的啓蒙作品，金庸的武俠小說也絕對爲我打開了中文流行文學之門。我第一次看金庸是升讀小學五年級那年的暑假，是初看柯南·道爾之後的一兩年，但那種仿如發現新大陸那樣的驚喜卻是一模一樣的。這兩位作家不但讓我對偵探和武俠這兩個文學類型產生了濃厚的興趣，更重要的是同時也在我心裡燃亮了一股強烈求知欲。金庸作品裡豐富的中國歷史及文化元素自是不用多說，而柯南．道爾除了偵探故事之外亦寫過歷史小說、恐怖懸疑及科幻等類型；兩位作家筆下絕大部分的題材，都是一個小學生在課本裡仍未接觸過的，所以我在那個年紀便已習慣一有空便看許多不同科目的中英文課外參考書籍。久而久之，連家人也笑稱我爲「莫家百科」。

■《香江神探福邇，字摩斯》是系列作品的第一部，請概述此系列的整體構想，以及各分冊的主題內容？

目前的理念，是根據故事發生的時序，先寫一套四部曲作爲香江神探福邇系列的「正傳」。這本書是第一集，以一八八一年至一八八五年作爲時代背景，講述福邇和華笙相識及成爲好友的經過。第二集已經差不多寫好，把時間推進到一八八八年至一八九四年，讀者大概可以猜到會以甚麼歷史大事落幕。（順便預告一下情節，神探最可怕的敵人將會登場。）接著第三、四集還會把時間線伸展到百日維新、八國聯軍等重大事件，一直到辛亥革命作爲終結。在這個四部曲裡，我希望透過福華兩人由三十歲到六十歲的人生經歷，讓讀者感受一下中國在清朝最後三十年的處境。之後，假如讀者依然對這個系列有興趣，我準備用「外傳」的形式繼續寫一些福邇和華笙故事，包括一兩部長篇，但具體內容仍在初步構思的階段。

■ 身為作者，您期待讀者從《香江神探福邇，字摩斯》這部作品中讀見甚麼？

我常跟人說，這部小說是我作爲一個香港人寫給福爾摩斯的情書，也是我作爲一個福爾摩斯迷寫給香港的情書。不過如果有一樣東西是我希望讀者能從這部作品讀見的，便是《香江神探福邇，字摩斯》並不只是一個關於香港或福爾摩斯的故事，而是像我之前所說，是一個關於中國這百多年來的故事。

■ 可否與讀者分享您的創作習慣、日常作息等生活細節？

我的生理時鐘有點奇怪，精神最能夠集中的時間，是晚上十點十一點鐘到凌晨兩三點及清晨五六點鐘到中午前一兩個鐘頭。這可能是讀大學時經常捱通宵而養成的習慣，直到大約十年前，雖然已不可能像年輕時那樣徹夜不眠，但如果當了一晚工作至深宵的夜貓子，仍能夠只睡兩三個小時便起床，再接再厲做一隻早起捕蟲的鳥兒。可是現在年紀大了，只能在深夜或大清早兩個時段之中選擇其中之一來寫作，而且吃過午餐之後如果不用出外，通常還須在家裡的按摩椅上小睡半個鐘頭來「充電」。妹妹也跟我半開玩笑地說過，也許我應該考慮移居到西班牙或拉丁美洲那樣有 siesta（午睡）習俗的地方。

YLM 36

香江神探福邇，字摩斯

作者——莫理斯

主　編　蔡昀臻
封面設計　兒日
美術編輯　丘銳致
行銷企劃　沈嘉悅
總 編 輯　黃靜宜

發 行 人　王榮文
出版發行　遠流出版事業股份有限公司
地　　址　104005 台北市中山北路一段 11 號 13 樓
電　　話　（02）2571-0297
傳　　真　（02）2571-0197
郵政劃撥　0189456-1
著作權顧問　蕭雄淋律師
輸出印刷　中原造像股份有限公司
2021 年 10 月 1 日　初版一刷
2024 年 3 月 25 日　初版三刷
定價 350 元

有著作權・侵害必究

Printed in Taiwan
ISBN 978-957-32-9268-5
遠流博識網 http://www.ylib.com E-mail: ylib@ylib.com

國家圖書館出版品預行編目 (CIP) 資料

香江神探福邇，字摩斯 / 莫理斯著 . -- 初版 . -- 臺北市 :
遠流出版事業股份有限公司 , 2021.10
面；　公分 . -- (綠蠹魚 ; YLM36)
ISBN 978-957-32-9268-5(平裝)

857.7　　110013920